24 CUENTOS DE NAVIDAD Y DE REYES

CALENDARIO DE ADVIENTO LITERARIO

CHARLES DICKENS   HANS CHRISTIAN ANDERSEN
EMILIA PARDO BAZÁN   JOSÉ ECHEGARAY
RUBÉN DARÍO...

ALICIA ÉDITIONS

ÍNDICE

1 de diciembre: Cuento de Navidad de Emilia Pardo Bazán — 1

2 de diciembre: La Niña y los fósforos de Hans Christian Andersen — 5

3 de diciembre: La Estrella de Rabo de Ricardo Blanco Asenjo — 8

4 de diciembre: Cuento de Nochebuena de Alejandro Larrubiera — 13

5 de diciembre: El buey de barro de José Echegaray — 20

6 de diciembre: La Muñeca del Niño Dios de Manuel González Zeledón — 26

7 de diciembre: Cuento de Navidad de Ángel de Estrada — 28

8 de diciembre: Regalo de Reyes de Alejandro Larrubiera — 33

9 de diciembre: Don Melchor y los Reyes Magos de José Echegaray — 38

10 de diciembre: La Nochebuena del carpintero de Emilia Pardo Bazán — 45

11 de diciembre: El Intrépido Soldado de plomo de Hans Christian Andersen — 50

12 de diciembre: Nochebuena de Joaquín Dicenta — 54

13 de diciembre: La Venida de Bartolo de Pedro Escamilla — 58

14 de diciembre: Nochebuena de Manuel González Zeledón — 63

15 de diciembre: Los Magos de Emilia Pardo Bazán — 67

16 de diciembre: La Nochebuena a bordo de Alberto Leduc — 72

17 de diciembre: La Nochebuena del poeta de Pedro de Alarcón — 77

18 de diciembre: Costumbres mexicanas de Alberto Leduc — 89

19 de diciembre: La Adoración de los Reyes de Ramón María del Valle-Inclán — 94

20 de diciembre: Cuento de Nochebuena de Rubén Darío — 97

21 de diciembre: El Ciego de Emilia Pardo Bazán — 101

22 de diciembre: La fiebre del día de Luis Taboada   105
23 de diciembre: ¡Tres millones! de Alejandro
Larrubiera   108

24 DE DICIEMBRE: EL CÁNTICO DE NAVIDAD DE CHARLES DICKENS

Estrofa Primera   115
Segunda Estrofa   134
Tercera Estrofa   150
Cuarta Estrofa   171
Quinta Estrofa   186

1 DE DICIEMBRE: CUENTO DE NAVIDAD DE EMILIA PARDO BAZÁN

Érase un niño enfermizo. Su madre, opulentísima señora, andaba loca con el afán de darle salud, y el médico, fijándose en la índole del padecimiento del niño, decía que, principalmente, dimanaba de una especie de atonía o insensibilidad, efecto de que su sistema nervioso se encontraba como amodorrado o dormido, y no comunicaba al organismo las reacciones vitales y al espíritu la fuerza necesaria. Es decir, que Fernandito, que así le llamaba vivía a medias, como vegetando, lo cual es sobrado para una planta, pero insuficiente para un hombre.

Trataba la madre de despertar por todos los medios la sensibilidad, la imaginación y la vida psíquica de su hijo, sin lograrlo. Le paseaba, le adivinaba los gustos, le traía juguetes y golosinas, y el chico tomaba los juguetes un momento y luego los dejaba caer, con indiferencia, a los pies del sillón en que permanecía lánguidamente sentado meses y meses. Las golosinas, las probaba apenas; con alguna, sin embargo, se encaprichaba, y era un arma de doble filo, porque le alteraba el estómago, y como el ejercicio y el movimiento no contrastaban los efectos de la glotonería infantil, las indigestiones ponían su vida en peligro.

El desfile de doctores consultados trajo el desfile de sistemas: el pobre Fernandito fue campo de experimentación de los más diversos. Desde el agua fría con sus chorros glaciales, hasta la electricidad, con sus picaduritas de aguja, mordicantes y finas, todo lo hubo de sufrir el cuerpo de Fernando, sometido, por el amor, a torturas que no inventa el odio. Se le paseó de balneario en balneario; se le arrastró de sanatorio en sanatorio, de playa en playa, de altitud en altitud; se le sometió a rigores espartanos, y, como quiera que la ciencia afirmaba que a veces el dolor despierta y fortifica, se llegó al extremo de azotarle con unas varitas delgadas, iguales a las que sirven para batir la crema, mientras la madre, que no quería presenciar la crueldad, se refugiaba en un cuarto interior, tapándose con algodón los oídos...

Fuera no acabar nunca referir cuanto se ensayó y practicó con el desgraciado atónico. El catálogo demostraría hasta qué punto la ciencia contemporánea posee recursos y es rica en ideas y combinaciones. Todos los reinos de la naturaleza; todas las fuerzas mal definidas y estudiadas que al través de ella circulan, concurrieron a la obra de la intentada curación. El novísimo *radium*, substancia maravillosa, también salió a relucir, y nada. Fernandito, no cabe duda, mejoraba físicamente; su cuerpo, adolescente ya, se fortalecía; pero continuaba dando el mismo lastimoso espectáculo de un pensamiento ausente, de una voluntad muerta, de una conciencia entumecida, de un espíritu yerto. Los músculos obedecían al conjunto de la sabiduría humana; los nervios resistían. Y, para decirlo en estilo vulgar, Fernandito seguía tan tontaina como antes.

Pero el amor — que era la madre — no se cansaba, no se daba por vencido. Cuando, por último, los médicos, fatigados, declararon que, por su parte, estando conseguido lo posible, lo principal, lo demás era, cuestión que había que confiar a la naturaleza misma, la cual se reserva, en sus santuarios, mucho que no ha entregado aún a la investigación humana, aunque es de suponer que un día no tendrá más remedio que entregarlo, la madre, oída la sentencia, irguiose encendida, arrebolada de inspiración... Y juntando las manos, mirando al cielo, imploró como si exigiese:

— Tú, Señor, que me has permitido dar a mi hijo la carne, permite también que le dé el alma.

Desde el punto mismo, dedicose la madre a un trabajo muy activo, muy reservado, que se verificaba en habitaciones completamente independientes de aquéllas en que ella y su hijo vivían. Toda clase de operarios entraban y salían sin cesar, y mujeres jóvenes, envueltas en pieles baratas, arrebujadas en largos abrigos de paño, se reunían allí al anochecer; de las tiendas venían géneros: una instalación complicadísima se realizaba, en una sala que solía estar cerrada siempre, y a las altas horas; el vecindario creía escuchar cantos, músicas, que contrastaban con el silencio habitual de una morada que las tristezas de la enfermedad de Fernandito habían asombrado y entenebrecido siempre. Ocurría esto en los últimos meses del año, cuando iba aproximándose la Navidad.

Y la tarde del día 24, el niño, más amodorrado que nunca, se quejaba mansamente de frío, a pesar de la gran chimenea, en que ardía alta hoguera de leña seca, cuyas llamas regocijaban y derramaban suave calor. Su madre extendió por los hombros de la criatura un mullido abrigo de pieles, y sonriéndole, hablándole mimosa, le advirtió:

— ¿No sabes? El Niño Dios ha venido a verte.

Pero estas palabras no despertaban en Fernandito idea alguna. No las entendía. Las repetía lentamente, como en sueños:

— Niño Dios, Niño Dios...

— Y la Virgen — insistía la madre — . Y los angelitos.

— Tengo frío — insistía el muchacho, temblando ligeramente.

Por un instante, sintió la madre que sus esperanzas se fundían, a semejanza de la nieve ligera que acababa de caer y que, suspensa del alero, iba a convertirse en agua y en lodo. ¡Su hijo no tendría alma jamás! ¡Cuanto se intentase, inútil! Y pensaba en lo que sería de ella aquella noche, después de fracasada la tentativa suprema... Porque fracasada la creía, y habría que renunciar a la lucha. Fundaría un convento de caritativas monjas, se retiraría a él y allí viviría con su enfermo sin alma, lejos del mundo, que se ríe de los pobres niños atontados...

Era la hora de acostar a Fernandito, y resignada y desesperada a la vez, fue ella misma, como siempre, a desnudarle y a someterle las sábanas. Quedose luego en vela al lado de la cama. Al acercarse la medianoche, envolviendo rápidamente al niño en pieles tibias, descalzo y todo, lo arrebató como una presa, mientras le repetía al oído:

— ¡Ven, que ha nacido Dios y te está llamando!

Cruzando un largo pasillo, abierta una puerta grande, entraron en un salón inmenso, todo obscuro, y al pronto, una luz sola, intensísima, ardió en el espacio, y sus fulgores astrales alumbraron un paisaje sorprendente. Montañas, valles, oasis de palmeras, y, a lo lejos, las torres de una ciudad magnífica, las cúpulas de sus templos, las extremidades de sus minaretes. No era el Nacimiento de cartón, con figuras de barro: por los riachuelos corría agua, los árboles susurraban agitados por el viento, y verdadero césped, salpicado de flores, crecía en los praditos y orillaba las sendas. De pronto, empezó a poblarse el desierto panorama. En el fondo de sombría gruta aparecieron una hermosísima mujer y un hombre de plateada barba, que llevaba en la mano una vara de azucenas. La mujer sostenía en sus brazos un Niño, que acostó en el establo. Al punto mismo, una música divina resonó. Eran cadencias de gozo, la risa fresca del villancico, que huele a tomillo de monte, entremezclada con un alboroto de gorjeos de pájaros, y los pastores empezaron a bajar de la montaña, cantando su tonadilla, llevando corderos, cestillos de frutas, tocando zampoñas, empujándose para llegar más presto. Con ellos, la estrella, majestuosa, caminaba.

Y, parados ante la gruta, se postraron, estirando las jetas, con curiosidad simple y santa, con las manos alzadas, enclavijados los dedos callosos, y la madre de Fernandito, que no apartaba la vista de su hijo, creyó morir, de la impresión que recibía. El muchacho se había incorporado, lentamente, y también en su mirada, como en la de los rústicos cabreros, brillaba la chispa de la curiosidad, llena de ingenua bobería, pero ¡tan humana!, ¡tan humana!

Entre el silencio repentino de la adoración, se alzó un canto celeste, sostenido por los registros más delicados del magnífico órgano eléctrico, oculto en la sala contigua. Eran muchas voces, afinadísimas, unidas en masa coral, elevando el himno, triunfal, glorioso: «¡Aleluya, aleluya! ¡Nos ha nacido un niño! ¡Aleluya!».

Cogió la madre a su hijo, va con alma, y apretándolo contra un corazón que saltaba de miedo y de ilusión ardorosa, entró con él por los senderos del paisaje. Corría, como si en tal momento no se pudiese perder minuto. Corría, porque Fernando, al oír el cántico, había murmurado bajito:

— ¡Qué precioso, mamá! ¡Qué precioso!

Y, ya al pie de la gruta, haciendo apartarse a los pastores con una seña, la madre se arrodilló, y señalando al Niño dormido sobre la paja, murmuró anhelosa, en súplica ardiente:

— ¡Bésalo, Fernando!

El muchacho dudó un segundo, como si no entendiese. Al cabo, entre un temblor de vida, con un llanto salvador, con un grito, en que su espíritu nacía, exclamó:

— ¡Qué bonito! ¡Qué bonito es el Nene!

Y aplicó los labios a la faz de rosa que despierta, le sonreía...

❄

2 DE DICIEMBRE: LA NIÑA Y LOS FÓSFOROS DE HANS CHRISTIAN ANDERSEN

TRADUCIDO POR D.R. FERNÁNDEZ CUESTA

¡Qué frío hacía! La nieve caía y aún no había anochecido; era la última tarde del año, la víspera del año nuevo. En medio de este frío y estando próxima la noche, una pobre niña pasó por la calle con la cabeza y los pies desnudos. Al salir de casa llevaba puestas unas zapatillas pero no le habían servido mucho tiempo, pues eran unas grandes zapatillas que su madre ya había usado, tan grandes que la niña las perdió al apresurarse a atravesar la calle entre dos carruajes. Una la perdió realmente, pero la otra se la llevó un muchacho. La niña andaba con sus pies desnudos que estaban azules debido al frío; tenía en su delantal muy viejo una gran cantidad de fósforos, y en la mano, llevaba un paquete. Era para ella un mal día, ningún comprador se había presentado, y por consiguiente no había ganado nada. Tenía mucha hambre, mucho frío y un aspecto muy miserable. ¡Pobre niña! Los copos de nieve se posaban sobre sus largos cabellos rubios, que le caían en preciosos bucles sobre el cuello; ¿pero pensaba en sus cabellos únicamente? Las luces brillaban en las ventanas, el olor de los asados se exhalaba por las calles; era noche vieja y he aquí en lo qué pensaba.

Se sentó y se acurrucó en un rincón entre dos casas. El frío se apoderaba de ella cada vez más, pero no se atrevía a volver a su casa: volvía con todos sus fósforos y ni una sola moneda. Su padre la pegaría, y además ¿es qué en su casa no hacía también frío? Vivían bajo el tejado y el viento soplaba a través aunque las mayores rendijas habían sido tapadas con paja y trapos viejos. Sus manos estaban casi agarrotadas por el frío. ¡Ah, qué bien le iría una cerillita! ¡Si se atreviese a sacar una sola del paquete, y frotarla contra la pared para calentarse los dedos! Sacó una, "rich", ¡cómo alumbró y cómo ardió! Era una llama clara y caliente como la de una velita cuando la cubrió con su mano. ¡Qué luz tan hermosa! Le parecía, a la niña, que estaba sentada ante una gran chimenea de hierro adornada de bolas y cubierta con una capa de cobre reluciente. ¡Ardía el fuego allí tan magníficamente! ¡Calentaba tan bien!

Pero ¿qué tenía? La niña extendió sus pies para calentarlos también; la llama se extinguió y la chimenea desapareció; no le quedaba en la mano más que un pedacito de cerilla ya quemado.

Frotó una segunda que ardió, que brilló y allí donde la luz cayó sobre la pared desvaneciéndose lentamente. La niña podía ver hasta una habitación en que la mesa estaba cubierta de un blanco mantel resplandeciente con finas porcelanas, y sobre el cual una ave asada rellena de manzanas y de ciruelas desprendía un perfume delicioso. ¡Oh, sorpresa! ¡Oh, felicidad! De pronto el ave salta de su plato sobre el pavimento con el tenedor y el cuchillo clavados en la pechuga, y rueda hasta la pobre niña. La cerilla se apagó y no tenía ya delante de si más que la pared espesa y fría. Encendió un tercer fósforo. En breve se vio sentada bajo un magnífico árbol de Navidad; era más rico y mayor que el que había visto la pasada noche buena a través de la puerta vidriera de la casa de un rico comerciante. Mil luces ardían sobre las ramas verdes e imágenes de todos los colores, como las que adornan los escaparates de los almacenes, parecían sonreírle. La niña levantó las dos manos: el fósforo se apagó. Todas las luces del árbol de Navidad se elevaron y vio entonces que no eran más que estrellas. Una de ellas cayó y trazó una línea de fuego en el cielo.

— Es alguien que ha muerto — se dijo la niña

Porque su anciana abuela que era la única que había sido buena con ella, pero que ya no existía, le había dicho muchas veces: "Cuando cae una estrella es que un alma sube hasta Dios"

Aún frotó un fósforo más contra la pared y se formó una gran luz en medio de la cual estaba su abuela en pie con un aspecto tranquilo y radiante.

— ¡Abuela! — gritó la niña — ¡Llévame contigo! Cuando se apague el fósforo, sé muy bien que ya no estarás aquí. Desaparecerás como la chimenea de hierro, como el pavo asado y como el hermoso árbol de Navidad.

Enseguida frotó el resto del paquete porque quería conservar la visión de su abuela, y los fósforos proporcionaron una claridad más viva que la diurna. Jamás la abuela había sido tan grande ni tan hermosa. Cogió a la niña bajo el brazo, y las dos se elevaron en medio de este resplandor hasta un sitio tan elevado, que allí no hacía ni frío, ni se tenía hambre, ni se pasaban angustias: en donde estaba Dios. Pero en el rincón entre las dos casas llegó la fría mañana, estaba sentada la niña con las mejillas rojas y la sonrisa en los labios... muerta, muerta de frío la última noche del año. El día de año nuevo, alumbró el pequeño cuerpo sentado allí con las cerillas, de las cuales un paquete había casi ardido. «Ha querido calentarse» dijo uno. Pero todo el mundo ignoraba las hermosas cosas que había visto, y en medio de qué esplendor había entrado con su anciana abuela en el año nuevo.

3 DE DICIEMBRE: LA ESTRELLA DE RABO DE RICARDO BLANCO ASENJO

Armado estaba el pedazo de corcho pintorreado de almagro, ocre, verde y azul, y salpicado de vidrio molido. En la cumbre, tras la dentada muralla de cartón, veíase el palacio de Herodes, copia exacta del Congreso de Diputados; y el templo que edificó Salomón, ostentando una torre magnífica con cuatro auténticas y verdaderas campanas.

Delante de la montaña, en todo el espacio de la mesa de comedor que la sostenía, emplazábase luenga pradera de musgo, que un riachuelo, formado con pedacitos de espejo, atravesaba; y en los confines del paisaje, las posadas y merenderos, los molinos de viento y las chozas de pastores se perdían en conjunto vistoso, aunque no muy conforme a la propiedad histórica, puesto que los molinos eran trasunto de aquellos que en la Mancha parecieron gigantes a D. Quijote, y apenas había ventorro en cuyas encaladas paredes no se leyera en castellano no muy correcto:

Bino y zerbeza. Se gisa de comer. Gallos y caracoles.

Los liliputienses pastorcillos de barro bailaban seguidillas con mozuelas de su misma pasta y estatura, vestidas al uso de las serranas alcarreñas; y los reyes que la cuesta bajaban, con sus turbantes y vistosas hopalandas, más parecían mercaderes de babuchas que auténticos monarcas orientales.

D. Aniceto contemplaba, sin embargo, con verdadero orgullo aquella obra que él había trazado; y los chicuelos, con infantil alborozo, aplaudían y gritaban, y en coro discordante decían coplas que les dictaba su madre, conmovida y regocijada, golpeando sin cesar el tambor y arrancando estridentes vibraciones a la cuerda del rabel y a la seda encerada de la chicharra.

Por cortesía hube de celebrar el nacimiento, ponderando la propiedad del peñasco y la sabia disposición con que se habían colocado las figuras; mas como me permitiese reparar que allí faltaba un detalle interesante, me interrumpió D. Aniceto diciendo:

— Ya sé a lo que V. se refiere, pero no crea que es por olvido por lo que prescindo de la *estrella de rabo*. La supresión tiene su misterio, amigo mío, y quiero explicarle las razones en que la fundo, que para mí son poderosas.

Y a seguida, adoptando una actitud reflexiva y doctoral que jamás había yo sorprendido en el modesto y antiguo empleado del ministerio de Hacienda, me dijo con acento convencido y solemne, no exento de énfasis y presunción:

— A los hombres más experimentados se nos ha de permitir algunas preocupaciones. Por mi parte, amigo mío, le he de confesar que tengo una que se relaciona con esa estrella de hoja de lata o talco que los niños colocan encima del peñasco en recuerdo de aquella que, según piadosa tradición, guio hasta Belén a los tres Reyes Magos.

Y arrellanándose en un sillón enfrente del peñasco colocado, se pasó dos o tres veces la mano por la cabeza como para despertar sus recuerdos, y con la mirada absorta y distraída volvió a continuar su relato en la forma que sigue:

— Era yo chicuelo, y, por ser hijo único, muy mimado, y también porque mi padre, mayorazgo rico de Castilla, podía sacrificar a mis caprichos infantiles muchas viejas y relucientes peluconas sin que por esto se resintiera su fortuna lo más mínimo.

»Había en casa, de padres a hijos conservado, suntuoso nacimiento, que en esta época del año se armaba y disponía; pero también, como en este que tenemos delante, faltaba el detalle de la estrella; bien porque se hubiese destrozado, bien porque no pensaron en él los que primeramente lo compusieron.

»Era yo muy niño cuando reparé en el defecto. Mi padre, por remediarlo y complacerme, encargó en la hojalatería una estrella luciente como la plata y que tenía una cola encorvada como el acero de un alfanje. Tampoco debiera ser menos afilada, porque al colocarla sobre el nacimiento, tembloroso por la emoción que la alegría me causaba, me hice, con el rabo de la estrella, profunda herida en la mano, que dio gran susto a mi madre por los quejidos que el dolor me arrancó y por la abundosa sangre que hube de derramar.

»El contratiempo era natural, pero mi poca reflexión de entonces me hizo ver con cierta desconfianza y recelo el cometa de hoja de lata.

»Lo más particular es que aquella prevención, lejos de desaparecer con los años, se ha ido arraigando en mí, de manera que hoy la siento más viva e indestructible que nunca; pero es bueno, para que V. no achaque a manía esta repulsión, que le relate algunos hechos.

»Del susto que mi madre recibió al ver la sangre que manaba de mi herida, peligroso en su estado, pues según cuenta a principios del año próximo dejaría yo de ser el único vástago de mi noble y bien acomodada familia, adelantose el trance con tan mala suerte que a las alegrías de la Pascua se siguieron los lutos de la viudez para mi padre, y para mí la tristeza de la orfandad, que tan fatal influencia había de tener sobre mi vida.

»Mi padre se consoló de la pérdida, contribuyendo a ello las gracias de una mozuela vivaracha, hija del hojalatero que construyó la estrella de cola, que no fue mala la que trajo para mí, porque sin mi pueril capricho no habría mi padre ido a la tienda del menestral ni acaso hubiera conocido a la chiquilla.

»En fin, que sucedió lo que V. puede imaginar. El mayorazgo pasaba de los cincuenta, y la linda artesana apenas frisaba en los quince. Ya sabe usted lo del refrán: a burro viejo, la alfalfa fresca.

»La niña tenía unos ojillos negros con mucho garabato, y una madre con el alma llena de malicias. Entre una y otra tendieron la caña y pescaron lo que quería. Como la carnada era buena, el pez tragó todo el anzuelo, que se lo clavó hasta agallas.

»A la Nochebuena siguiente, mi padre, reventando de orgullo por la conquista, se casó con la garrida muchacha, y yo, ¡cándido miserable!, me alegré mucho al ver que por intercesión de mi madrastra lucía en aquel año, sobre el nacimiento de corcho, la estrella esplendorosa, un rabo, mucho más largo, adornado por la industria del hojalatero, que quiso festejarme con el regalo y celebrar así la honra de contarse entre mi familia.

»¡Ay, amigo mío! Desde entonces la estrella de mi vida comenzó a parecerse a la que en mala hora hubo de antojárseme. Fue una estrella rabona que se volvió contra mí, azotándome con toda suerte de desventuras. Cuenta que mi madrastra inauguró con sus propias manos los primeros compases de la tunda.

»Aquellos dedos delicados y blancos, que a mi padre parecerían manojitos de claveles, para mí se convirtieron en haces de disciplinas por lo pronto, y, a la larga, en garras de ave de rapiña; porque, después de dejarme bien vapuleado, concluyeron con el mayorazgo que había yo de heredar, y del que ni blanca recogí al fallecer el autor de mis desventurados días.

»Por irrisión de la suerte, entre los pocos trastos que me tocaron en las particiones, hubiéronme de adjudicar, con el nacimiento de corcho, *la estrella de rabo*, semblanza de mi estrella desventurada y origen de todas mis penalidades y desdichas.

»Pues aún hay que añadir que desde aquella época todos los acontecimientos de mi vida, aun los más venturosos, vienen con cola, como el astro de Belén, causante de mi ruina. Y no tengo un ascenso sin que nazca un chico a los pocos meses; y un año en que me cayeron a la lotería diez mil reales, a mi mujer se le incendió un majuelo que tenía en Arganda, única dote que me aportó al matrimonio y que valía algo más de quinientos duros.

»Vea V. por qué estoy convencido de que, así como algunos nacen bajo la influencia de Júpiter o Mercurio, yo he venido a la Tierra supeditado a la adversa preponderancia de la estrella de cola, y, apenas por cualquiera parte vislumbro alguna ventura, me echo a temblar como azogado, seguro del latigazo que a continuación me espera.

»Yo no he leído a Schopenhauer, ni a esos filósofos que se llaman pesimistas; pero las desventuras de mi existencia me han proporcionado la enseñanza dolorosa del refrán que dice que «unos nacen con estrella, y otros estrellados».

»Yo nací con un astro reluciente y hermoso, pero un astro de cola, y esta cola para mí se parece a la de los pescados, según tiene de espinas que me punzan.»

Terminó aquí su singular relato el bueno de D. Aniceto; y yo, sin dejarme de reír de preocupación tan pueril e inocente, comprendí que en el fondo de ella había, sin embargo, una verdad filosófica.

La de que, en esta vida, las venturas mayores y los más grandes triunfos son como la estrella que obstinadamente se oponía a colocar sobre el nacimiento de corcho dedicado a sus hijos.

Traen cola.

4 DE DICIEMBRE: CUENTO DE NOCHEBUENA DE ALEJANDRO LARRUBIERA

Es la noche blanca; el cielo tiene el color de la azucena, y la luna, al enviar su beso de luz, arranca suaves reverberaciones de plata á la nieve que cubre la tierra y viste los picachos de los montes.

Quietud solemne y augusto silencio en los campos; clamoroso zumbar de colmena en la ciudad. Hay sones pastoriles en sus calles, que recorren las turbas de muchachos con regocijada greguería, anunciando, con el rataplán de sus tambores y sus frescas y puras voces infantiles, que es la Gran Noche, la noche de los recuerdos melancólicos del hogar, noche bendita, en la que ha siglos una estrella, bogando como lágrima de oro por el tul de los cielos, anunciaba á los hombres que Aquél que es todo amor les libraba de las cadenas del pecado original.

Noche alegre: noche venturosa. La muchedumbre, como ejército de hormigas, invade las calles de la ciudad, que rebosan ruido y algazara; entra en las tiendas, se para en los puestos de los ambulantes, y se provee de vituallas de boca. Hay que celebrar la Gran Noche como suelen celebrar sus fiestas los humanos, que si no se dan hartazgo de comer y de beber, creen que no se divierten.

Yo, pobrecito de mí, lejos de mi patria, extraño en la ciudad, discurro por sus civiles con un maltrecho violín bajo el brazo. No alegra mi bolsillo el tintinear de las monedas, ni mi espíritu la esperanza de poseerlas, para llevar á mi hogar, mísera boardilla, no ya las chucherías y fililíes gastronómicos que veo en los escaparates y en manos de la mayoría de los transeúntes, sino la parca colación de los menesterosos.

Como los vagabundos, camino al azar, nunca más solo y triste, con mayor angustia ni más desamparado, que entre esta multitud que se codea conmigo y me hace oír sus charlas y sus risas, que se muestra gozosa sin parar mientes en el pobre hombre que con su violín bajo el brazo tiembla de frío — que es harto liviano el traje para la helazón de la noche.— También tiembla mi espíritu como débil llama sacudida por el viento: dos seres idolatrados, mis grandes amores, me esperan, y al pensar en mi Laura y en mi Julia, mi mujer y mi hija, siento el espanto trágico del que se ve forzado á sucumbir ante el Destino, inexorable, fatal.

¡Noche hermosa y de encanto, noche consagrada á los más puros afectos del alma! ¡Cuántas pasé gozoso, rodeado de todos los beneficios de la riqueza y de todos los honores del más elevado linaje! Al lado de estas buenas gentes paso yo como sarcasmo viviente de la loca fortuna. Ignoráis, felices burgueses y regocijados menestrales, quién es el pobre diablo que como sombra dolorida se cruza en vuestro camino. Si lo supierais, acaso temblaríais al apreciar la inestabilidad de las humanas grandezas: el astroso violinista callejero fué, en 8U patria, prócer ilustre á quien la envidia y codicia de sus iguales en nobleza y poderío, la debilidad del monarca y su mala suerte llevaron al destierro. En su ruina sólo salvó honra y vida. Al verse en tierra extraña, sin recursos, sin amigos, hubo de utilizar sus aficiones musicales para defender su existencia y la de los suyos, tocando el violín como uno de tantos *rascatripas* vulgares y adocenados.

No hallé puesto en la orquesta de ningún teatro de la ciudad, fui desdeñado de los músicos ambulantes, y tuve que ejercer mi arte como un mendigo, haciendo sonar en calles y plazas *minuettos* y gavotas, la música preferida de los honrados ciudadanos. A veces, no sé qué espíritu maléfico hacía temblar mi diestra, y el arco temblaba sobre las cuerdas, que gemían en lo más alegre de las canciones, ó bien crispábanseme los nervios y del alma del violín surgía una nota seca, estridente, como un alarido.

Vida de ruindades, ahogos y desventuras. Eendido de cansancio, después de rodar todo el día por las calles, retornaba á mi boardilla, y la hiel recogida en mi calvario, pidiendo con mi violín como mendigo vergonzante una limosna, la endulzaban los besos de mi mujer y de mi hija.

Nos sentábamos á la mesa con la ecuanimidad que á la de nuestro palacio, y aun nos acariciaba consoladora la ilusión, Nuestro éxodo tendría pronto y feliz término: el rey reconocería la injusticia cometida conmigo, y, al volverme á su gracia, volvería yo á ocupar mi puesto en la Corte, y se me reintegrarían bienes y honores.

— ¡No! No me decidía á retornar á mi casa requería desesperadamente mis bolsillos y no encontraba en ellos ni una sola moneda. El día había sido negro para mis propósitos: las notas de mi violín no llegaron al corazón de mis prójimos ni á sus bolsas.

Soberbia, tontería, vanidad, como gustéis, pero mis labios se negaron á pedir limosna. Desfallecido, mustio física y moralmente, seguía caminando por las bulliciosas calles, fiando sólo en el misterioso azar la solución del desconsolador problema que los hados adversos me planteaban.

Ya era bien entrada la noche; la muchedumbre iba desapareciendo; las tiendas apagaban sus luces; en el interior de las casas sonaban tambores y panderetas, voces de hombres y de mujeres que entonaban los cánticos de tal velada; de las viviendas de los ricos salía un tufillo azaz grato é inquietante para narices de hambrientos. Pronto hallaríase todo cerrado en la ciudad, y en todos los hogares se celebraría la fiesta, y á la mesa sentaríanse gozosos viejos y jóvenes, ricos y pobres.

Y en mi hogar...

Ni la buena hada ni el mago portentoso de los cuentos azules de encanto surgía para remediar mi desdichada suerte; tampoco — por ser cristiano y caballero — podía en mi desesperación vender, como en otros tiempos la vendían los malaventurados, mi alma á Lucifer. Sobre que estas ventas sólo se realizaban en los cándidos siglos del rey que rabió; en éstos de incredulidad, el señor diablo, de sobra escamón, no aceptaría el ofrecimiento ni aún dándole dinero encima.

Las ideas mas negras invadían mi cerebro como invaden las nubes un cielo tormentoso. La fiebre encendía mi frente y mis papilas, que debían de brillar como las de las fieras acosadas por el hambre, al olatear una víctima. Contra mi pecho apretujaba yo el mísero violín, cuya caja reseca crujía al recibir aquel abrazo de desesperación. Llegué á renegar de mi falta de valor y de osadía; otro hombre, sin los prejuicios de clase que ligaban mi voluntad, plantearía el dilema sin titubeos y lo resolvería ó por la astucia ó por la fuerza. Y yo, en cambio, sin resolver nada, sumido en un mar de temores y de distingos, dejaba transcurrir el tiempo sin agenciarme el pan de aquella noche, la noche del no en la que el hambre es más cruel y sarcástica.

¿Qué hacer, Dios mío?...

Quejumbroso chascó mi violín, y aquel chasquido me inspiró una solución.

Miré en derredor mío y á lo largo de la calle y sonreí amargamente.

La casa de un judío no estaba lejos. Resueltamente me dirigí hacia el antro en donde los sones de la Nochebuena no hallarían eco en el corazón de sus habitantes.

Salgo de ver al judío, un hombre huesudo, alto, pálido, de luengas y canosas barbas, tocado con un gorro de terciopelo rojo, embutido en una bata de tela auténtica de Damasco y en babuchas recamadas de oro, un judío de veras, que al oír mi proposición se ha sonreído burlonamente, y desdeñoso, señalándome la puerta, ha replicado:

— Id, buen hombre, en paz con vuestro cascajo: aquí sólo se compran *stradivarius* ó violines de firma.

Y ¿lo creeréis?... He salido de la tienda con mi violín bajo el brazo y apretujando en mi diestra una onza de oro que quema mi epidermis como un ascua.

¿Que como se ha realizado tal portento?... Escuchad... Ha sido cosa de un instante... Al oír la desconsoladora réplica y ver por tierra mi única esperanza, sentí nublársme los ojos cual si pasara una oleada roja. Como si mi alma de caballero recibiese un latigazo, sentí un loco deseo de caer brutalmente sobre el judío... Paralizó mi irreflexivo movimiento el destellar, para mí harto irónico, de unas monedas de oro, viejas doblas y onzas apiladas en un platillo que el judío tenía sobre una arqueta de ébano en la que apoyaba su cuerpo... Voz suave y dulce de mujer sonó en los interiores de la tienda como si preguntara algo... El judío volvió la cabeza hacia donde le llamaba la voz, y en su lengua contestó no sé qué... Mi mano prócer, con ligereza de fullero y osadía de ladrón, cogió una de aquellas monedas...

Humildoso, la cabeza al pecho, murmurando hipócritamente: «Buenas noches», me dirigía á la puerta de salida, cuando tornó el judío sus ojos hacia mí.

¡Soy un ladrón! Me maravilla y sorprende la facilidad con que he ejecutado el robo... ¡Cosa más fácil!...

La moneda que aprisiona mi mano signe quemándome la epidermis; llevado del miedo me he internado presurosamente en sinnúmero de calles, tembloroso, azorado, cubierto de sudor frío, queriéndoseme saltar el corazón... Seguramente me persiguen; el judío, los jueces, la gente de justicia, la ciudad entera, Tienen á mi alcance. Resuena en mis oídos el terrible clamo reo de una muchedumbre que da caza á un criminal... No puedo más; me ahoga la emoción: me detengo en mi camino, vuelvo la cabeza y falta poco para que caiga de rodillas en acción de gracias á la Providencia...

La calle está solitaria, nadie me persigue. Entro en la primera lonja que hallo al paso, y la moneda de oro, que quema, pasa de mis manos, nunca más pecadoras que entonces, á las del comerciante, el cual, después de empaquetar no sé cuantas vituallas de boca que pide la mía con prodigalidad de menesteroso, hace sonar sobre un trozo de mármol el áureo redondelito, me mira y yo tiemblo de espanto, ¿Leerá en mi cara la felonía que he cometido?...

¡No! El buen hombre guarda la moneda, me da no sé cuantas de plata, recojo los paquetes y salgo de la lonja ya más tranquilo y confiado.

— No sé qué historia he fingido á mi mujer y á mi hija para justificar el sinnúmero de cosas de que soy portador.

— ¡Qué gran noche nos espera!— exclama la madre, y Julia afirma, acolgajándose á mi cuello:

— ¿Y decías tú que íbamos á pasarlo tan mal?... ¡Cena de príncipes!... ¿Ves, padre, como Dios no nos desampara?...

Hago esfuerzos inauditos para disimular la inquietud que experimento: cualquier ruido en la calle ó en la vecindad me llena de sobresalto.

Laura y Julia han preparado la cena, suculenta, digna de príncipes, más sabrosa, según afirman, que la que en tal noche nos servían en nuestro palacio.

Con risas aderezan este banquete, al que asisto acongojado, mintiendo alegría: el caballero está inconsolable al encontrar dentro de sí al rufián que roba como aventajado discípulo de Monipodio: sólo encuentra una leve disculpa á su alevosa acción con el gozo que proporciona á las damas de sus amores, ricas hembras de Castilla que pueden celebrar la Nochebuena gracias á la truhanería de quien debiera ser espejo de hidalgos.

— ¡Dios mío, perdonadme!— suspiro conturbado, mientras que Laura y Julia me miran azoradas al advertir que no me sirvo de los ricos manjares que llenan la mesa. Procuro tranquilizarlas, pretexto inapetencia y beb, más que para calmar la resecura de mi garganta, para anegar en vino el remordimiento, que clava sus uñas en mi cerebro y en mi conciencia, para no oír la voz misteriosa que implacable resuena en mis oídos llamándome «¡ladrón!».

La madre y la hija, con encantadora locuacidad rememoran la patria, nunca más querida que cuando no nos ampara con su manto maternal; nuestros deudos y amigos; las noches como éstas pasadas en las fastuosidades de la Corte. Y más de un suspiro se cruza entre nosotros al evocar lo pretérito.

Julia pone inopinadamente en mi alma un bálsamo tranquilizador al referirme la hermosa leyenda que existe en el país en que nos hallamos: la oyó de boca de una viejecita de la vecindad, una pobre mujer que vende verduras en la plaza.

Tiene la leyenda todo el sano perfume de esas flores de fe que arraigan perdurablemente en el corazón de los pueblos.

Sabed, señores, que en tal noche como ésta hay junto al trono de Dios dos ángeles: el de la Justicia y el de la Misericordia: el ángel de la Justicia, al dar las doce, desaparece durante tres minutos para dejar en completa libertad al de la Misericordia.

Con un beso de inmensa gratitud quise pagar el beneficio que mi conturbada conciencia recibía de los inocentes labios de mi Julia.

¡Dios mío, haz que la hora de mi muerto sea aquélla en la cual el ángel de tu divina Justicia deja á solas al de la Misericordia!

Aquí terminaba el manuscrito que hube de hallar revolviendo unos papeles en el archivo de una de las más linajudas casas españolas.

El archivero, un viejo muy simpático, á quien di cuenta del hallazgo, me dijo:

— Conozco esa historia.

— ¿Y tal vez á quien la escribió?— le pregunté muerto de curiosidad.

— Fué uno de los más ilustres antepasados de la Casa, que estuvo desterrado en Sicilia: un santo varón de Dios, á juzgar por sus obras meritorias.

— Salvo ésta de que habla en su manuscrito — objeté con ironía impertinente.

— Y de la cual, amigo mío — replicó con acento de profunda convicción el archivero — , la Divina Voluntad le ha absuelto de manera que no da lugar á dudas... El noble prócer murió á las doce en punto de una Nochebuena.

5 DE DICIEMBRE: EL BUEY DE BARRO DE JOSÉ ECHEGARAY

*P*erico era un pobre chicuelo abandonado.

Jamás se supo quiénes fueron sus padres. Como brotan en el campo espontáneamente las hierbas y las flores, así al parecer, brotó Perico. Una hierba más en un talud, o en el fondo de un foso, o en el surco de un campo. Primero, la hierbecilla; al cabo de algún tiempo la flor silvestre.

Ni nunca se supo tampoco quién le había recogido, ni quién cuidó de él en los primeros años de su mísera existencia.

De pronto, un día, una noche, no se sabe en qué momento apareció Perico en la pequeña aldea que ha de servir de escenario a este sencillo cuento.

Pero desde aquél día se le vio a Perico vagando o por las callejas de la aldea, o por sus alrededores, o por los pequeños valles de la próxima montaña.

¿No vagan a todas horas en las callejas o en los campos gallinas, cochinillos o perros? Pues Perico fue uno más en la muchedumbre vagabunda.

Con más libertad que esta turba de animales domésticos cada uno de los cuales tenía su círculo, del cual no se atrevía a salir; pero con menos comodidad y menos regalo que ellos, porque las gallinas, al llegar la noche, volvían a su gallinero, a su cubil los cerdos, y aun los perros tenían amos, y en las casas de sus amos se albergaban por la noche, encontrando calor en el hogar y algún hueso que roer bajo la rústica mesa.

Perico ni tenía gallinero, ni cubil, aunque a veces en alguno se deslizaba a escondidas: ni casa, ni hogar, ni hueso que roer tampoco.

Andaba por donde quería: por las que llamaremos calles de la aldea, jugando con otros chicos; por el campo, robando patatas, o berzas, o frutas, o lo que la estación daba de sí. Por el monte, trepando a los árboles para coger nidos, o durmiendo a su sombra. En cambio, por la noche nunca tenía donde dormir a cubierto.

Cada noche era en un hueco distinto: poquísimas veces con techumbre; techumbre, la del cielo. Podía ponerse en pie sin peligro de tropezar con el techo, porque la próvida Naturaleza había tomado mal las medidas. Para un cuerpo tan pequeño había puesto el techo muy alto. ¡Bien es cierto que, en ocasiones, ya que la cabeza de Perico no tropezase con el techo, el techo venía a tropezar con él, desplomándose en forma de nieve, de pedrisco o de aguacero!

Pero, en fin, Perico iba viviendo, y a veces alegre. Por ejemplo cuando se trataba de comer moras y luego se miraba en el cristal de una fuente y se veía todo el hocico y aun toda la cara pintados de negro.

Y en el verano había muchos días que no eran malos. Lo malo era el invierno. El invierno no se ha hecho ni para los viejos ni para los niños. A los niños les roba el calor y les mata, porque son tan débiles que no tienen fuerza para defenderse. A los viejos les acaba de helar.

Así pasaron unos cuantos años, y llegó un invierno más: y llegó la víspera de Nochebuena.

En días tales, Perico escogía la aldea de preferencia al campo; porque la aldea era más alegre en la Navidad, y los vecinos se regalaban más que en otros días del año, y algunas sobras llegaban a Perico.

Día de Pascua hubo en que llegó a él el caparazón de un pavo con media pechuga, milagro patente que Perico no olvido jamás. Ni conquistador sueña más con sus conquistas cuando las ha perdido, ni rey sueña más con su corona cuando anda desterrado de sus reinos, ni doncella enamorada sueña más con sus amores el día del desengaño, que soñó Perico un año entero con el caparazón y la pechuga del gallo. De una ventana lo vio caer, resto de la cena espléndida de algúin rico; y le pareció que era el ave entera que hacia él dirigía su vuelo, y más que pavo, ángel de la esfera celeste. Por eso le tenía Perico tanta afición a la

Nochebuena, y ya desde la víspera andaba rondando por las callejuelas de la aldea y mirando a las ventanas.

Y mirando a las ventanas de arriba, y cansado de mirarlas, miró hacia abajo; y por una ventana baja, muy gande, y abierta de par en par, vio que unos chicos estaban preparando un Nacimiento. Era la casa de uno de los más ricos de aquella pequeña aldea, que ricos hay aun entre los pobres, del modo que hay muchos pobres alrededor de los ricos.

Y el rico había cedido un cuarto bajo a sus hijos, para que en él preparasen un Nacimiento.

Les había comprado las figuras: el pesebre, con el Niño-Dios; San José y la Virgen, vestidos ella de azul y él de almazarrón. La mula y el buey, que eran muy grandes y muy hermosos. La mula, más negra que la cara de Perico cuando se hartaba de moras; el buey, con un aspecto bondadoso que daba gozo y confianza.

Además había un ángel, los tres Reyes magos y muchas pastoras y pastores con regalos para el Niño-Dios; pero ninguno traía ni un caparazón y una media pechuga, ni tan grandes ni tan sabrosos como los que había disfrutado la Nochebuena precedente el pobre Perico.

En todo hay sus compensaciones, y algo ha de aventajar un niño de carne, aun siendo tan mísero y desamparado como Perico, a un Niño-Dios de barro, en el Nacimiento de un ricacho de aldea.

Conque de las figuras se había encargado el padre. Los montes, los valles, las fuentes y los arroyos, las matas y los árboles, y aun las pequeñas candelas que iluminaban el Nacimiento, corrían de cuenta de los chicos. Y la empresa no era difícil para estos. Con banquetas, tablones y cajas de de diversos tamaños podían construir toda la osamenta volcánica o granítica de la montaña. Con unas cuantas resmas de papel de estraza, manchado caprichosamente de tinta y almazarrón, se fingió admirablemente el aluvión y la tierra vegetal, recubriendo con ella la osamenta orográfica. De pedazos de cristal supieron fabricarlagos, ríos y fuentes; ¡que como el frío sea grande, en cristal se convierten los ríos y las fuentes de agua! Y en cuanto a hierbas y ramaje, el monte próximo los daba tan de veras como él de veras los tenía.

En suma; resultaba un Nacimiento precioso, que con ojos de admiración y envidia contemplaba Perico por la abierta ventana.

En aquel instante, los chicos del Nacimiento estaban fabricando una estrella, la que, pendiente de un alambre, había de guiar a los tres Reyes magos.

En una tapa de hojalata — que acaso perteneció a una lata de sardinas — estaban recortando con unas tijeras de jardinero, los agudos picos del astro esplendente y divino.

Dios fabricó de la nada las estrellas del cielo; pues estrellas de hoja de lata fabrican los chicos en la tierra, que de menos nos hizo Dios. Y aun éstas son más firmes que aquéllas, que a las de arriba algunas veces las vemos caer, sin duda porque no cuelgan de buenos alambres.

Sin embargo, Perico, desde la parte de afuera, no se mostraba satisfecho, acaso porque estaba fuera: ¡que a los de afuera nunca les satisfacen las obras de los de adentro!

Alegaba que la estrella tenía pocos picos; y en materia de estrellas era Perico voto de calidad. Como que casi todas las noches del año se las pasaba contemplándolas. Pues él aseguraba que las estrellas de verdad tenían muchos más picos y más finos.

Y sobre la construcción de la estrella les dio Perico a los hijos del ricacho muchos consejos y muy acertados. En agradecimiento, los chicos le explicaron lo que el Nacimiento significaba; y en toda aquella divina historia, aunque toda ella le maravilló a Perico y hasta llegó a enternecerle, hubo un rasgo que se le grabó en la memoria con indeleble marca.

A saber: que aquél buey de barro, tan grande y tan hermoso, calentase con su vaho el cuerpo desnudito del Niño-Dios.

Y llegó la Nochebuena. Noche de frío, noche de nieve, noche mortal para el pobre Perico; más triste, más desamparada, más hambrienta, más negra que ninguna Nochebuena.

Pasó y repasó por todas las callejas de la aldea. Oía, sí, en el interior de las casas y casuchas risas y algazara, rabeles y tambores; pero ninguna ventana se abría, ningún caparazón de pavo con su media pechuga correspondiente bajaba con dulce revoloteo a rozar la cabeza de Perico. Estaba cansado, estaba yerto, sentía hambre; pero sobre todo sentía sueño.

Al fin salió de la aldea, y en una especie de cueva que se abría en un ribazo próximo, se echó a dormir.

Pero no podía dormir: el frío era horrible. Se encogía, quería sacar calor de su cuerpo para su propio cuerpo; pero no tenía calor que prestarse a sí mismo. Se confundían sus ideas. ¡Sus pobrecitas ideas eran tan pocas y diminutas! Y aun así se confundían.

En aquél momento no eran quizá más que dos ideas o dos imágenes. Un caparazón con carne blanda y jugosa, y un buey muy grande con unos ojos muy dxilces y un vaho muy caliente. A estas dos ideas vino a unirse otra, no muy buena, pero muy lógica.

Con ella luchó Perico algún tiempo; pero al fin venció la tentación en aquella especie de sueño.

Salió del socavón a gatas; se levantó y echó a correr; llegó a la aldea y se fue derecho al a casa del ricacho del Nacimiento.

Ante ella se paró. La ventana del día antes estaba cerrada, al parecer; pero empujó y estaba abierta. Y allí estaba el Nacimiento, todo iluminado; y allí estaba el buey calentando al Niño-Dios. En el piso alto se oía ruido, algazara, risas, rabeles y panderetas.

Perico, medio dormido, medio despierto, saltó por la ventana, cogió el buey de barro; con su presa volvió a saltar hacia fuera y echó a correr, murmurando entre dientes «Ya le ha cajentado bastante; ahora que me caliente a mí».

Llegó al socavón; se metió en él con el buey de barro; abrazadito le colocó junto a su cara para recibir mejor el vaho, y al poco rato empezaba a dormirse.

¡Acaso era el sueño de la muerte! El frío, en efecto, era muy grande, y Perico estaba extenuado.

O ¡quién sabe! acaso se hacía la ilusión de que el buey de barro le estaba echando el *aliento*, y una ilusión alienta mucho.

Se vive de ilusiones y de ilusiones se muere.

Hay ilusiones para los niños, como hay ilusiones para las personas mayores.

Y la ilusión de Perico era bien inocente: un buey de barro pegadito a la cara y dándole calor.

Pero los criados de la casa del rico vieron al chico en el momento en que saltaba la ventana. Se dio la voz de alerta; se enteraron todos del robo del buey de barro-, lloraron los niños; se indignó el padre; sonrió tristemente el abuelo, y como todos conocían las madrigueras de Perico, al cabo de un rato Perico y el buey de barro estaban ante el consejo de familia.

— ¿Qué se hace con este ladronzuelo? — preguntó el padre.

Unos opinaron que se le debía entregar a la justicia; otros que se le debía ahorcar en el acto. Pero el abuelo interrogó a Perico: oyó sus explicaciones y sus descargos, o, mejor dicho, los adivinó; recordó el viejo su propia niñez, sus miserias, sus luchas, y dictó esta sentencia:

«que se le dé de cenar a Perico, que se le dé una cama y que no se le abandone ni mañana ni nunca».

Y agregó:

«No ha sido robo. Es que el Niño-Dios le ha prestado por un rato su buey para que le caliente con su vaho.

»No hemos de ser nosotros menos. Prestemos a este pobre niño el vaho de nuestro hogar, y esta será la mejor manera de celebrar la Nochebuena y de tener propicio al Niño del Nacimiento».

6 DE DICIEMBRE: LA MUÑECA DEL NIÑO DIOS DE MANUEL GONZÁLEZ ZELEDÓN

Una pobre mujer, en cuya desgreñada cabellera no luce ya el negro aterciopelado de los años juveniles, cuyas pupilas apagadas no reflejan el rayo ardiente de los mejores años, secos los labios que envidió la pitahaya, marchita y arrugada la frente de bronce y carcomidos los preciosos dientes que un tiempo fueron blancos y apretados como bayas de espino, yace en durísimo esterón sobre el húmedo suelo de una casucha negra y desmantelada. Abriga su aterido cuerpo una cobija desteñida y sucia, y da luz indecisa y móvil al triste cuadro un pedazo de sebo que chisporrotea, lanzando azulejos, adherido al tosco adobe del resquebrajado muro.

En el rincón de aquel nido de la miseria duerme una fresca y risueña criatura de seis años. El tordo que anuncia el verano no tiene las plumas tan negras como sus rizados cabellos; la amapola no brilla bajo las gotas de rocío de la mañana con más vivo color que el de sus labios; jamás la brisa que susurra entre los cafetos en flor ha sido portadora de más suave perfume que el de su aliento. Al través de la morena piel se adivina la sangre ardiente de los trópicos y los graciosos párpados dan sombra a los ojos negros y profundos como la historia de las crueldades de que fueron víctimas sus mayores, los caciques, los indomables, aserrises, los del nervio de pedernal y corazón de roble.

Suenan a lo lejos las doce campanadas del reloj del pueblo. Llaman las lenguas de bronce a los fieles a celebrar en la derruida iglesia el nacimiento del Salvador, y las brisas heladas de la noche llevan envueltos en su manto de neblinas los ecos quejumbrosos de la vihuela, los estridentes gritos de los borrachos y el chasquido sordo del cohete lanzado al aire en son de alegre triunfo.

La niña despierta, ríe y sacude airosa la rizada cabecita, preparándose para la llegada del Niño Dios que trae los juguetes de Nochebuena.

–¿Mamá, vendrá el Niño con la muñeca de trapo? ¿Se le olvidará?

–No, hijita, es que ahora está en la misa del gallo. Duérmase, mi negrita, porque si la ve despierta, no entra.

–¿Pero será de aquéllas que vi en la ciudad?

–Sí, mi vida, de las mismas.

Amarga sonrisa ilumina el pálido rostro de la desventurada mujer; dolor cruel y acerado destroza sus entrañas y el soplo frío de la muerte eriza sus cabellos y hiela las gruesas gotas de sudor que surcan su frente; la niña vuelve a posar su carita sonrosada sobre el duro esterón y siguen iluminando la triste estancia los azulados reflejos de la espirante candela. La mortecina llama al impulso de la brisa de la madrugada forma en las negras paredes sombras que danzan, lenguas de fuego que se entrelazan y reflejos siniestros que espantan.

Al estruendoso estallido de una recámara que saluda al nuevo día, de universal regocijo, despierta la graciosa niña; bebe con las negras pupilas la viva luz de la aurora, arregla con sus dedos de rosa los sueltos bucles de la linda cabellera y lanza un grito de inmensa alegría; allí, junto a ella, está su muñeca, mejor que las de la ciudad; no dice como aquéllas papá y mamá, no tiene trajes de seda ni zapatitos de abejón con hebilla de plata, no tiene ni camisa ni ropa alguna, pero llora, con un llanto de verdad, mueve las manecitas y los lindos pies y los ojos y la boca, y vive, vive como su dueña, como su segunda madre. Lanzando gritos de alegría y carcajadas sonoras de inmenso placer, besa la niña su muñeca encantadora y en tanto que la estrecha con cariño contra su caliente pecho, la madre rígida y yerta, duerme el profundo sueño de la muerte, y la luz juguetona del sol de Navidad irisa en su mejilla la última lágrima de sus cansados párpados.

❄

7 DE DICIEMBRE: CUENTO DE NAVIDAD DE ÁNGEL DE ESTRADA

Si se pregunta:— ¿hay aquí penas?— de fijo que, echando los ojos sobre la muchedumbre, se responde:— ninguna. Aquello se antoja un jubileo de la felicidad, en que las almas y los rostros tienen su parte.

Las bombas arrojan pálida luz eléctrica, formando los anillos fantásticos de una serpiente blanca.

La ola mayor de gente brujulea ante las vidrieras recién puestas, y se estrujan hombres y mujeres, abriendo la boca con seriedad, o riendo con la buena risa de los despreocupados.

La noche no ha podido templar el calor del día, y los sombreros, refugiándose en las manos, dejan al aire cráneos con el pelo al rape, y jopos y melenas y calvas relumbrosas.

Frente a lo de Burgos luchan por no ser disueltos varios círculos de oradores. Un órgano piano lanza en giros elegantes las cascadas de sus notas alegres. La animación acrece; brillan más los grandes avisos con sus letras de luces en los arcos; y todos llevan adentro, miran en el aire, sienten en la música, algo intangible, inexpresable, que murmura felicidad, dice olvido, se envuelve en una esperanza, y es.... ¿quién lo sabe? Se acerca la Noche Buena.

En un grupo de frescas muchachas, camina Marta, alegre, con su vestido nuevo. Lleva a Mimí, al charlatán Mimí, de la mano, y nadie imagina las penas y ternuras que unen sus dos manos enlazadas.

Mimí se olvida de su dolencia, deslumbrado y absorto; todo es lindo en verdad, pero nada tan lindo como aquello.

Dos grandes jarrones de ónix lucen caprichosas flores de invernáculo, envueltos en reflejos azules y de tornasol apagado.

A manera de palios o de fuentes de las mismas flores, saltan por aquí, por allá, hojas esmeraldinas o con tonos de zafiro. Entre frescos musgos, se yerguen dos columnas de bronce, y, surgente de los mecheros de sus lámparas, la luz eléctrica se difunde suave, con el matiz rojo de artísticas pantallas. Las blondas caen, y dos hadas pulsan la cítara, casi intangibles en su trono, ideales en los pliegues de sus mantos, cubiertas por rosas, que lanzan querubes tejidos en los encajes.

Mariposas suspensas por hilos invisibles, derraman en el ambiente la gloria de sus colores, y revolotean sobre los estuches abiertos, amueblados por miniaturas de porcelana. Y allá en el fondo, entre los tonos de las hojas exóticas, trovadores, estudiantes, Mignones; cabezas rubias, cabezas empolvadas, marquesas de Versalles, musmets del Japón, Margaritas y Ofelias; un encanto de la fantasía alrededor de una mesa presidida por Polichinela, que agita platillos y cascabeles, como riéndose de los que miran y sueñan sobre aquellas caras de biscuit, torsos y vientres de aserrín...

Mira — murmuró Celia; y Marta vió en la vidriera de en frente, entre reflejos de espadas y puñales, la imagen de D. Pancho Viale.

Erguido dentro de su traje, firme en su paso de hombre opulento, envuelto en humo de cigarro, pasaba sin que nadie le dijera: — mira — cuando ella apretaba la mano de Mimí, con rabia y dolor.

— Me voy — dijo a Celia, y se perdió en la multitud, con los ojos entornados: huía del fulgor de las tiendas que vibran con vértigo la palabra del lujo. Y Mimí, siguiéndola apenas, sin entrever su amargura, se prometía ser bueno: ¿porqué Melchor, Gaspar ó el otro, el Negro, no habían de poner a Polichinela en su cama de niño pobre?...

Un casal de mirlos, con gorjeos intermitentes, saluda a la nueva mañana, y el calor pica derramando efervescencias vitales. Desde el último piso de la casa, bajo el techo de caprichosas pizarras, se domina el barrio. En la calle, en las espaldas del río, en el cielo de azul purísimo, todo es encantador como la sonrisa de la infancia alegre.

La ciudad despierta, y Marta, que ha velado a su hijo, no duerme. Brilla en sus ojos llanto, tan conocido de las humildes paredes; y siente ecos fúnebres en el silbato del tren vibrante. Cree sentir en las sienes los latidos del corazón del niño y le oye, en la fiebre, murmurar palabras incomprensibles. Está sola. Las cartas que escribió pudieron ser firmadas por el desaliento ¡tantas veces ha escrito inútilmente!... El sol se mofa, riendo en el pobre cortinaje; una bujía arde frente a un santo, y tres golondrinas cortan el aire azul, persiguiendo en el regocijo del vuelo los repiques de un campanario.

¡Qué lindo espectáculo! — exclamaba un joven, del brazo de su pareja — mire! y con el gesto y la sonrisa, señalaba el enjambre de chicuelos que se revolvía alrededor del árbol.

De sus ramas pendía la felicidad en forma de reverberos, farolitos y juguetes: flotaba sobre las cabecitas luz de encanto. Se repartían los objetos, y eran de ver las risas y decepciones, y el trajín de las madres en arreglar con sus dedos los rulos revueltos, o estirar los trajecitos ajados.

Ah! la Noche Buena de los niños! Tiene no sé qué fragancia de rosales nacidos en tierra bendita. ¡Gozadla, criaturas! Un antiguo zorzal canta en las ramas de vuestro árbol, y dice cosa alegres que rozan nuestra frente con un dejo de honda melancolía.

Don Pancho Viale, algo de esto sintió quizá, porque mirando a una señora que besaba a su hijo, exclamó: — qué preciosura! — y como la señora respondiese: — no tanto, no exageréis! — él agregó: — ah! los muchachos han sido siempre mi debilidad!

No se pudo oir más: una voz sobresalía con notas de falsete.

Era el de la voz, dueño de un metro de estatura tirada a plomo sobre los pies, y su interlocutor, con aire bonachón, le oponía su enorme vientre.

— He ahí un emblema, amigo mío. Ved ese árbol y decidme si podría resistir un viento, y eso es nuestro progreso. Edificado en el aire, todo en él es postizo: reverberos, dijes, juguetes de Francia, juguetes de Inglaterra: ¡dónde está la flor, el fruto espontáneo de la planta firme en la tierra, podada, regada! ¿dónde? ¿decid?... Qué había de decir el otro que cogido de un brazo suspiraba por algo con hielo, interrogando a las paredes por una puerta salvadora.

Mimí se ha muerto como se mueren muchos niños: la vida se venga del prófugo despidiéndole con atroces dolores. Después lo pálido les presta sobrenatural belleza, de más allá de la muerte, quizá del cielo.

Marta se ha dormido; el condenado duerme aún antes del suplicio y sueña con la vida. Ella sale de un templito radiante y se alboroza con el santo júbilo.

La Virgen besa al prodigioso Niño, que arrancó suspiros a la tierra, y nace inundándola de esperanzas inefables. Los pastores van murmurando villancicos perfumados como lirios de Idumea, y oraciones elocuentes como el puro amor.

Rumores de roces ideales encantan el pesebre, y en la plácida noche se difunde, con aleteos de ángeles, armonía maravillosa. Allá en el coro divino, Mimí transfigurado, canta, canta feliz. Marta llora, y él se escapa del coro: —¿por qué sufres? mira qué lindo tu Mimí, y cómo puede volar.

Pero ella gime más; desea verle con sus rulos y su traje y no con esa luz divina, que lo aparta de su corazón; y él entonces se ríe, se vuelve el antiguo Mimí, y llenándola de gloria, dice:

—Tonta, si era una broma!

Marta despierta; alguien habla:

—¡Parece que está dormido!

—Ah! el cajoncito azul, las velas llameantes, las flores cariñosas de las amigas del taller... un sollozo desgarrador llenó la bohardilla.

—Ya lo sabéis —dijo la presidenta.

—Son mil pesos —repitió la tesorera.

Las damas se miraron; parecían recogerse en el remordimiento de las cédulas no vendidas.

—¿Qué resolvéis? Supongo que llenar el déficit a escote.

Nuevo silencio. La presidenta tocaba el piano con un dedo sobre la mesa, y la tesorera sacó la cuenta: — Costando a cada marido cien pesos; falta uno.

— Negocio concluido; agreguen a D. Francisco Viale; no se negará para una fiesta de Noel; yo misma le he oído decir: los muchachos son mi debilidad.

"La Conferencia" aplaudió una memoria tan feliz y tan práctica.

8 DE DICIEMBRE: REGALO DE REYES DE ALEJANDRO LARRUBIERA

En camisilla, tiritando de frío, con las caras de ángeles rubios pegadas al cristal de la ventana que se abría poco más de metro y medio sobre la tierra, fisgaban *él* y *ella*, personajes de seis y cinco años respectivamente, el panorama que aquella noche se ofrecía a su contemplación: un panorama de cromo alemán en el que parecía escucharse una melancólica balada: el suelo, tapizado por la nieve; el cielo, diáfano; la luna, reflejando en el cristal del río su disco de plata; en la lejanía, el bosque, como enorme mancha negra, y todo limitado por la montaña, cuyo lomo nevado recibía el frío beso de la luz del satélite.

— Quin, no vienen — observó con tristeza la niña.

— Sí, sí; allí están — musitó el niño apretando aún más su carita contra el cristal y con los ojos muy abiertos.

Después de limpiar con sus deditos de muñeca el vaho que empañaba la vidriera, replicó la niña:

— No los veo: no hay nadie.

— Si son aquellos, los que salen ahora del bosque.

Volvió a mirar afanosa la nena y encogiéndose de hombros dijo:

— ¿Aquellos?... Pero si no son los Reyes Magos..., si son los olivos de la Fuenclara... ¿No ves que se están quietecitos, sin moverse?...

— ¡Pues es *verdá*! — afirmó Quin con desaliento — . ¡No son ellos!... ¡Si no vendrán este año!...

Y su carita trazó una mueca de disgusto.

— Vendrán; todos los años vienen.

— Entonces, nos traerán lo que el año *pasao*..., castañas y nueces... ¡Psh!... ¡Poca cosa!... — dijo el chiquillo desdeñosamente — . ¿Y sabes tú por qué no nos traen a nosotros juguetes bonitos?...

— No sé; mamá dice que los Reyes Magos son pobres.

— Sí, sí, pobres. ¿Y por qué al hijo de D. Bartolo, el médico, le trajeron el año *pasao* un caballo de esos que andan con ruedas de goma?...

La nena no supo qué argüir a tal observación y contentose con mirar asombrada a su hermano.

— No lo sabes, ¿eh?... Pues yo sí... Verás: el otro día D. Claudio, el maestro, dijo que los mejores amigos de los Reyes Magos son los papás, y que cuando los hijos son buenos, les traen esta noche cosas muy bonitas...

— Pues nosotros somos buenos, Quin.

— Pero como papá no está con nosotros nunca — indicó con voz velada por la tristeza el chiquillo — . ¡Toma!... Pues si él estuviera aquí, ya verías tú... Lo menos que me traían a mí los Reyes este año era una escopeta de esas que disparan con fulminantes.

— Y a mí una muñeca de las que cierran los ojos.

— ¡Pero no vienen! — suspiró Quin mirando con melancólico mirar el panorama.

— ¡No vienen!... — repitió la nena como un eco.

¡Noche hermosa y bendita!... Millones de hadas benéficas recorren la tierra, y con solicitud maternal avivan en las imaginaciones infantiles la más alegre y rosada luz de la ilusión... Noche de ensueño para la parte más pura y adorable de la humanidad. Para ella, y solo para ella, se repite el conmovedor pasaje bíblico de los tres Reyes de Oriente — los más poderosos del mundo — caminando por países desconocidos, guiados por una estrella y acompañándose de espléndido cortejo para reverenciar al Niño Dios, ofrecerle riquísimos dones y humillar su vana grandeza de reyes de la tierra ante la imponente humildad en que se les ofrece el rey de los cielos...

Todos los niños os esperan en tal noche con ansiedad imponderable, azorados y gozosos, disimulando su impaciencia febril... ¡Oh, los Reyes tardan mucho en llegar!... La noche es interminable. Y las pobres criaturitas, luchando heroicamente contra el sueño, se refriegan los ojos, ahuyentándolo; pero el enemigo es irresistible, y las cabecitas de doradas y rizosas guedejas se inclinan pesadas sobre los hombros, ciérranse los ojos y se duermen con la boquita entreabierta, como si quisieran pagar con un beso la anhelada visita de los Magos... ¡No importa que estén dormidos!... Los verán en sueños, como los han visto en las estampas, vestidos con trajes talares de riquísimas telas de Damasco, a lomos de camellos fastuosamente engalanados, flotando los mantos de inmaculado armiño, ceñidas las coronas de refulgente pedrería...

Los niños de mi historia, ¡pobrecillos!, ante la inexplicable tardanza de los orientales monarcas, abandonaron el sitio de espera, no sin dejar antes abiertas de par en par las hojas de madera de la ventana... Dando diente con diente, acostáronse en su camita de pobrísimo aspecto y quedáronse profundamente dormidos.

Despacito, como un malhechor que se ampara en las tinieblas para cometer una fechoría, penetró en la habitación una mujer joven, de rostro pálido, demacrado y en el que había huellas de dolores físicos y de aquellos otros del alma, que tan rápidamente marchitan la juventud y la alegría de los que los padecen.

Quedose parada delante de la camita y fijó sus ojos en los niños. En aquella mirada, la pobre madre expresó sin palabras la angustia atormentadora y los múltiples recuerdos que revivían en ella al contemplar a sus hijos... ¡Pobre mujer!... Habíase casado a disgusto de sus padres, labradores tan ricos como sórdidos, con el elegido por su alma: un infeliz que no tenía cosa que más valiera que una voluntad de hierro y un corazón de oro... Los padres, cegados por la ambición, abandonaron a la hija a su suerte... Y esta fue ingrata al enamorado matrimonio... Un día, Juan, el marido, manifestó a su mujer su inquebrantable propósito de marcharse del pueblo e irse a América, el Pactolo soñado por todos los pobretucos... Allí iba a buscar el bienestar de su mujer, de sus pequeñines, de él mismo, o a sucumbir...

Y se marchó, y pasó un año y dos y tres y cuatro y no volvía... En sus cartas nunca hacía alusión a su modo de vida: de vez en cuando enviaba unas cuantas monedas de oro, las suficientes para que no se muriesen de hambre aquellos pedazos de sus entrañas.

Y las noches de Reyes pasaban, y en aquel hogar, solo alegre por las risas de los pequeños, no depositaban los Magos cosa mejor que castañas y nueces...

A las tinieblas de la noche sucediose desmayada y tristona claridad que, penetrando por las vidrieras, alumbraba la habitación en que dormían abrazaditos los pequeñuelos.

Quin despertó sobresaltado, refregose los ojos, y despacito, para no despertar a su hermanita, puso los pies en el suelo, y después de meterlos en unos zapatos rotos y ponerse la chaqueta, avanzó pasito a pasito hacia la ventana. Al acercarse al cristal, la criaturita no pudo reprimir un grito de asombro... Acababa de ver a los Magos... Ahora sí que no eran olivos los que él tomaba por Reyes... Venían a caballo... Se aproximaban... El corazón del muchacho latía presuroso... Extático, veíalos acercarse... Dudó un momento entre avisar o no la fausta nueva a Nina... No pudo resistir al deseo vehemente que le aguijaba... Llegose a la cama, y zarandeándola por uno de los brazos, murmuró a su oído:

— ¡Despierta, Nina!... ¡Que llegan los Reyes!...

La nena abrió los ojos azorada.

— ¿De veras? — preguntó.

— ¡Y tan de veras!... ¡Anda, vístete!... Toma...

Y a brazadas fue echando la ropa de vestir sobre la cama.

— ¿Y cómo son los Reyes? — preguntó la nena vistiéndose.

— ¡Ya lo verás!... Tú corre, no sea que, si no nos ven, pasen de largo, sin acordarse de nosotros — decíale Quin nervioso e inquieto —. ¡No te ates los zapatos! ¡Corre!... ¡Que se van a ir!...

Corrió la nena lo más que pudo, y ya vestida, presa de la mayor emoción, dirigiose hacia la ventana.

¡Dios de Dios!... Los Reyes no estaban... No se veía más que el campo nevado; el río como un espejo, los árboles sombríos del bosque, difuminada la recortadura de la montaña, y sobre todo esto un cielo que daba frío por su claridad plateada.

La decepción fue tremenda. Quin, en un momento de suprema decisión, no convencido aún de la triste realidad, abrió de par en par la ventana.

Ambos chiquitines lanzaron un grito intraducible al asomarse y ver que un hombre sentado en los hombros de otros dos tendía hacia el alféizar una caja cuidadosamente envuelta en unos papeles de seda.

— ¡Los Reyes!... ¡Los Reyes! — tartamudeó Quin.

El de la caja afianzó sus manos en el cerco de la ventana y saltó dentro de la habitación.

— ¡Mamá!... ¡Mamá!... — gritaron azorados y muertecitos de miedo Nina y Quin...

Apareció la madre, mal arrebujada en un mantón, y al ver al intruso, corrió a su encuentro sollozando de alegría.

— ¡Esposo mío! — balbuceó.

Y ya en sus brazos, rodeados de los pequeños que contemplaban atónitos la escena, habló el hombre para decir con voz en que traslucía una emoción vivísima:

— He conquistado una modesta fortuna para ti, amada mía; para vosotros, hijos míos... La casualidad ha hecho que me hayáis sorprendido en el momento de mayor ventura para mí..., cuando venía a anunciaros mi llegada, trayéndoos el regalo de Reyes...

9 DE DICIEMBRE: DON MELCHOR Y LOS REYES MAGOS DE JOSÉ ECHEGARAY

*L*as breves líneas que vamos a escribir, *no son*, porque todavía no están escritas, pero tampoco *serán* cuando las escribamos, ni un drama, ni un cuento, ni una leyenda, ni una historia.

En rigor, no hay en toda la nomenclatura literaria un nombre que les cuadre: verdad es que tampoco lo han de merecer.

El lugar de la acción es un conjunto de casas, que no puede decirse que forman ni una aldea, ni una villa, ni una ciudad.

Son unas cuantas viviendas resguardadas en la quebrada de un monte y apoyadas en una de las laderas.

Las cerca un río, aunque este nombre sea sobradamente ambicioso. A río no llega, pero es más que arroyo.

El sitio por lo demás es agreste y pintoresco.

Las casas son más que chozas, pero no tienen más que un piso; están pintadas de blanco, cubiertas de tejas y en cada techumbre hay su correspondiente chimenea.

En el rigor del invierno, cuando la quebrada del monte está cubierta de nieve y cuando están cubiertos de nieve los tejados, desde la ladera opuesta un observador confundiría la blancura de las casas con la blancura de la nevada superficie, y no divisaría el poblado a no ser por el humo de las chimeneas y por una torrecilla, que es la de una pequeña iglesia, la cual más que iglesia parece ermita, por lo diminuta.

Los personajes principales son: D. Melchor y dos niños, Perico y Luisito.

El coro por allí alrededor andará, o trabajando en el campo o atizando el fuego en la cocina, o cruzando de una a otra calleja; porque el poblado, callejas tiene, aunque no tenga calles.

El momento de la acción — si es que hay acción, que momento y aun momentos debe haberlos — es desde fines de diciembre hasta el día de Reyes.

D. Melchor debió ser en su tiempo caballero: hoy es casi campesino. Nació en el poblado, se fue por el mundo, y ya casi viejo volvió a la modesta casa de su nacimiento, acompañado de un niño, que sería su hijo o sería su nieto, para el cual trajo un Nacimiento precioso con magníficos montes de corcho, fuentes y ríos de cristal, pastores y pastoras de gran tamaño; y por de contado el Niño Dios, San José y la Virgen, la mula y el buey y los tres Reyes Magos con sus respectivos acompañamientos.

A los dos años de llegar se le murió el niño y se quedó solo. La cara muy pálida, el pelo muy blanco y cayéndole a mechones, como nieve que se derrite, el traje de luto perpetuo y la tristeza perpetua: así era. Únicamente cuando veía algún niño, entre sus labios pálidos se dibujaba algo así como una sonrisa.

Cuando llegaban las Navidades armaba su Nacimiento en una gran sala; abría las puertas para que entrasen todos los chicos del poblado; y él, sentado en un ancho sillón de vaqueta, les veía pasar, les oía reír, y de cuando en cuando, con un gran pañuelo de hierbas, se secaba los ojos: con la edad y las tristezas, los ojos se enternecen.

Como se llamaba Melchor, le llamaban en el pueblo el Rey Mago: el mejor de los Reyes Magos, porque tenían averiguado aquellas gentes que Gaspar era áspero y Baltasar colérico, pero que Melchor era de blanda condición.

El segundo personaje, es decir, Luisito, era hijo de una familia relativamente rica. No era malo, pero caprichoso, porque todos le mimaban mucho.

El tercer personaje, el más humilde, el más diminuto, era Perico.

¿Y quién era Perico? No es fácil averiguarlo.

Pregunte usted en primavera a un pajarillo que revolotea por entre las ramas de un cerezo quién es, cómo se llama, de dónde viene, quiénes fueron sus padres y a qué vino al mundo.

Pues tan difícilmente contestaría Perico a estas preguntas, como pudiera contestar el pajarillo.

Realmente, a una de ellas contestaría Perico, diciendo que Perico era su nombre; pero alguna diferencia ha de haber entre un ser humano y un pájaro.

Por lo demás, como el pájaro, revoloteaba Perico por entre las ramas de los árboles frutales.

Se alimentaba de frutas cuando las había, y cuando no, de los desperdicios y sobras de todas partes.

Bebía del agua de las fuentes y dormía en verano al aire libre: todo terruño era colchón, verde sábana de seda toda hierba y almohada cualquier pedrusco.

En invierno, en tiempo de lluvias, nevadas y ventiscas, el socavón de una roca le prestaba abrigo.

Con todo esto se criaba robusto, porque la naturaleza le había planteado este dilema: «o te mueres o te haces fuerte»; y él quiso vivir, y se fortaleció a maravilla.

Por lo demás, siempre estaba alegre. Cuando sudaba en verano, reía recogiendo el sudor con las dos manitas y sacudiéndolo en el aire.

Cuando hacía mucho frío, allá en diciembre y enero, el tiritar le ayudaba para reír; y sacándose de entre el pelo copos de nieve, los deshacía entre los dedos como si jugase con polvo de diamante.

¡Qué alegría le daba el calor! ¡Qué alegría le daba el frío!

Es que la Naturaleza y él siempre eran jóvenes, y los niños se entienden fácilmente unos con otros. Algunas veces riñen, pero casi siempre juegan.

También jugaba todos los días con Luisito; porque la Naturaleza y la niñez nivelan todas las condiciones sociales.

Conque Perico y Luisito, cuando llegó la Navidad y D. Melchor abrió al público su Nacimiento, fueron juntos y cogidos de la mano a gozar de aquel espectáculo sorprendente.

Los dos chiquillos en pie, reconcentrando toda su atención sobre los tres Reyes Magos, y D. Melchor sentado en su sillón de vaqueta y fijando sus ojos tristes y húmedos en los dos chiquillos: así los encontramos ahora.

Luisito decía:

— Mira, esos tres son los Reyes Magos; hay que encargarles que no falten; la noche de Reyes pondré mis zapatos a la ventana y a ver de qué me los llenan. ¿Y tú vas a poner tus zapatos también?

— Es que yo no tengo ventana, dijo Perico; pero los pondré en la entrada del socavón, por la parte de fuera. Aunque sé que no han de ponerme nada; porque como soy pobre, ¡qué han de ponerme a mí!

Y una nota de tristeza apuntó, por primera vez en su vida, en la voz de Perico.

— Es verdad — dijo Luisito — ; ¡pero quién sabe! Encárgaselo a Melchor, que ese dicen que es bueno.

— Por encargarlo no ha de quedar — replicó Perico.

Y acercando el dedo a la figura de barro de Melchor, le dijo con tono humilde:

— Oye, si quieres, ponme algo la noche de Reyes.

Luisito le apretó el brazo y en voz muy baja le avisó que D. Melchor estaba mirando y que no le gustaba que tocasen a las figuras del Nacimiento.

Perico retiró el dedo, se agarró a Luisito y con él salió corriendo y diciendo entre risas y miedos:

— Me ha visto sí, sí; me ha visto D. Melchor tocar al Melchor de barro.

D. Melchor entretanto se secaba los ojos con el pañuelo de hierbas.

Pasaron días, todos los de Navidad, alegres para los chicos del pueblo y alegres también para Perico, que siempre tenía la risa en los labios aunque tiritase de frío y se muriese de hambre. Cuando oía reír, reía, y cuando estaba solo reía también. Dijérase que le retozaban en el cuerpo un manojo de primaveras y todos los pájaros del aire.

Pero iba a llegar la noche de Reyes y era grande la emoción de Luisito y de Perico.

¿Se acordarían de ellos los Reyes Magos?

De Luisito se habían acordado siempre; de Perico nunca; ¿quién sabe?, acaso este año se acordarían. El muchacho con todo ahínco se lo había encargado a Melchor, y casi le había tirado de la capa de barro.

Llegó la noche deseada. Luisito se fue a acostar entre sábanas limpias y sahumadas después de haber puesto sus dos zapatos en la ventana. ¡Cuántas cosas soñó aquella noche! ¡Cuántas veces vio pasar a los Reyes Magos por la calleja con sus dromedarios y sus negrazos!

Perico, al anochecer, se fue a su socavón con una manta vieja que le habían dado los padres de Luisito como regalo de Navidad.

Al llegar a su cueva se quitó los zapatos, viejos, pero fuertes, regalo de otro amiguito; pero le asaltó una duda.

¿Pondría los dos fuera de la cueva? ¡Era mucha ambición! Los

Reyes Magos podrían incomodarse. Que Luisito pusiera sus dos zapatos estaba bien, porque era un señorito; pero que el pobre Perico hiciera que le llenasen de dulces sus dos zapatones, tan viejos, tan toscos, tan feos, tan manchados por dentro de sudor y por fuera de barro, era un verdadero desacato hecho a la faz del cielo a aquellos grandes señores de la corona y del dromedario.

Con un zapato bastaba, y gracias si le echaban un puñado de caramelos.

Conque puso un zapato por la parte de fuera del socavón, y en el rincón más obscuro se acurrucó envuelto en su manta, que le supo a gloria. Jamás había tenido tan buen abrigo. Y se rió de gusto acariciándose los dedos de los desnudos pies.

Pronto se durmió, pero no con sueño muy profundo, que también soñaba con los Reyes Magos como soñaba Luisito.

Allá a la media noche creyó oír las pisadas de un caballo; y aunque la obscuridad era bastante profunda, le pareció que un jinete llegaba a la boca del socavón, que en ella se detenía y que echaba pie a tierra.

Debía ser uno de los Reyes Magos.

Pero venía sin pompa; sin dromedarios ni negros. Ni traía corona ni capa de colores; todo él era una sombra.

La verdad es que Perico no merecía más. Sin duda para él se habían puesto los Reyes la ropa más vieja.

Aquella visión o aquella realidad pasó bien pronto y Perico durmió profundamente el resto de la noche.

Ya muy entrado el día, una gran claridad le despertó: había nevado, y los reflejos de la luz sobre la nieve iluminaban el socavón.

Salió Perico y encontró su zapato lleno de nieve que, como había helado después de la nevada, era como una horma de cristal.

Vamos, aquella nieve era, por lo visto, el regalo de Melchor, pensó el chiquillo.

Con cierta tristeza, pero con cierto respeto, cogió Perico su zapato sin atreverse a sacudirlo; y con él bajo del brazo, con un pie calzado y el otro desnudo, se fue cojeando a ver a Luisito.

Aquel desequilibrio entre sus dos pies que le hacía cojear, le hacía reír; y al mirar el zapato que llevaba bajo del brazo con el mazacote de hielo convertido en cristal, aún se reía más.

¡Bien se había portado Melchor! ¡Buena broma le había dado el viejo monarca!

Cuando llegó a casa de Luisito, encontró a don Melchor junto al hogar y enfrente a Luisito, atracándose de dulces, porque de dulces aparecieron llenos sus dos zapatos.

— ¿Qué te han puesto los Reyes Magos? — le preguntó su amigo con la boca llena de yemas.

— Esto — dijo Perico enseñando el zapato con la nieve cuajada dentro.

Luisito se echó a reír; por poco se ahoga. Perico le acompañó en la risa, según costumbre.

— Pon el zapato junto al fuego — le dijo D. Melchor —, para que la nieve se derrita y puedas calzarte.

Y el muchacho obedeció. Acercó el zapato a las llamas, se sentó en el suelo y se quedó mirando fijamente aquel cristal, que poco a poco se convertía en agua, mientras revolvía en la boca la última yema acaramelada que, por ser la última, se la cedió Luisito.

Y el fuego chisporrotea, y el calor se extiende, y la nieve se derrite, y el zapato se rezuma, y D. Melchor, Perico y Luisito tienen la vista fija en aquel zapato convertido en puchero.

Y los padres de Luisito, que han entrado, miran también por encima de los chicos el curioso experimento. Perico con misteriosa atracción; fija la vista en el fondo del zapato, que ya comienza a dibujarse bajo la última capa de agua. D. Melchor, con maliciosa sonrisa. Luisito, con agitación dolorosa, porque las yemas se le han indigestado.

Al fin se ve el fondo del zapato.

¿Pero qué es aquello que está pegado al fondo?

Es una cosa redonda, brillante, dorada.

Si no fuera el zapato de Perico, se diría que era una moneda de oro.

Y al fin el muchacho lo dice, y la saca triunfante, y se pone en pie, y salta de gozo, y la presenta al reflejo de las llamas para ver cómo brilla.

— ¡Bien se ha portado Melchor! ¡Bien se ha portado Melchor! — grita Perico.

Luisito quisiera también reír y saltar; pero siente horribles retortijones.

Y al fin D. Melchor le dice a Perico:

— Ya que Melchor, el Rey Mago, se ha portado tan bien contigo, yo, por llamarme Melchor, quiero hacer algo también por ti. Desde hoy mismo vendrás a vivir conmigo; no dormirás a la intemperie; no dormirás en el socavón; te enseñaré a leer y a escribir, y te enseñaré —

entre otras cosas — que los dulces de la riqueza a veces suelen indigestarse; y que bajo las apariencias de la miseria y bajo la nieve derretida se encuentran moneditas de oro verdadero. En fin, Perico, que el año que viene pondrás tus zapatos en mi ventana, y para llenarlos de cosas ricas, no tendrá que ir Melchor, sufriendo lluvia y frío, a la boca de tu cueva.

10 DE DICIEMBRE: LA NOCHEBUENA DEL CARPINTERO DE EMILIA PARDO BAZÁN

*J*osé volvió a su casa al anochecer. Su corazón estaba triste: nevaba en él, como empezaba a nevar sobre tejados y calles, sobre los árboles de los paseos y las graníticas estatuas de los reyes españoles, erguidas en la plaza. Blancos copos de fúnebre dolor caían pausadamente en el alma del carpintero sin trabajo, que regresaba a su hogar y no podía traer a él luz, abrigo, cena, esperanzas.

Al emprender la subida de la escalera, al llegar cerca de su mansión, se sintió tan descorazonado, que se dejó caer en un peldaño con ánimo de pasar allí lo que faltaba de la alegre noche. Era la escalera glacial y angosta de una casa de vecindad, en cuyos entresuelos, principales y segundos vivía gente acomodada, mientras en los terceros o cuartos, buhardillas y buhardillones, se albergaban artesanos y menesterosos. Un mechero de gas alumbraba los tramos hasta la altura de los segundos; desde allí arriba la oscuridad se condensaba, el ambiente se hacía negro y era fétido como el que exhala la boca de un sucio pozo. Nunca el aspecto desolador de la escalera y sus rellanos había impresionado así a José. Por primera vez retrocedía, temeroso de llamar a su propia puerta. ¡Para las buenas noticias que llevaba!

Altas las rodillas, afincados en ellas los codos, fijos en el rostro los crispados puños, tiritando, el carpintero repasó los temas de su desesperación y removió el sedimento amargo de su ira contra todo y contra todos. ¡Perra condición, centellas, la del que vive de su sudor! En verano, cebolla, porque hace un bochorno que abrasa, y los pudientes se marchan a bañarse y a tomar el fresco. En Navidad, cebolla, porque nadie quiere meterse en obras con frío y porque todo el dinero es poco para leña de encina y abrigos de pieles. Y qué, ¿el carpintero no come en la canícula, no necesita carbón y mineral cuando hiela? El patrón del taller le había dicho meneando la cabeza: «¿Qué quieres hijo? Yo no puedo sacar rizos donde no hay pelo... Ni para Dios sale un encargo... Ya sabes que antes de soltarte a ti, he «soltao» a otros tres... Pero no voy a soltar a mis sobrinos, los hijos de mi hermana..., ¿estamos? Ya me quedo con ellos solos... Búscate tú por ahí la vida... A ingeniarse se ha dicho...» ¡A ingeniarse! ¿Y cómo se ingenia el que sólo sabe labrar madera, y no encuentra quien le pida esa clase de obra?

Un mes llevaba José sin trabajar. ¡Qué jornadas tan penosas las que pasaba en recorrer Madrid buscando ocupación! De aquí le despedían con frases de conmiseración y vagas promesas; de allá, con secas y duras palabras, hasta con marcada ironía... «¡Trabajo! Este año para nadie lo hay...», respondían los maestros, coléricos, malhumorados o abatidos. De todas partes brotaba el mismo clamor de escasez y de angustia; doquiera se lloraban los mismos males: guerra, ruina, enfermedades, disturbios, catástrofes, miedo, encogimiento de bolsillos... Y José iba de puerta en puerta, mendigando trabajo como mendigaría limosna, para regresar a la noche, de semblante hosco y ceño fruncido, y contestar a la interrogación siempre igual de su mujer con un movimiento de hombros siempre idéntico, que significaba claramente: «No, todavía no.»

La mala racha los cogía sangrados, después de larga enfermedad: una tifoidea de la chica mayor, Felisa, convaleciente aún y necesitada de alimento sustancioso; después de la adquisición de una cómoda y dos colchones de lana, que tomaron el camino de la casa de empeños a escape; después de haber pagado de un golpe el trimestre atrasado de la vivienda y oído de boca del administrador que no se les permitiría atrasarse otra vez, y al primer descuido se los pondría de patitas en la calle con sus trastos... En ocasión tal, un mes de holganza era el hambre enseguida, el ahogo para el resto del venidero año. ¡Y el hambre en una familia numerosa! Nadie se figura el tormento del que tiene la obligación de traer en el pico la pitanza al nido de sus amores, y se ve precisado de volver a él con el pico vacío, las plumas mojadas, las alas caídas... Cada vez que José llamaba y se metía buhardilla adentro, el frío de los desnudos baldosines, la nieve de la apagada cocina, se le apoderaban del espíritu con fuerza mayor; porque el invierno es un terrible aliado del hambre, y con el estómago desmantelado muerde mil veces más riguroso el soplo del cierzo que entra por las rendijas y trae en sus alas la voz rabiosa de los gatos...

Cavilaba José. No, no era posible que él pasase aquel umbral sin llevar a los que le aguardaban dentro, famélicos y transidos, ya que no las dulzuras y regalos propios de la noche de Navidad, por lo menos algo que desanublase sus ojos y reconfortase su espíritu. Permanecía así en uno de esos estados de indecisión horrible que constituyen verdaderas crisis del alma, en las cuales zozobran ideas y sentimientos arraigados por la costumbre, por la tradición. Honrado era José, y a ningún propósito criminal daba acogida, ni aun en aquel instante de prueba; las manos se le caerían antes que extenderlas a la ajena propiedad; pero esta honradez tenía algo de instintivo, y lo que se le turbaba y confundía a José era la conciencia, en pugna entonces con el instinto natural de la hombría de bien, y casi reprobándolo. Él no robaría jamás, eso no...; pero vamos a ver: los que roban en casos análogos al suyo, ¿son tan culpables como parece? A él no le daba la gana de abochornarse, de arrostrar el feo nombre de ladrón; unas horas de cárcel le costarían la vida; moriría del berrinche, de la afrenta; bueno: ésas eran cosas suyas, repulgos de su dignidad, que un carpintero puede tener también: mas los que no padeciesen de tales escrúpulos y cometiesen una barbaridad, no por sostener vicios, por mantener a la mujer y a los pequeños..., ¿quién sabe si tenían razón? ¿Quién sabe si eran mejores maridos, mejores padres? Él no daba a los suyos más que necesidad y lágrimas...

Gimió, se clavó los dedos en el pelo y, estúpido de amargura, miró hacia abajo, hacia la parte iluminada de la escalera. Por allí mucho movimiento, mucho abrir de puertas, mucho subir y bajar de criados y dependientes llevando paquetes, cartitas, bandejas; los últimos preparativos de la cena: el turrón que viene de la turronería; el bizcochón que remite el confitero; el obsequio del amigo, que se asocia al júbilo de la familia con las seis botellas de jerez dulce y las rojas granadas. Una puerta sola, la de la anciana viuda y devota, doña Amparo, que no se había abierto ni una vez; de pronto se oyó estrépito, una turba de chiquillos se colgó de la campanilla; eran los sobrinos de la señora, su único amor, su debilidad, su mimo... Entraron como bandada de pájaros en un panteón; la casa, hasta entonces muda, se llenó de rumores, de carreras, de risas. Un momento después, la criada, viejecita, tan beata como su ama, salía al descanso y gritaba en cascada voz:

— ¡Eh, señor José! ¿Está por ahí el señor José? Baje, que le quiero dar un recado...

En los momentos de desesperación, cualquier eco de la vida nos parece un auxilio, un consuelo. El que cierra las ventanas para encender un hornillo de carbón y asfixiarse, oye con enternecimiento los ruidos de la calle, los ecos de una murga, el ladrido del perro vagabundo... José se estremeció, se levantó y, ronco de emoción, contestó bajando a saltos:

— ¡Allá voy, allá voy, señora Baltasara!...

— Entre... — murmuró la vieja — . Si está desocupado, nos va a armar el Nacimiento, porque han «venío» los chicos, y mi ama, como está con ellos que se le cae la baba pura...

— Voy por la herramienta — contestó el carpintero, pálido de alegría.

— No hace falta... Martillo y tenazas hay aquí, y clavos quedaron del año «pasao»; como yo lo guardo todo, bien apañaditos los guardé...

José entró en el piso invadido por los chiquillos y en el aposento donde yacían desparramadas las figuras del Belén y las tablas del armadijo en que habían de descansar. Entre la algazara empezó el carpintero a disponer su labor. ¡Con qué gozo esgrimía el martillo, escogía la punta, la hincaba en la madera, la remachaba! ¡Qué renovación de su ser, qué bríos y qué fuerzas morales le entraban al empuñar, después de tanto tiempo, los útiles del trabajo! Pedazo a pedazo y tabla tras tabla iba sentando y ajustando las piezas de la plataforma en que el Belén debía lucir sus torrecillas de cartón pintado, sus praderas de musgo, sus figuras de barro toscas e ingenuas. Los niños seguían con interés la obra del carpintero; no perdían martillazo; preguntaban; daban parecer y coreaban con palmadas y chillidos cada adelanto del armatoste. La señora, entre tanto, colgaba en la pared algunas agrupaciones de bronce y vidrio para colocar en ellas bujías. Los criados iban y venían, atareados y contentos. Fuera nevaba; pero nadie se acordaba de eso; la nieve, que aumenta los padecimientos de la miseria, también aumenta la grata sensación del bienestar íntimo del hogar abrigado y dulce. Y José asentaba, clavaba la madera, hasta terminar su obra rápidamente, en una especie de transporte, reacción del abatimiento que momentos antes le ponía al borde de la desesperación total...

Cuando el tablado estuvo enteramente listo y José hubo dado alrededor de él esa última vuelta del artífice que repasa la labor, doña Amparo, muy acabadita y asmática, le hizo seña de que la siguiese, y le llevó a su gabinete, donde le dejó solo un momento. Los ojos de José se fijaron involuntariamente en los muebles y decorado de aquella habitación ni lujosa ni mezquina, y, sobre todo, le atrajo desde el primer momento una imagen que campeaba sobre la consola, alumbrada por una lamparilla de fino cristal. Era un San José de talla, escultura moderna, sin mérito, aunque no desprovista de cierto sentimiento; y el santo, en vez de hallarse representado con el Niño en brazos o de la mano, según suele, estaba al pie de un banco de carpintero, manejando la azuela y enseñando al Jesusín, atento y sonriente, la ley del trabajo, la suprema ley del mundo. José se quedó absorto. Creía que la imagen le hablaba; creía que pronunciaba frases de consuelo y de cariño infinito, frases no oídas jamás. Cuando la señora volvió y le deslizó dos duros en la mano, el carpintero, en vez de dar las gracias, miró primero a su bienhechora y después a la imagen; y a la elocuencia muda de sus ojos respondió la de los ojos de la viejecita, que leyó como un libro en el alma de aquel desventurado, deshecho física y moralmente por un mes de ansiedad y amargura sin nombre. Y doña Amparo, muy acostumbrada a socorrer pobres, sintió como un golpe en el corazón; la necesidad que iba a buscar fuera de casa, visitando zaquizamíes, la tenía allí, a dos pasos, callada y vergonzante, pero urgente y completa. Alzó los ojos de nuevo hacia la efigie del laborioso patriarca y, bondadosamente, tosiqueando, dijo al carpintero:

— Ahora subirán de aquí cena a su casa de usted, para que celebren la Navidad.

11 DE DICIEMBRE : EL INTRÉPIDO SOLDADO DE PLOMO DE HANS CHRISTIAN ANDERSEN

TRADUCIDO POR D.R. FERNÁNDEZ CUESTA

Había una vez veinticinco soldados de plomo, todos hermanos porque todos habían nacido de una antigua cuchara de plomo. Con el arma al brazo, la mirada fija, el uniforme rojo y azul, ¡qué aspecto tan feroz tenían todos! La primera cosa que oyeron en este mundo, cuando levantaron la tapa de la caja en que estaban encerrados fue este grito: "¡Soldados de plomo!" que lanzó un niño batiendo las manos. Se los habían regalado como presente por el día de su santo, y se divertía poniéndolos en fila sobre la mesa. Todos los soldados se parecían perfectamente, a excepción de uno que solo tenía una pierna: había sido el último en ser echado al molde y ya no quedaba suficiente plomo. Sin embargo, se mantenía tan firme sobre esta pierna como los demás sobre las dos, y este es, precisamente, el que nos importa conocer.

Sobre la mesa donde estaban puestos en fila nuestros soldados, había otros muchos juguetes; pero lo que había más curioso era un precioso castillo de papel. A través de las pequeñas ventanas se podían ver hasta sus salones. Fuera se elevaban unos pequeños arbolitos alrededor de un espejo que imitaba un lago; algunos cisnes de cera nadaban y se reflejaban en él. Todo esto era muy bonito pero lo que había aún más hermoso era una pequeña señorita de pie en la puerta abierta del castillo. Era también de papel; pero tenía un jubón de linón transparente y muy ligero y encima del hombro, a guisa de bandolera, una pequeña cinta azul, estrecha en medio de la cual brillaba una lentejuela tan grande como su cara. La señorita tenía sus dos brazos extendidos, porque era una bailarina y levantaba una pierna en el aire tan alta, que el soldadito de plomo no pudo descubrirla y pensó que la señorita no tenía, como él, más que una pierna.

"He aquí una esposa que me convendría", pensó, "Es demasiado gran señora. Habita un castillo y yo una caja, que comparto con veinticuatro compañeros, en la que no hallaré sitio a propósito para ella. Sin embargo, es preciso que la conozca" Y diciendo esto se escondió detrás de una tabaquera. Desde allí podía mirar placenteramente a la elegante señora, que continuaba sosteniéndose sobre una pierna sin perder el equilibrio.

Por la noche fueron recogidos los demás soldados en su caja y las personas de la casa se fueron a acostar. Enseguida los juguetes comenzaron a divertirse solos: primero jugaron a la gallinita ciega, después jugaron a hacerse la guerra, y por último dieron un baile. Los soldados de plomo se agitaban en su caja porque querían asistir a él; ¿pero cómo levantar la tapa? El casca-nueces hizo piruetas y el lápiz trazó mil caprichosas figuras; llegó a ser tal el ruido que el jilguero se despertó y empezó a cantar. Los únicos que no se movían de su puesto eran el soldado de plomo y la pequeña bailarina. Ella continuaba sobre la punta del pie y con los brazos extendidos; él firme sobre su única pierna y sin dejar de espiarla.

Llegó la medianoche y ¡crac! la tapa de la tabaquera saltó; pero en lugar de tabaco tenía un pequeño mago. Era un juguete de sorpresa.

— Soldado de plomo — dijo el mago — Procura mirar a otra parte.

Pero el soldado hizo como que no lo oía.

— Espera a mañana y verás — continuó el mago.

Al día siguiente cuando los niños se levantaron, pusieron el soldado de plomo en la ventana; pero de pronto empujado por el mago o por el viento, cayó de cabeza desde el tercer piso a la calle. ¡Qué terrible caída! Quedó con el pie por el aire, con todo el cuerpo sobre el fusil con la bayoneta clavada entro dos losas del piso.

La niñera y el niño bajaron a buscarle pero, aunque faltó poco para que lo pisaran, no pudieron verle. Si el soldado hubiese gritado "¡Tened cuidado!" le habrían encontrado; pero creyó que eso sería deshonrar el uniforme.

Empezó a llover, y en breve las gotas se sucedieron sin intervalo; fue un verdadero diluvio. Concluida la tempestad, pasaron dos muchachos:

— ¡Vaya! — dijo uno — Aquí hay un soldado de plomo, hagámosle navegar.

Construyeron un barco con un periódico viejo, pusieron dentro al soldado de plomo, y le hicieron bajar por el arroyo. Los dos muchachos corrían a su lado y aplaudían con las manos. ¡Qué oleadas, gran Dios, en ese arroyo! ¡Qué fuerte era la corriente! ¡Pero había llovido tanto! El barco de papel se movía de una manera descompensada; pero a pesar de todo, el soldado de plomo permanecía impasible, con la mirada fija y el arma al brazo.

De pronto, el barco fue lanzado por un pequeño canal, donde estaba tan oscuro como en la caja de los soldados. "¿Dónde voy ahora?" pensó "Seguro que es el mago el que me causa este mal. Sin embargo, si la señorita estuviese conmigo en el barco, aunque la oscuridad fuese doblemente profunda no me importaría.

En breve se presentó una gran rata de agua; era un habitante del canal:

— A ver tu pasaporte, ¡tu pasaporte!

Pero el soldado de plomo guardó silencio y apretó su fusil. La barca continuó su camino y la rata la perseguía. ¡Uf! rechinaba los dientes y gritaba:

— Detenedle, detenedle, no ha pagado su derecho de pasaje, no ha enseñado su pasa-porte.

Pero la corriente era cada vez más fuerte, ya el soldado veía la luz del día pero oía al mismo tiempo un murmullo capaz de asustar al hombre más intrépido. Había al extremo del canal un salto de agua tan peligroso para él, como lo es para nosotros una catarata. Estaba ya tan cerca que no podía detenerse: la barca se lanzó a él. El pobre soldado se mantenía en ella tan tieso como le era posible, y nadie se hubiera atrevido a decir que ni siquiera pestañeaba. Después de haber dado muchas vueltas sobre sí misma, la barca se llenó de agua; iba a hundirse. El agua le llegaba hasta el cuello al soldado, y la barca se hundía cada vez más, se desplegó el papel y el agua cubrió de pronto la cabeza de nuestro hombre. Entonces se acordó de la gentil bailarina, a la que no volvería a ver más y creyó oír una voz que cantaba: "Este peligro te advierte, que aquí te aguarda la muerte".

El papel se rompió y el soldado pasó a través de él. En el mismo instante fue devorado por un gran pez. ¡Entonces sí que estuvo todo oscuro para el desgraciado! Estaba más oscuro aún que en el canal. ¡Y qué oprimido estaba! Pero el intrépido soldado de plomo, se extendió, todo lo largo que era, con el arma al brazo.

El pez se agitó en todos los sentidos y haciendo espantosos movimientos; por fin se detuvo y pereció tras pasarle una especie de claridad. Se dejó ver la luz y alguien gritó: — ¡Un soldado de plomo!

El pez había sido pescado, expuesto en el mercado, vendido, llevado a la cocina y la cocinera lo había abierto con un gran cuchillo. Cogió con dos dedos al soldado por medio del cuerpo y lo llevó a la sala donde todos quisieron contemplar a este hombre notable que había viajado en el vientre de un pez. Sin embargo, el soldado no se enorgulleció por eso. Lo colocaron sobre la mesa y allí (¡Qué cosas tan raras suceden a veces en el mundo!) se encontró en la misma habitación de donde había caído por la ventana. Reconoció a los niños y los juguetes que estaban sobre la mesa, el precioso castillo con la bonita bailarina que continuaba con una pierna en el aire, también era intrépida. De tal modo se emocionó el soldado que habría querido llorar plomo, pero esto no era conveniente. La miró; ella le miró también pero no se dijeron ni una palabra. De repente, y sin la menor razón, un niño lo cogió y lo echó al fuego; sin duda era el mago de la tabaquera el que tenía la culpa. El soldado de plomo se quedó allí en pie iluminado por una luz viva, experimentando un calor horrible. Todos sus colores habían desaparecido; nadie podía decir si era a consecuencia del viaje o del disgusto. Continuó mirando a la señorita y ella le miró también. Se sintió fundir, pero siempre intrépido, se mantenía con el arma al brazo. De repente se abrió una puerta, el viento se llevó a la bailarina, y como una sílfide, voló al fuego, cerca del soldado, y desapareció envuelta en llamas. El soldado de plomo se había convertido en un poco de pasta.

Al día siguiente, cuando la criada recogió las cenizas, se encontró un objeto que tenía la forma de un pequeñito corazón de plomo; todo lo que había quedado de la bailarina era una lentejuela que el fuego había puesto negra completamente.

❄

12 DE DICIEMBRE: NOCHEBUENA DE JOAQUÍN DICENTA

Conque hay que volverse atrás. Tú, Carmen, nos esperas a las doce en punto en tu casa. Procura estar acompañada de dos o tres amigas; yo iré con otros tantos muchachos de buen humor. ¡Qué demonio, pasaremos juntos la Nochebuena!

— Te advierto que la vieja está mala.

— ¿Y eso qué importa?

Tales palabras se cruzaban, hace cuatro navidades próximamente, entre Carmen, hermosa criatura de diecinueve años, que llevaba dos rodando por los cafés y por las calles de Madrid con el mantón sobre los hombros y el pañuelo de seda sobre la cabeza; y Antonio, un estudiante de medicina, tan poco aficionado a los goces de la familia, como amigo de divertirse y de gastar alegremente el dinero que le mandaban sus padres para matrículas y otras atenciones de la carrera.

— ¿Qué tiene tu madre? — preguntó Antonio a la muchacha.

— No sé. Hace unos días se metió en la cama, con dolor de costado, y sigue mala y tose mucho, y dice que le falta la respiración.

— ¡Bah! no te apures; eso es un catarro. Mira, tú lo preparas todo; yo encargaré la cena. Tendremos manzanilla, champagne, cognac, y luego te daré diez duros para un par de botas.

— Bueno. Cuenta conmigo. Y gracias por los duros; ¡precisamente no hay en casa un ochavo!

— Ahí va eso hasta la noche.

Y Antonio puso en la mano de la joven un billete de cinco duros.

— Adiós — dijo ésta.

— Hasta luego — le contestó él; y se alejó silbando un aria de zarzuela, por la calle de Alcalá abajo, mientras Carmen se metía por la de Peligros, moviendo sus caderas, sobre las cuales se mecía un mantón de ocho puntas y exclamando en voz baja:

— ¡Vaya! Con estos cinco duros, podré comprar la medicina y encender la lumbre. ¡Buena falta le hacían a aquella pobre las dos cosas!

A las doce en punto de la noche estaban reunidos en el comedor de Carmen, Antonio, dos compañeros suyos, la dueña de la casa y dos mujeres jóvenes como ella y como ella poco cuidadosas del qué dirán. Encima de la mesa humeaba el primer plato del festín; una moza desarrapada y flacucha preparaba en la cocina los restantes manjares; varios leños ardían en la chimenea, con gran asombro de los morillos, poco hechos a semejantes abundancias, y una lámpara colgada del techo esparcía sobre el mantel, con el auxilio de una pantalla de cartón, su luz temblorosa y amarillenta.

¡Espectáculo extraño el de esta habitación desmantelada, en cuyas paredes describían fantásticos perfiles las llamas que, al subir retorciéndose por los leños, arrojaban sobre el muro sombras inciertas y resplandores indecisos! ¡Más extraño aún el de aquellos hombres y aquellas mujeres que, agrupados en torno de la mesa y desconocidos los unos para los otros pocas horas antes, tratábanse entonces con sincera alegría, y chocaban los vasos, cambiando en voz baja frases y promesas de amor, nacidas con el primer sorbo de vino y llamadas a desaparecer con el último burbujeo del champagne!

Espectáculo extraño que hubiera sido repugnante si la juventud y la hermosura no tuvieran el privilegio de transformar en bello lo deforme, y de cubrir el eco repulsivo de las orgías mercenarias con el rumor de las carcajadas que se escapan de unos labios sonrosados y frescos y con el fuego que despiden unos ojos, iluminados por la pasión, por la alegría y por el placer.

Por tal causa resultaba armónico y tenía no sé qué misterioso encanto aquel grupo de hombres y mujeres, separados ellos de sus familias, faltas ellas de las ternuras y de goces íntimos del hogar, y reunidos en el comedor de una entretenida, para formar una familia de artificio, que, al deshacerse, grabaría un recuerdo grato en la memoria de todos, sin dejarles ni el sabor acre de la ruptura, ni las tristezas del desengaño.

¡Lástima que tan agradable conjunto se viese turbado por los quejidos que salían de una alcoba inmediata, donde la vieja, como la llamaba Carmen, se retorcía en su angosto lecho, revolviéndose entre espasmos y convulsiones, que contraían su rostro lleno de arrugas y carcomido por la vejez!

Pero después de todo la vieja no podía quejarse. Gracias a la fiesta que se celebraba, había tomado su medicina y tenía lumbre en la alcoba.

La cena, tocaba a su fin. El último plato acababa de ser puesto encima de la mesa por la moza que hacía oficios de camarero. Antonio se disponía a descorchar la primera botella de champagne, y los restantes comensales, con los ojos encendidos, coloreadas las mejillas, entreabiertos los labios y ardoroso el aliento, se entregaban a enérgicas y locas expansiones, que si no eran el amor precisamente, guardaban con él relaciones iguales a las que existen entre la respiración y el hipo.

— Espera — gritó Carmen dirigiéndose a Antonio, que se disponía a cortar el alambre de la botella — . ¡Rosa! — añadió, volviéndose hacia la mozuela que había servido los manjares — . Vete allá dentro a ver si la vieja necesita algo.

La criada salió y Antonio, tirando con fuerza del alambre lo hizo pedazos, y mientras el corcho saltaba al techo produciendo un ¡pan! seco, la espuma se desbordaba por el cuello de la botella, con rumor alegre y bullicioso. Todas las manos, empuñando las copas, se extendieron hacia adelante y, el champagne, cayendo sobre éstas y describiendo en su fondo caprichosas ondulaciones, las tiñó con matices de oro, a través de las cuales se quebraban y se descomponían los rayos amarillentos del quinqué.

— ¡A la una, a las dos!... — exclamó Antonio.

Las copas subieron perpendicularmente y una carcajada general estalló en la estancia.

En aquel momento se oyó un grito, de angustia, y la mozuela que servía a Carmen apareció en el comedor con el semblante pálido y los ojos fuera de las órbitas.

— ¡Tu madre...! — dijo dirigiéndose a Carmen.

— ¿Qué...? — repuso ella.

— No sé, pero está inmóvil en la cama; la he llamado, y no contesta.

Carmen echó a correr en dirección de la alcoba, y todos la siguieron.

Allí, iluminado por una lamparilla de aceite, veíase un lecho sucio y miserable, y tendida en él, con la rugosa cara contraída por el gesto supremo de la agonía, los miembros rígidos y la cabellera gris, desordenada y revuelta, estaba la vieja, inmóvil, semidesnuda, con las pupilas fijas en uno de los ángulos de la pared.

— ¡Madre! — gritó Carmen abalanzándose sobre aquel cuerpo aniquilado — . ¡Madre!... ¡No responde! — murmuró— . ¿Qué tiene?

— ¿No lo ves? — repuso una de las compañeras — . Está muerta.

— ¡Muerta! — exclamó la joven. Y al retroceder hacia los otros, tropezó, con la mano con que empuñaba la copa mediada de vino, en uno de los barrotes del lecho.

La copa saltó hecha pedazos, el líquido salpicó la cama, y una gota espumosa de champagne cayó de golpe sobre los labios descoloridos de la muerta.

13 DE DICIEMBRE: LA VENIDA DE BARTOLO DE PEDRO ESCAMILLA

TRADICIÓN

I

Hay en Madrid y en muchas poblaciones de España una costumbre tumultuosa, alegre y... ¿por qué no decirlo?, algo salvaje por los medios que se emplean para ponerla en práctica, costumbre que conocen todos mis lectores, y que se reduce a *esperar los Reyes Magos* en la noche del cinco de enero.

Esta costumbre, entre las clases que la practican, no es más que un pretexto para beber vino, llenarse de barro desde el pie hasta el cabello, atropellar al pacífico transeúnte y cometer toda clase de excesos.

Antiguamente tenía por objeto engañar a alguna alma cándida, alma gallega, por lo general, a quien se le decía que los Reyes Magos entraban en la población derrochando el oro a manos llenas, siendo los principales elegidos para repartirse sus dones aquellos que iban a esperarlos.

Se le hacía cargar al neófito con una escalera, en uno de cuyos largueros colgaba una gran espuerta, cargada por lo común con piedras o adobes, lo que era causa de que el pobre gallego sudase la gota gorda, aunque el termómetro bajase a seis grados.

Hoy la costumbre sigue, aun cuando las almas de los gallegos van dejando de ser cándidas; apenas entre las turbas hay uno que vaya engañado de veras; de modo que si efectivamente viniesen los Reyes Magos no tendrían a quién obsequiar con sus dones.

Antes de entrar en materia os recomiendo que si tenéis callos, os privéis de salir de vuestras casas en tal noche para evitar algún pisotón mayúsculo.

II

Pues señor, habéis de saber que hace unos cuantos años la noche del cinco de enero me cogió en un pueblo de poca importancia, en la provincia de León.

Desde por la mañana bien temprano me apercibí de que aquellas buenas gentes acostumbraban también a practicar lo que tantas veces había yo visto en las calles de Madrid, pero hasta última hora no comprendí que me engañaba de medio a medio.

— Parece ser — dije yo a la dueña de la posada en que me hospedaba — que las gentes se disponen para ir esta noche en busca de los Reyes Magos.

— No, señor — me contestó.

— Pues yo he oído algo de eso... y aun he visto algunas hachas de viento y una escalera.

— Todo eso es muy cierto, y saldrán los mozos efectivamente: pero no en busca de los Reyes Magos.

— ¡Que no! ¿Pues por quién van a molestarse?

— Van a buscar a Bartolo.

— ¿A Bartolo?

— Sí, señor; un mozo que desapareció del pueblo hace la friolera de dos siglos.

— ¿Y van a buscarle aún?

— Como todos los años.

— ¡Pardiez! ¡Testarudos son los mozos de este pueblo!

— ¡No ha oído V. referir el caso!

— No por cierto, y me alegraría conocerlo.

— Pues escuche usted.

Y la posadera me refirió lo siguiente:

III

— Como ya he dicho, hace unos doscientos años vivía en el pueblo un muchacho llamado Bartolomé, pero era más conocido por Bartolo, a causa de su rostro bobalicón y maneras toscas y zafias.

No tenía padre ni madre, y estaba sirviendo a un rico labrador en calidad de mozo de mulas, pues tampoco servía para otra cosa.

El tal Bartolo dio en la idea más descabellada que pudiera ocurrirse a un hombre de sus desgraciadas circunstancias; esto es, se enamoró perdidamente de la hija de su amo, una muchacha hermosa como dicen no había otra, y que por lo bien acomodada no había soñado en casarse con un hombre como Bartolo.

Este dio en no comer, ni en dormir; el aire de los suspiros que lanzaba su pecho hubiera podido arrancar una encina de raíz; se quedó más descolorido que un difunto, y más seco que un fideo: en una palabra, todos en el pueblo comprendieron que le pasaba algo gordo.

La misma Magdalena fue de este número, y nadie le preguntó por la causa de sus padecimientos.

Bartolo no se anduvo en chiquitas, y al ver que se presentaba la ocasión, la asió por los cabellos, como generalmente se dice, y confesó su amor a la muchacha.

Como la nueva era inesperada, Magdalena se le rio en las narices y dio media vuelta, y lo dejó lloriqueando.

El labrador tuvo conocimiento de ello, y aún quiso administrarle una paliza, pero se contentó con despedirle de su casa, pareciéndole demasiado fuerte el correctivo.

La nueva corrió por el pueblo, y todos daban broma a Magdalena y a Bartolo.

Este, que era sufrido con las mujeres, no aguantaba pullas de los hombres, y a las bromas pesadas contestó con cachetes más pesados que aquellas, hasta que los más bravos decidieron de común acuerdo respetar su pasión.

IV

Las cosas siguieron así durante algún tiempo, sin que la inclinación de Bartolo cediera un ápice.

Pasaba las noches enteras al pie de la ventana de Magdalena, llorando y suspirando, mientras que aquella dormía a pierna suelta.

Los vecinos daban gracias a Dios de que el mozo no supiera cantar ni tañer la vihuela, porque en este caso no les hubiera dejado dormir ninguna noche.

Todos los domingos la esperaba a la puerta de la iglesia, cuando salía de misa, contentándose con decirle:

— ¡Dios te guarde, Magdalena!

— Y a ti también, Bartolo — le contestaba la muchacha, mordiéndose los labios para no reírse.

Un año por enero, el día cinco, Bartolo la encontró en la calle, y la detuvo, para hacerle una pintura detallada de sus sufrimientos, asegurándole que si aquello seguía poco más, tendrían que cantarle el *requiem*; pero que si ella se dolía de sus padecimientos, sería el hombre más feliz de la tierra.

— ¿Tanto me amas? — le dijo Magdalena.

— ¡Pero no veis como estoy, que casi pudiera entrar en mi casa por las rendijas de la puerta!

— ¿Y quieres que yo me case contigo?

— ¡Esa sería toda mi felicidad!

— Pues… no tengo inconveniente.

— ¡Qué dices!

Y el pobre Bartolo se estremeció de gozo.

— Pero con una condición.

— Habla.

— Ya sabes que esta noche, siguiendo una costumbre antigua, salen los mozos a esperar la venida de los Reyes Magos…

— Sí; que están anunciando todos los años, y no acaban de llegar.

— Tal vez vengan desde muy lejos.

— En fin, prosigue.

— Pues bien, si esta noche llegan los Reyes me caso contigo.

— ¿Me lo prometes?

— Sí.

— Pues, adiós, Magdalena; saldré a esperarlos.

Y Bartolo se alejó, mientras que la muchacha se reía a carcajadas.

V

Para Bartolo era tal vez una cosa indudable que los Reyes vendrían; había salido con los demás mozos muchos años a esperarlos, pero hasta aquella ocasión no tuvo verdadera fe en su llegada, figurándosele que los monarcas de Oriente, apiadándose de él, espolearían en aquel año sus corceles, para que Magdalena se viese obligada a cumplirle la promesa.

Magdalena debió comunicar la burla a alguno, porque al anochecer todo el pueblo estaba en la calle ansioso de ver al enamorado con la escalera al hombro.

No tardó en aparecer la turbamulta; iban todos los mozos con hachones de resina en las manos, llevando en el centro a Bartolo, cargado con una enorme escalera, sudando el quilo.

Todos caminaban gritando y jaraneando, deteniéndose con frecuencia a beber: solamente Bartolo parecía no participar de la alegría general.

Caminaba serio y taciturno, como un hombre que no piensa en divertirse, y sí solo en cumplir un deber.

Al llegar a la mitad de la plaza se detuvieron y uno de ellos gritó:

—¡Que suba Bartolo para ver por dónde vienen los Reyes!

Hízolo así el muchacho, efectivamente, y mientras uno de los mozos sostenía la escalera, empezó a trepar, subiendo hasta los últimos peldaños para abarcar con la vista más el horizonte.

En aquel momento, el que estaba abajo, que sin duda tenía en su estómago más vino del que podía resistir, soltó la escalera.

Todos lanzaron un grito, temiendo por la suerte de Bartolo; pero Bartolo…

No cayó al suelo, ni volvió a aparecer más.

En vano se le buscó por todas partes, nadie pudo dar con él.

Y sin embargo, el pobre mozo no tenía alas.

VI

Desde entonces los mozos de la aldea, en vez de salir a esperar los Reyes en la noche del cinco de enero, marchan procesionalmente a la plaza, y desde lo alto de una escalera interrogan con la vista los cuatro puntos cardinales esperando con fe que Bartolo volverá la noche menos pensada a dar cuenta de su ya viejísima persona.

❄

14 DE DICIEMBRE: NOCHEBUENA DE MANUEL GONZÁLEZ ZELEDÓN

Corría para mí el dichoso año de 1872. Libre de las faenas escolares, en plenas vacaciones, pasados los sustos y angustias de los exámenes, despedido ya de los queridos profesores don Manuel; don Adolfo y don Ángel Romero, don Amadeo Madriz y mi tío don Alejandro González, frescos aún en mi memoria sus últimos consejos y en mi cuerpo sus últimos reglazos y coscorrones, me disponía a gozar con todas mis fuerzas de los veinte o treinta días de libertad relativa, dando de mano al Cinelli, al Herranz y Quirós, a la Aritmética de "don Joaquín", a los carteles y a las planas rayadas en cuarta.

Soñaba una noche con mi trompo de guayacán con puyón de tope, obra maestra de ñor Santiago Muñoz, y lo veía triunfante, roncando desdeñoso entre un montón de monas por él destrozadas, esparcidas las canelas, abolladas las cabezas de tachuela de tanto y tanto tataretas que con él habían osado medirse en sin igual mancha brava. ¿Qué eran para él sino objetos de desprecio: la mona de cacho de Narciso Blanco, el obispo de cocobola del Cholo Parra y el pasarraya de Arnoldo Lang?

Después entraba el bolero, orondo como cura de parroquia grande, con su casquillo de cápsula de revólver y su cazoleta ancha y honda como la pila de la Plaza. Y echaba docenas con los mejores jugadores y los dejaba avergonzados: una una, una dos, una tres, una cien, y destorcía el cordel con aire magistral y seguían los millares de revueltas hasta caer el brazo desfallecido y dejar rojos como tomates a todos los contrincantes, como el Sapo Gutiérrez, Isaac Zúñiga y toda esa pléyade de valientes campeones.

El bolero se esfumaba en el rasado horizonte y aparecía el barrilete colosal, más grande que mi padre, de varillas de cedro labradas por la diestra mano del maestro Moris, con sus frenillos de cabuya torcida y encerada, con su forro de lienzo de a real, de donde don Pepe, sus flecos de vara y media de coletilla azul y roja y con un rabo de buen mecate entrelazado con muestras de zarazas de brillantes colores. ¡Y qué cuerda! De más de tres cuadras, toda encerada a mano por Nácar, el rey de los zapateros, con chuste legítimo de maría seca; y ya estábamos en la boca de La Sabana, adonde había llegadO en triunfo el barrilete, escoltado por los primos y amigos íntimos como guardia de honor y más de cien chiquillos como espectadores; y Chepe me lo echaba y Abraham le quitaba los colazos y Félix le metía correos y Tobías le echaba engañas; y todos aplaudían y me envidiaban, porque yo era el dueño y señor, yo tenía el ovillo en la mano y la cuerda arrollada en la cintura. De repente el viento, reforzaba su violencia, el barrilete impelido por el huracán daba grandes cabezadas y ¡zás! la cuerda se reventaba y toda la máquina, hecha un remolino, caía por allá por los cafetales de Pío Castro. El susto me despertaba del sabroso sueño y todavía, sudoroso y convulso, abría de par en par los ojos a la claridad suave de la mañana, un veinticuatro de diciembre.

Hería mis pupilas con inusitado reflejo el abigarrado color del vestido que sobre un baúl de cuero me esperaba al lado de la cama. Componíalo una chaquetilla ajustada a usanza mujeril, de color verde esmeralda, con botones de hueso, un pantalón corto y ancho de color anaranjado con franjas azules, un birrete de coletilla amarilla con hermosa pluma de gallo, un par de medias maternas, rayadas de azul y blanco, una caña brava, con flores de trapo y campanillas de cobre en la punta superior, a modo de cayado, una zalea de color de ladrillo que me prestaba don Pedro Zúñiga y un par de zapatos amarillos de "talpetao" con correaje ídem. Era mi equipo de pastor, mi uniforme de gala, con el que debía recorrer desde las cuatro de la tarde hasta medianoche, cantando y bailando, todos los portales importantes de la capital, en unión de veinte compañeros, muchachos y muchachas, ensayados y dirigidos por el bondadoso e inolvidable don Marcelo Zúñiga.

Esperar a que pueda describir el cúmulo de emociones que la vista de este traje despertaba en mi alma de siete años; querer enumerar las cien mil peripecias que su adquisición me costaba y los pleitos, promesas, lágrimas y propósitos de enmienda que habían servido de peldaños para escalar el deseado puesto de pastor, sería obra de nunca acabar, así como el Teatro Nacional o el Ferrocarril al Pacífico. Pero estaba al alcance de mi mano, era mío propio, hecho, casi todo a mi medida, por Ramoncita Muñoz y la niña Gertrudis, para mí entonces las más aventajadas modistas que blandían tijera. Sí, era mío; en el forro del birrete se leía con grandes caracteres mi nombre con el estribillo de "Si este gorro se perdiere, como suele acontecer, etc.". Era muy mío, como mi alma, como mis años, como mi niñez.

Llegaban por fin las cuatro de la tarde, las que me hallaban armado de punta en blanco con mi caña y mi ramo de flores de pastora.

– Callate demontre, me decía mi madre, si seguís atarantando con esa campanilla no vas a los pastores, te quito el vestido.

– Ya despertó a Marcelina, decía mi abuelita; ese mocoso es insoportable. ¡Dejá esa maldita caña, muchacho!

– Que los llama don Marcelo – gritaba Aquileo desde la puerta, ataviado de pastor, con las medias caídas y las faldas de fuera.

– Y corran porque ya nos vamos, ya llegaron los músicos –decía Alejandro Cardona, blandiendo su caña encintada y su gorra de pana (porque era de los ricos).

Corríamos en tropel, saltando de gozo, a formar en la ancha acera, de la casa de don Marcelo. Allí estaban José, Chico y Ricardo Zúñiga Valverde, Isaac y Abraham Zúñiga Castro, Alejandro y Jenaro Cardona, Félix y Aquileo Echeverría, Chepe y yo, cada uno con su compañera: las Gargollo, las Zúñigas, las Cardona, las Aguilar, todas preciosas, llenas de vida, con la alegría en los ojos y la dicha en los corazones.

Rompía la música en acordes formados por notas de cristal, con armonías de arroyo murmurador, entre el campanilleo de los cayados y las voces argentinas de los pastores cantando villancicos de sin igual ternura, expresión sencilla de cariño infantil hacia el Niño Dios y a su preciosa y adorada madre la Virgen María.

Así recorríamos uno a uno los portales olorosos a piñuela y cohombro, albahaca y piña, con sus racimos de limas y naranjas, pejibayes y coyoles, con sus encerados figurando montañas, y sus vidrios representando tranquilos lagos, con sus entierros, procesiones, carretas, degollación de inocentes, escenas populares, críticas de costumbres, lluvias de hilos de plata, luna y sal de cartón dorado y cercas de piedra y barro de olla. Y allá en el hueco de una roca, con huevas de algodón salpicado de talco, sobre un montón de pajitas en forma de nido de gorriones, el Niño Jesús, el Hombre-Dios, desnudo y con los bracitos al aire y en actitud juguetona, con aureola de risa y majestad de rey; ese precioso conjunto de gracias y de martirios con que la imaginación del hombre ha personificado a su Salvador.

Todo respiraba satisfacción, alegría, infancia; todo llenaba el alma de dulcísimas emociones, que revoloteaban rápidas y brillantes como doradas mariposas.

Y luego la espumosa chicha y el picante chinchibí y los ricos tamales y el jolgorio y el baileteo y los cantos y los triquitraques en el portal de Chanita, con su Paso de Guatemala y sus indios de Guatemala y sus molinos y sus culebras y su amable sonrisa y su contento sin rival, su exquisita finura y su mistela de cominillo y perfecto amor.

Bendito mil veces el recuerdo querido de aquellos años felices, bendito el que dijo por primera vez:

Vámonos pastores
vamos a Belén,
a ver a la Virgen
y al Niño también.

15 DE DICIEMBRE: LOS MAGOS DE EMILIA PARDO BAZÁN

En su viaje, guiados día y noche por el rastro de luz de la estrella, los Magos, a fin de descansar, quisieron detenerse al pie de las murallas de Samaria, que se alzaba sobre una colina, entre bosquetes de olivo y setos de cactos espinosos. Pero un instinto indefinible les movió a cambiar de propósito: la ciudad de Samaria era el punto más peligroso en que podían hacer alto. Acababa de reedificarla Herodes sobre las ruinas que habían hacinado los soldados de Alejandro el macedón siglos antes, y la poblaban colonos romanos que hacía poco trocaron la espada corta por el arado y el bieldo; gente toda a devoción del sanguinario tetrarca y dispuesta a sospechar del extranjero, del caminante, cuando no a despojarle de sus alhajas y viáticos.

Siguieron, pues, la ruta, atravesando los campos sembrados de trigo, evitando la doble hilera de erguidas columnas que señalaban la entrada triunfal de la ciudad, y buscando la sombra de los olivos y las higueras, el oasis de algún manantial argentino. Abrasaba el sol y en las inmediaciones de la villita de Betulia la desnudez del paisaje, la blancura de las rocas, quemaban los ojos.

«Ahí no encontraremos sino pozos y cisternas, y yo quisiera beber agua que brotase a mi vista» — murmuró, revolviendo contra el paladar la seca lengua, el anciano Rey Baltasar, que tenía sedientas las pupilas, más aún que las fauces, y se acordaba de los anchos ríos de su amado país del Irán, de la sabana inmensa del Indo, del fresco y misterioso lago de Bactegán, en cuyas sombrosas márgenes triscan las gacelas.

La llanura, uniforme y monótona, se prolongaba hasta perderse de vista; campos de heno, planicies revestidas de espinos y de malas hierbas, es todo lo que ofrecía la perspectiva del horizonte. En el cielo, de un azul de ultramar, las nubes ensangrentadas del poniente devoraban el resplandor de la estrella, haciéndola invisible. Entonces Melchor, el Rey negro, desciende de su montura, y cruzando sobre el pecho los brazos, arrodillándose sin reparo de manchar de polvo su rica túnica de brocado de plata franjeada de esmeraldas y plumas de pavo real, coge un puñado de arena y lo lleva a los labios, implorando así:

— Poder celeste, no des otra bebida a mi boca, pero no me escondas tu luz. ¡Que la estrella brille de nuevo!

Como una lámpara cuando recibe provisión de aceite, la estrella relumbró y chispeó. Al mismo tiempo, los otros dos Magos exhalaron un grito de alegría: era que se avistaban las blancas mansiones y los grupos de palmeras seculares de En-Ganim. En Palestina ver palmeras es ver la fuente.

Gozosa se dirigió la comitiva al oasis, y al descubrir el agua, al escuchar su refrigerante murmullo, todos descendieron de los camellos y dromedarios y se postraron dando gracias, mientras los animales tendían el cuello y el hocico, venteando los húmedos efluvios de la corriente. Así que bebieron, que colmaron los odres, que se lavaron los pies y el rostro, acamparon y durmieron apaciblemente allí, bajo las palmeras, a la claridad de la estrella, que refulgía apacible en lo alto del cielo.

Al alba dispusiéronse a emprender otra vez la jornada en busca del Niño. La mañana era despejada y radiante. Los rebaños de En-Ganim salían al pastoreo, y las innumerables ovejas blancas, moviéndose en la llanura, parecían ejércitos fantásticos. La proximidad de la comarca donde se asienta Jerusalén se conocía en la mayor feracidad del terreno, en la verdura del tupido musgo, en la copia de hierba y florecillas silvestres, que no había conseguido marchitar el invierno.

Baltasar y Gaspar reflexionaban, al ritmo violento del largo zancajear de sus monturas. Pensaban en aquel Niño, Rey de reyes, a quien un decreto de los astros les mandaba reverenciar y adorar y colmar de presentes y de homenajes. En aquel Niño, sin duda alguna, iba a reflorecer el poderío incontrastable de los monarcas de Judá y de Israel, leones en el combate, gobernantes felicísimos en la paz; y la vasta monarquía, con sus recuerdos de gloria, llenaba la mente de los dos Magos. ¡Qué sabiduría, qué infusa ciencia la de Salomón, aquel que había subyugado a todos sus vecinos desde los faraones egipcios hasta los comerciantes emporios de Tiro y Sidón; el que construyó el templo gigante, con sus mares de bronce, sus candelabros de oro, su terrible y velado tabernáculo, sus bosques de columnas de mármol, jaspe y serpentina, sus incrustaciones de corales, sus chapeados de marfil! ¡Qué magnificencia la del que deslumbró con su recibimiento a la reina de Saba, a Balkis la de los aromas, la que traía consigo los tesoros de Oriente y las rarezas venidas de las tres partes del mundo, recogidas sólo para ella y que ella arrojaba, envueltas en paños de púrpura al pie del trono del rey! Cerrando los ojos, Baltasar y Gaspar veían la escena, contemplaban la sarta de perlas desgranándose, los colmillos de elefante ostentando sus complicadas esculturas, los pebeteros humeando y soltando nubes perfumadas, los monillos jugando, los faisanes y pavos reales haciendo la rueda, los citaristas y arpistas tañendo, y Balkis, envuelta en su larga túnica bordada de turquesas y topacios, protegida del sol por los inmersos abanicos de pluma, adelantándose con los brazos abiertos para recibir en ellos a Salomón... No podían dudarlo. El Niño a quien iban a adorar sería con el tiempo otro Salomón, más grande, más fuerte, más opulento, más docto que el antiguo. Sometería a todas las naciones; ceñiría la corona del universo, y bajo su solio, salpicado de diamantes, se postraría la opresora ciudad del Lacio. Sí, la ávida loba romana lamería, domada, los pies de aquel Niño prodigioso...

Mientras rumiaban tales ideas, la estrella desaparecía, extinguiéndose. Encontráronse perdidos, sin guía, en la dilatada llanura. Miraron en torno, y con sorpresa advirtieron que se había separado de ellos Melchor. Una niebla densa y sombría, alzándose de los pantanos y esteros, les había engañado y extraviado, de fijo. Turbados y tristes, probaron a orientarse; pero la costumbre de seguir a la estrella y el desconocimiento completo de aquel país que cruzaban eran insuperables obstáculos para que lograsen su intento. Ocurrióseles buscar una guía, y clamaron en el desierto, porque a nadie veían ni se vislumbraba rastro de habitación humana. Por fin, apareciose un pastor muy joven, vestido de lana azul, sujeto a la frente el ropaje con un rollo de lino blanco. Y al escuchar que los viajeros iban en busca del Niño Rey, el rústico sonrió alegremente y se ofreció a conducirlos:

— Yo le adoré la noche en que nació — dijo transportado.

— Pues llévanos a su palacio y te recompensaremos.

— ¡A su palacio! El Niño está en una cuevecilla donde solemos recoger el ganado cuando hace mal tiempo.

— Qué, ¿no tiene palacio? ¿No tiene guardias?

— Una mula y un buey le calientan con su aliento... — respondió el pastor —. Su Madre y su Padre, el Carpintero Josef de Nazaret, le cuidan y le velan amorosos...

Gaspar y Baltasar trocaron una mirada que descubría confusión, asombro y recelo. El pastor debía de equivocarse; no era posible que tan gran Rey hubiese nacido así, en la miseria, en el abandono. ¿Qué harían? ¿Si pidiesen consejo a Melchor? Pero Melchor, envuelto en la niebla, caminaba con paso firme; la estrella no se había oscurecido para él. Hallábase ya a gran distancia, cuando por fin oyó las voces, los gritos de sus compañeros:

— ¡Eh, eh, Melchor! ¡Aguárdanos!

El Mago de negra piel se detuvo y clamó a su vez:

— Estoy aquí, estoy aquí...

Al juntarse por último la caravana, Melchor divisó al pastorcillo y supo las noticias que daba del Niño Rey.

— Este pobre zagal nos engaña o se engaña — exclamó Gaspar enojado —. Dice que nos guiará a un establo ruinoso, y que allí veremos al Hijo de un carpintero de Nazaret. ¿Qué piensas, Melchor? El sapientísimo Baltasar teme que aquí corramos grave peligro, pues no conocemos el terreno, y si nos aventuramos a preguntar infundiremos sospechas, seremos presos y acaso nos recluya Herodes en sus calabozos subterráneos. La estrella ya no brilla y nuestro corazón desmaya.

Melchor guardó silencio. Para él no se había ocultado la estrella ni un segundo. Al contrario, su luz se hacía más fulgente a medida que adelantaban, que se aproximaban al establo. Y en su imaginación, Melchor lo veía: una cueva abierta en la caliza, un pesebre mullido con paja y heno, una mujer joven y celestialmente bella agasajando a un Niño tiernecito, que tiembla de frío; un Niño humilde, rosado, blanco, que bendice, que no llora. Lo singular es que la cueva, en vez de estar oscura, se halla inundada de luz, y que una música inefable apenas perceptible, idealmente delicada y melodiosa resuena en sus ámbitos. La cueva parece que es toda ella claridad y armonía. Melchor oye extasiado; se baña, se sumerge en la deliciosa música y en los resplandores de oro que llenan la caverna y cercan al Niño.

— ¿No oyes, Melchor? Te preguntamos si debemos continuar el

viaje... o volvernos a nuestra patria, por no ser encarcelados y oprimidos aquí.

— Y vosotros, ¿no oís la música? — repite Melchor, por cuyas mejillas de ébano resbalan gotas de dulce llanto.

— Nada oímos, nada vemos... — responden los dos Magos, afligidos.

— Orad, y veréis... Orad, y oiréis... Orad, y Dios se revelará a vosotros.

Magos y séquito echan pie a tierra, extienden los tapices, y de pie sobre ellos, vuelta la cara al Oriente, elevan su plegaria. Y la estrella, poco a poco, como una mirada de moribundo que se reanima al aproximarse al lecho un ser querido, va encendiéndose, destellando, hasta iluminar completamente el sendero, que se alarga y penetra en la montaña, en dirección de Belén.

La niebla se disipa; el paisaje es risueño, pastoril, fresco, florido, a pesar de la estación; claros arroyillos surcan la tierra, y resuena, como en mayo, el gorjeo de las aves, que acompaña el tilinteo de la esquila y el cántico de los pastores, recostados bajo los terebintos y los cedros, siempre verdes. Los Magos, terminada su plegaria, emprenden el camino llenos de esperanza y de seguridad. Una cohorte de soldados a caballo se cruza con la caravana: es un destacamento romano, arrogante y belicoso; el sol saca chispas de sus corazas y yelmos; ondean las crines, flotan las banderolas, los cascos de los caballos hieren el suelo con provocativa furia. Los Magos se detienen, temerosos. Pero el destacamento pasa a su lado y no da muestras de notar su presencia. Ni pestañean, ni vuelven la cabeza, ni advierten nada.

— Van ciegos — exclama Melchor.

Y los Magos aprietan el paso, mientras se aleja la cohorte.

16 DE DICIEMBRE: LA NOCHEBUENA A BORDO DE ALBERTO LEDUC

...El Golfo Mexicano, infinito, desolado, inmenso... La "Santa Elodia", blanquísima, empujada por el Noroeste, arrastrando a popa la inseparable faja de agua fosforescente y el firmamento profundo de las noches de Diciembre salpicado de astros cintiladores...

Aquella Navidad fue sangrienta para los tripulantes de la barca blanca que se llamó "Santa Elodia".

Por la mañana de aquel 24 de diciembre, atracó al costado de estribor de la barca el bote del práctico.

De las diez embarcaciones ancladas entonces en la rada de Progreso, "Santa Elodia" era la más esbelta, la más gallarda, la más blanca, la barca más bella de cuantas vi durante mis correrías locas por mar.

¡Cuánto me entristeció mirar, a la vuelta de uno de mis viajes, su casco despedazado y su sirena de proa bañándose angustiosamente entre los arrecifes que llaman en Veracruz la Lavandera...

Además del capitán y su segundo, tripulaban "Santa Elodia" tres campechanos, dos matriculados de Tampico, un grumete alvaradeño a quien decían Lango y un albanés colosal, taciturno, encorvado ya por los rudos trabajos de treinta años de mar.

Babafingo, que así se llamaba el albanés, hablaba muy poco y muy mal el español; pero fácilmente aprendió las fatídicas palabras: sota, caballo, rey, siete, cuatro, viejo, mozo de color.

Aprovechando el terral que voluptuosamente balanceaba los barcos anclados, "Santa Elodia" largó sus lonas, y como gaviota inmensa que moja las puntas de sus alas, se fue perdiendo alejando, bella, blanquísima, esbelta acercándose a la infinita línea que junta el horizonte con el mar...

A la media noche, entre 23 y 24 grados latitud Norte, en un panto perdido del Golfo agitado, los tripulantes de la barca blanca celebraban su Navidad; debajo del castillo de proa, cerca del cabestante y a la claridad ambigua de un farol de cristales polvosos, cinco marineros rodeaban el círculo de luz, una baraja, un caneco de ginebra, tres botellas de wiskey, un montón de pesos y algunas monedas de oro...

En los barcos mercantes no se conocen ni la escasez ni la miseria; a bordo de esas goletas y bergantines y fragatas esbeltísimas, no se resienten las tripulaciones de las bancarrotas del Erario ni de los desfalcos gubernativos; en los bolsillos de esos marineros que no visten el uniforme de la Marina del Estado, siempre hay oro y monedas de lejanísimos países.

El capitán de "Santa Elodia" dormía en su cámara, el segundo se paseaba sobre el puente; uno de los campechanos hacía girar la rueda del timón, y Lango, el grumete alvaradeño, cuidaba que no fuese sorprendido el garito improvisado bajo el castillo de proa, cerca del cabestante y a la incierta claridad del farol polvoso.

Los dos matriculados de Tampico eran "puntos" malos, estaban pobres y recién embarcados; perdieron lo poco que poseían y se ocupaban en beber febrilmente, acercando a sus labios las botellas de wiskey y mirando de reojo las "libras esterlinas" de Babafingo. Un campechano de anchísima faz era el montero, y el otro campechano y el albanés jugaban fuerte.

— Caballo y rey, dijo pausadamente el montero.

El otro campechano puso diez pesos mexicanos al caballo, y Babafingo cuatro monedas de oro inglés sobre la carta que llaman rey de bastos.

— Yo vago (yo voy) al rey, dijo Babafingo; y tomando una botella, bebió lenta y acompasadamente hasta vaciarla.

Mientras el albanés bebió, el montero miró la carta que venía y violentamente la ocultó entre la manga de su camisa de franela; pero el movimiento no fue tan rápido para que no lo percibieran las miradas de buitre del albanés.

Su cabeza, redonda y corta, se hundía sobre sus anchísimas espaldas; sus pupilas azules, perdidas entre las arrugas de los párpados y bajo las cejas abundantes y canosas, parecían no mirar, parecían estar empañadas por las brumas eternas de los mares boreales. Sus ojos, más bien que ojos de hombre, semejaban dos carnosidades sobre las que vegetaban pelos blancos e incultos, que cubrían dos gotas de agua turbiamente azul.

Desconfiad de esas pupilas que parecen no mirar.

Las de Babafingo habían adquirido ese nictalopismo peculiar a los bandidos y a los marineros, esa facultad de penetrar las sombras y las tinieblas; las pupilas del albanés sabían distinguir la luz de una estrella de la de un faro lejano, conocer cuál espuma es de olas y cuál de arrecifes y adivinar a la primera ojeada perspicaz lo que es tierra firme y lo que es islote árido y desolador de candente arena....

El albanés miró la carta oculta entre la manga de franela y la epidermis del campechano, el rey de oros que estaba a la puerta y le hacía ganar cuatro libras. Rugió de una manera extraña, juró en una lengua ignorada:

— Charratáa Eskatamutria...

Juramento desconocido que Lango, el grumete alvaradeño, se había hecho explicar por Babafingo, en las tardes, a la hora triste en que la luz solar desaparece de nuestro hemisferio. Charratáa Eskatamutria... juramento que rara vez pronunciaba Babafingo; y cuando la mar furiosa o el Norte destructor le hacían rugirle, se santiguaba después, y si Lango en son de burla exclamaba:

— Charratáa Eskatamutria!

— No lo repitas, Lango — decía el albanés — es un insulto a la Divinidad

— Charratáa, rugió Babafingo, Charratáa Eshatamutria, y rápido, violento, feroz, despedazó la botella que tenía en la diestra sobre la cabeza del otro campechano. Cayó este, ensangrentado y aturdido, Babafingo le oprimió el pecho con la rodilla izquierda, y entonces se trabó la lucha entre el montero y el albanés. Ambos sacaron los cuchillos de entre las fajas ceñidas a la cintura. Los tres hombres formaban un grupo informe debajo del castillo de proa. Babafingo impidiendo siempre, con su pierna colosal, que se levantara el campechano herido; el albanés con el montero bajo el pecho, el montero intentando herir a Babafingo en el cuello; y el albanés, terrible, inexorable, cruelísimo, apuñalando al montero hasta dejarlo inerme.

Y mientras se bailaba y se bebía y se murmuraban ternezas al oído de las damiselas elegantes y bellas en la capital de la República; mientras los sacerdotes entonaban la solemne Misa de Navidad bajo las bóvedas de los templos, allá cerca del trópico de Cáncer, a 23 o 24 grados latitud Norte, en un punto perdido del Golfo Mexicano, se representó esa tragedia sencilla y vulgar: un homicidio a bordo de una barca blanca, llamada "Santa Elodia"... por escenario la llanura del seno mexicano, llanura infinita, fosforescente, obscura; y por espectadores Langa y los tampiqueños, que miraban atónitos aquella matanza y aquel oro salpicado de rojo.

Expiró el montero sobre un charco de sangre; el campechano, herido por la botella, se quejaba lastimosamente, y el albanés colosal se levantó de sobre sus víctimas, recogió el oro ensangrentado y las barajas, limpió con la manga de su camisa de franela el sudor y la sangre que mojaban su rostro, y después de arrojar su cuchillo al agua, se acercó a Lango, le dijo que callara y le dió una monedado oro.

Pero ya era tarde, el capitán y el segundo estaban a proa y miraban alternativamente el cadáver, al herido y al homicida.

El albanés se puso a temblar y se echó a los pies del segundo.

— ¡Los grilletes! ordenó impasible el capitán, ¡los grilletes y a la cala hasta llegar a Nueva Orleans!

Los tampiqueños cerraron los grilletes a los pies de Babafingo, le ataron las manos y lo bajaron a la cala.

Después sacaron un Foque del pañol de velas viejas, y Lango, tomando la aguja, la cera y el rempujo, amortajó al muerto en la lona que había salpicado el mar.

Iban a ser las cuatro de la madrugada; un tampiqueño fue al timón a relevar al otro de Campeche, y mientras llegaba la luz solar, y mientras el sol amarillo, volvía del hemisferio opuesto, Lango, un tampiqueño, el campechano herido, con la frente vendada, y el timonel que salía de guardia, rodearon el cadáver amortajado con la lona de la vela triangular del bauprés... y como son muy frías las noches de Diciembre en el Golfo, entre 24 y 26 grados, durante el velorio se vaciaron las botellas de wiskey y el caneco de Ginebra.

Y el albanés rugía en la cala, sollozaba, blasfemaba en su lengua enérgica y extraña,

— Charratáa Eskatamutria ....

Salió el sol, impasible, redondo, amarillo. Se levantó el acta, que firmaron los tripulantes que sabían escribir; se ató un lingote al cadáver amortajado en la vela y, dándole vuelo, haciendo un impulso Lango y un tampiqueño, arrojaron el muerto a la mar; lejos, para que las olas no lo golpearan contra el costado de la barca.

Y en la cala, Babafingo, rugía, blasfemaba en su extraña lengua.

— ¡Charratáa! ¡Charratáa Eskatamutria!

Por la tarde se dislocaron sobre el extenso cielo azul innumerables nubes, semejantes a duendes y esqueletos colosales que mistifican a los humanos con imposibles contorsiones.

Y cuando el sol empañó su círculo debajo de la infinita línea que junta el firmamento con el mar, se desató el gemido del Norte, prolongado y ensordecedor, hasta que la "Santa Elodia" entró al Mississippi.

El albanés fue juzgado por las autoridades de Nueva Orleans y condenado a 20 años de "Baton-Rouge".

Allí vive; allí extingue su condena, allí piensa en sus hijos, que pescan el bacalao en los bancos de Terranova; en sus hijos, a quienes no volverá a ver...

— Así pasamos aquella Nochebuena a bordo de la barca blanca que tanto te gustaba, me decía Lango una tarde que bebíamos mint juleps en el café de la Paloma.

Seguimos sorbiendo el aromático brevaje a través de las pajitas huecas; salimos del café, pasamos Pescadería; al llegar detrás de la Comandancia, nos detuvimos cerca del mar y sin hablarnos, sin decirnos palabra alguna, nos detuvimos a mirar la línea de peñascos que llaman la Lavandera y el casco blanco de la "Santa Elodia" apenas perceptible la sirena de proa bañándose angustiosamente entre la espuma de las olas que se despedazan contra los arrecifes.

17 DE DICIEMBRE: LA NOCHEBUENA DEL POETA DE PEDRO DE ALARCÓN

En un rincón hermoso
de Andalucía
hay un valle risueño...
¡Dios lo bendiga!
Que en ese valle
tengo amigos, amores,
hermanos, padres.

— (DE EL LÁTIGO)

I

Hace muchos años (¡como que yo tenía siete!) que, al oscurecer de un día de invierno, y después de rezar las tres Ave-Marías al toque de Oraciones, me dijo mi padre con voz solemne:

— Pedro: esta noche no te acostarás a la misma hora que las gallinas: ya eres grande, y debes cenar con tus padres y con tus hermanos mayores. — Esta noche es *Noche-buena*.

Nunca olvidaré el regocijo con que escuché tales palabras.

¡Yo me acostaría tarde!

Dirigí una mirada de desprecio a aquellos de mis hermanos que eran más pequeños que yo, y me puse a discurrir el modo de contar en la escuela, después del día de Reyes, aquella primera aventura, aquella primera calaverada, aquella primera disipación de mi vida.

II

Eran ya *las Ánimas*, como se dice en mi pueblo.

¡En mi pueblo: a noventa leguas de Madrid: a mil leguas del mundo: en un pliegue de Sierra-Nevada!

¡Aún me parece veros, padres y hermanos! — Un enorme tronco de encina chisporroteaba en medio del hogar: la negra y ancha campana de la chimenea nos cobijaba: en los rincones estaban mis dos abuelas, que aquella noche se quedaban en nuestra casa a presidir la ceremonia de familia; en seguida se hallaban mis padres, luego nosotros, y entre nosotros, los criados...

Porque en aquella fiesta todos representábamos la *Casa*, y a todos debía calentarnos un mismo fuego.

Recuerdo, sí, que los criados estaban de pié y las criadas acurrucadas o de rodillas. Su respetuosa humildad les vedaba ocupar asiento.

Los gatos dormían en el centro del círculo, con la rabadilla vuelta a la lumbre.

Algunos copos de nieve caían por el cañón de la chimenea, ¡por aquel camino de los duendes!

¡Y el viento silbaba a lo lejos, hablándonos de los ausentes, de los pobres, de los caminantes!

Mi padre y mi hermana mayor tocaban el arpa, y yo los acompañaba, a pesar suyo, con una gran zambomba que había fabricado aquella tarde con un cántaro roto.

¿Conocéis la canción de los *Aguinaldos*, la que se canta en los pueblos que caen al Oriente del *Mulhacem*?

Pues a esa música se redujo nuestro concierto.

Las criadas se encargaron de la parte vocal, y cantaron coplas como la siguiente:

> *Esta noche es Noche-buena,*
> *y mañana Navidad;*
> *saca la bota, María,*
> *que me voy a emborrachar.*

Y todo era bullicio; todo contento. Los roscos, los mantecados, el alajú, los dulces hechos por las monjas, el rosoli, el aguardiente de guindas circulaban de mano en mano... Y se hablaba de ir a la *Misa del Gallo* a las doce de la noche, y a los *Pastores* al romper el alba, y de hacer sorbete con la nieve que tapizaba el patio, y de ver el *Nacimiento* que habíamos puesto los muchachos en la torre...

De pronto, en medio de aquella alegría, llegó a mis oídos esta copla, cantada por mi abuela paterna:

> *La Noche-buena se viene,*
> *la Noche-buena se va,*
> *y nosotros nos iremos*
> *y no volveremos más.*

A pesar de mis pocos años, esta copla me heló el corazón.

Y era que se habían desplegado súbitamente ante mis ojos todos los horizontes melancólicos de la vida.

Fue aquel un rapto de intuición impropia de mi edad; fue milagroso presentimiento; fue un anuncio de los inefables tedios de la poesía; fue mi primera inspiración... Ello es que vi con una lucidez maravillosa el fatal destino de las tres generaciones allí juntas y que constituían mi familia. Ello es que mis abuelas, mis padres y mis hermanos me parecieron un ejército en marcha, cuya vanguardia entraba ya en la tumba, mientras que la retaguardia no había acabado de salir de la cuna. ¡Y aquellas tres generaciones componían un siglo! ¡Y todos los siglos habrían sido iguales! ¡Y el nuestro desaparecería como los otros, y como todos los que vinieran después!...

> *La Noche-buena se viene,*
> *la Noche-buena se va...*

Tal es la implacable monotonía del tiempo, el péndulo que oscila en el espacio, la indiferente repetición de los hechos, contrastando con nuestros leves años de peregrinación por la tierra...

*¡Y nosotros nos iremos
y no volveremos más!*

¡Concepto horrible, sentencia cruel, cuya claridad terminante fue para mí como el primer aviso que me daba la muerte, como el primer gesto que me hacía desde la penumbra del porvenir!

Entonces desfilaron ante mis ojos mil *Noches-buenas* pasadas, mil hogares apagados, mil familias que habían cenado juntas y que ya no existían; otros niños, otras alegrías, otros cantos perdidos para siempre; los amores de mis abuelas, sus trajes abolidos, su remota juventud, los recuerdos que les asaltarían en aquel momento; la infancia de mis padres, la primera Noche-buena de mi familia; todas aquellas dichas de mi casa anteriores a mis siete años...

Y luego adiviné, y desfilaron también ante mis ojos, mil *Noches-buenas* más, que vendrían periódicamente, robándonos vida y esperanza, alegrías futuras en que no tendríamos parte todos los allí presentes, — mis hermanos, que se esparcirían por la tierra; nuestros padres, que naturalmente morirían antes que nosotros; *nosotros* solos en la vida; el siglo XIX sustituido por el siglo XX; aquellas brasas hechas ceniza; mi juventud evaporada, mi ancianidad, mi sepultura, mi memoria póstuma, el olvido de mí; la indiferencia, la ingratitud con que mis nietos vivirían de mi sangre, reirían y gozarían, cuando los gusanos profanaran en mi cabeza el lugar en que entonces concebía todos aquellos pensamientos...

Un río de lágrimas brotó de mis ojos. Se me preguntó por qué lloraba, y, como yo mismo no lo sabía, como no podía discernirlo claramente, como de manera alguna hubiera podido explicarlo, interpretóse que tenía sueño y se me mandó acostar...

Lloré, pues, de nuevo con este motivo, y corrieron juntas, por consiguiente, mis primeras lágrimas filosóficas y mis últimas lágrimas pueriles, pudiendo hoy asegurar que aquella noche de insomnio, en que oí desde la cama el gozoso ruido de una cena a que yo no asistía por ser demasiado niño (según se creyó entonces), o por ser ya demasiado hombre (según deduzco yo ahora), fue una de las más amargas de mi vida.

Debí al cabo de dormirme, pues no recuerdo si quedaron o no en conversación la Misa del Gallo, la de los Pastores y el sorbete proyectado.

III

¿Dónde está mi niñez?

Paréceme que acabo de contar un sueño.

¡Qué diablo! ¡Ancha es Castilla!

Mi abuela paterna, la que cantó la copla, murió hace ya mucho tiempo.

En cambio mis hermanos se casan y tienen hijos.

El arpa de mi padre rueda entre los muebles viejos, rota y descordada.

Yo no ceno en mi casa hace algunas *Noches-buenas*.

Mi pueblo ha desaparecido en el océano de mi vida, como islote que se deja atrás el navegante.

Yo no soy ya aquel Pedro, aquel niño, aquel foco de ignorancia, de curiosidad y de angustia que penetraba temblando en la existencia.

Yo soy ya... nada menos que un hombre, un habitante de Madrid, que se arrellana cómodamente en la vida, y se engríe de su amplia independencia, como soltero, como novelista, como voluntario de la orfandad que soy, con patillas, deudas, amores y tratamiento de *usted!!!*

¡Oh! cuando comparo mi actual libertad, mi ancho vivir, el inmenso teatro de mis operaciones, mi temprana experiencia, mi alma descubierta y templada como un piano en noche de concierto, mis atrevimientos, mis ambiciones y mis desdenes, con aquel rapazuelo que tocaba la zambomba hace quince años en un rincón de Andalucía, sonríome por fuera, y hasta lanzo una carcajada, que considero de buen tono, mientras que mi solitario corazón destila en su lóbrega caverna, procurando que no la vea nadie, una lágrima pura de infinita melancolía...

¡Lágrima santa, que un sello de franqueo lleva al hogar tranquilo donde envejecen mis padres!

IV

Conque vamos al negocio; pues, como dicen los muchachos por esas calles de Dios:

> *Esta noche es Noche-buena*
> *y no es noche de dormir,*
> *que está la Virgen de parto*
> *y a las doce ha de parir.*

¿Dónde pasaré la noche?

Afortunadamente, puedo escoger.

Y, si no, veamos.

Estamos a 24 de Diciembre de 1855 — en Madrid.

Conocemos por su nombre a los mozos de los cafés.

Tratamos tú por tú a los poetas aplaudidos, — semidioses, por más señas, para los aficionados de lugar.

Visitamos los teatros por dentro, y los actores y los cantantes nos estrechan las manos entre bastidores.

Penetramos en la redacción de los periódicos, y estamos iniciados en la alquimia que los produce. — Hemos visto los dedos de los cajistas tiznados con el plomo de la palabra, y los dedos de los escritores tiznados con la tinta de la idea.

Tenemos entrada en una tribuna del Congreso, crédito en las fondas, tertulias que nos aprecian, sastre que nos soporta...

¡Somos felices! Nuestra ambición de adolescente está colmada. Podemos divertirnos mucho esta noche. Hemos tomado la tierra. Madrid es país conquistado. ¡Madrid es nuestra patria! ¡Viva Madrid!

Y vosotros, jóvenes provincianos, que, a la caída de la tarde, en el otoño, solitarios y tristes, sacáis a pasear por el campo vuestros impotentes deseos de venir a la corte; vosotros que os sentís poetas, músicos, pintores, oradores, y aborrecéis vuestro pueblo, y no habláis con vuestros padres, y lloráis de ambición, y pensáis en suicidaros...; vosotros... ¡reventad de envidia, como yo reviento de placer!

V

Han pasado dos horas.

Son las nueve de la noche.

Tengo dinero.

¿Dónde cenaré?

Mis amigos, más felices que yo, olvidarán su soledad en el estruendo de una orgía.

— «¡La noche es de vino!» — exclamaban hace poco rato.

Yo no he querido ser de la partida. — Yo he atravesado ya, sin ahogarme, ese mar rojo de la juventud.

— «La noche es de lágrimas» — les he contestado.

Mis tertulias están en los teatros. — ¡Los madrileños celebran la Natividad de Nuestro Señor Jesucristo oyendo disparatar a los comediantes!

Algunas familias, en las que soy extranjero, me han querido dar la limosna de su calor doméstico, convidándome a comer, — ¡porque ya no cenamos!... — Pero yo no he ido; yo no quiero eso; yo busco mi cena pascual, la colación de *Noche-buena*, mi casa, mi familia, mis tradiciones, mis recuerdos, las antiguas alegrías de mi alma... ¡la Religión que me enseñaron cuando niño!

VI

¡Ah! Madrid es una posada.

En noches como esta se conoce lo que es Madrid.

Hay en la corte una población flotante, heterogénea, exótica, que pudiera compararse a la de los puertos francos, a la de los presidios, a la de las casas de locos.

Aquí hacen alto todos los viajeros que van de paso al porvenir, al reino fantástico de la ambición, o los que vuelven de la miseria y del crimen...

La mujer hermosa viene aquí a casarse o a prostituirse.

La pasiega deshonrada a criar.

El mayorazgo a arruinarse.

El literato por gloria.

El diputado a ser ministro.

El hombre inútil por un empleo.

Y el sabio, el inventor, el cómico, el gigante, el enano; así el que tiene una rareza en el alma, como el que la tiene en el cuerpo; lo mismo el monstruo de siete brazos o de tres narices, que el filósofo de doble vista; el charlatán y el reformador; el que escribe melodías y el que hace billetes falsos, todos vienen a vivir algún tiempo a esta inmensa casa de huéspedes.

Los que logran hacerse notar, los que encuentran quién los compre, los que se enriquecen a costa de sí mismos, se tornan en posaderos, en caseros, en dueños de Madrid, olvidándose del suelo en que nacieran...

Pero nosotros, los caminantes, los inquilinos, los forasteros, nos damos cuenta esta noche de que Madrid es un vivac, un destierro, una prisión, un purgatorio...

Y por la primera vez en todo el año conocemos que ni el café, ni el teatro, ni el casino, ni la fonda, ni la tertulia son nuestra casa...

Es más; ¡conocemos que nuestra casa no es nuestra casa!

VII

La Casa, aquella mansión tan sagrada para el patriarca antiguo, para el ciudadano romano, para el señor feudal, para el árabe; la *Casa*, arca santa de los penates, templo de la hospitalidad, tronco de la raza, altar de la familia, ha desaparecido completamente en las capitales modernas.

La *Casa* existe todavía en los pueblos de provincia.

En ellos, nuestra casa es casi siempre nuestra...

En Madrid, casi siempre es del casero.

En provincias, cuando menos, la casa nos alberga veinte, treinta, cuarenta años seguidos...

En Madrid, se muda de casa todos los meses, o a más tardar todos los años.

En provincias, la fisonomía de la casa siempre es igual, simpática, cariñosa: envejece con nosotros; nos recuerda nuestra vida; conserva nuestras huellas...

En Madrid, se revoca la fachada todos los años bisiestos, se visten las habitaciones con ropa limpia, se venden los muebles que consagró nuestro contacto.

Allí, nos pertenece todo el edificio: el yerboso patio, el corral lleno de gallinas, la alegre azotea, el profundo pozo, terror de los niños, la torre monumental, los anchos y frescos cenadores...

Aquí, habitamos medio piso, forrado de papel, partido en tugurios, sin vistas al cielo, pobre de aire, pobre de luz.

Allí, existe el afecto de la vecindad, término medio entre la amistad y el parentesco, que enlaza a todas las familias de una misma calle...

¡Aquí, no conocemos al que hace ruido sobre nuestro techo, ni al que se muere detrás del tabique de nuestra alcoba, y cuyo estertor nos quita el sueño!

En provincias, todo es recuerdos, todo amor local: en un lado, la habitación donde nacimos; en otro, la en que murió nuestro hermano; por una parte, la pieza sin muebles en que jugábamos cuando niños; por otra, el gabinete en que hicimos los primeros versos...; y, en un sitio dado, en la cornisa de una columna, en un artesonado antiguo, el nido de golondrinas, al cual vienen todos los años dos fieles esposos, dos pájaros de África, a criar una nueva prole...

En Madrid, se desconoce todo esto.

¿Y la chimenea? ¿Y el hogar? ¿Y aquella piedra sacrosanta, fría en el verano y durante las ausencias, caliente y acariciadora en el invierno, — en aquellas noches felices que ven la reunión de todos los hijos en torno de sus padres, pues hay vacaciones en el colegio, y los casados han acudido con sus pequeñuelos, y los ausentes, los hijos pródigos, han vuelto al seno de su familia? — ¿Y ese hogar?... decidme... ¿dónde está ese hogar en las casas de la corte?

¿Será un hogar acaso la chimenea francesa, fábrica de bronce, mármol o hierro, que se vende en las tiendas al por mayor y al por menor, y hasta se alquila en caso necesario?

¡La chimenea francesa! ¡He aquí el símbolo de una familia cortesana! ¡He aquí vuestro hogar, madrileños! ¡Hogar sujeto a la moda; que se vende cuando está antiguo; que muda de habitación, de calle y de patria: hogar, en fin (y esto lo dice todo), que se empeña en un día de apuro!

VIII

He pasado por una calle, y he oído cantar sobre mi cabeza, entre el ruido de copas y platos y las risas de alegres muchachas, la copla fatídica de mi abuela:

La Noche-buena se viene,
la Noche-buena se va,
y nosotros nos iremos
y no volveremos más.

— He ahí (me he dicho) una casa, un hogar, una alegría, una sopa de almendra y un besugo, que pudiera comprar por tres o cuatro napoleones.

En esto, me ha pedido limosna una madre que llevaba dos niños: uno en brazos, envuelto en su deshilachado mantón, y otro más grande, cogido de la mano. — ¡Ambos lloraban, y la madre también!

IX

No sé cómo he venido a parar a este café, donde oigo sonar las doce de la noche, la hora del Nacimiento!

Aquí, solo, aunque bulle a mi alrededor mucha gente, he dado en analizar la vida que llevo desde que abandoné mi casa paterna, y me ha horrorizado por primera vez esta penosa lucha del poeta en Madrid; lucha en que sacrifica a una vana ambición tanta paz, tantos afectos.

Y he visto a los vates del siglo XIX convertidos en gacetilleros, a la Musa con las tijeras en la mano despedazando *sueltos*, a los que en otros siglos hubieran cantado la epopeya de la patria, zurcir hoy *artículos de fondo* para rehabilitar un *partido* y ganar cincuenta duros mensuales!...,

¡Pobres hijos de Dios! ¡Pobres poetas!

Dice Antonio Trueba (a quien dedico este artículo):

Hallo tantas espinas
en mi jornada,
que el corazón me duele,
me duele el alma!...

¡He aquí mi *Noche-buena* del presente, mi *Noche-buena* de hoy!

Luego he tornado otra vez la vista a las *Noches-buenas* de mi pasado, y, atravesando la distancia con el pensamiento, he visto a mi familia, que en esta hora patética me echará de menos; a mi madre, estremeciéndose cada vez que gime al viento en el cañón de la chimenea, como si aquel gemido pudiese ser el último de mi vida; a unos diciendo: «¡tal año estaba aquí! a otros: «¿dónde estará ahora?...»

¡Ay! ¡no puedo más! ¡Yo os saludo a todos con el alma, queridos míos! Sí: yo soy un ingrato, un ambicioso, un mal hermano, un mal hijo... Pero ¡ay otra vez y ay cien mil veces! yo siento en mí una fuerza sobrenatural que me lleva hacia adelante y que me dice: «¡tú serás!» ¡Voz de maldición que estoy oyendo desde que yacía en la cuna!!

¿Y qué he de ser yo, desdichado? ¿Qué he de ser?

Y nosotros nos iremos,
y no volveremos más.

¡Ahí yo no quiero irme: yo quiero volver: inmolo demasiado en la contienda para no salir victorioso: triunfaré en la vida y triunfaré de la muerte... ¿No ha de tener recompensa esta infinita angustia de mi alma?

Es muy tarde.

La copla de la difunta sigue revoloteando sobre mi cabeza:

La Noche-buena se viene...

¡Ah! ¡sí! ¡Vendrán otras *Noches-buenas*! — me he dicho, reparando en mis pocos años.

Y he pensado en las *Noches-buenas* de mi porvenir.

Y he empezado a formar castillos en el aire.

Y me he visto en el seno de una familia venidera, en el segundo crepúsculo de la vida, cuando ya son frutos las flores del amor.

Ya se había calmado esta tempestad de amor y lágrimas en que zozobro, y mi cabeza reposaba tranquila en el regazo de la paciencia, ceñida con las flores melancólicas de los últimos y verdaderos amores.

¡Yo era ya un esposo, un padre, el jefe de una casa, de una familia!

El fuego de un hogar desconocido ha brillado a lo lejos, y a su vacilante luz he visto a unos seres extraños que me han hecho palpitar de orgullo.

¡Eran mis hijos!...

Entonces he llorado...

Y he cerrado los ojos para seguir viendo aquella claridad rojiza, aquella profética aparición, aquellos seres que no han nacido...

La tumba estaba ya muy próxima... Mis cabellos blanqueaban...

Pero ¿qué importaba ya? ¿No dejaba la mitad de mi alma en la madre de mis hijos? ¿No dejaba la mitad de mi vida en aquellos hijos de mi amor?

¡Ay! en vano quise reconocer a la esposa que compartía allí conmigo el anochecer de la existencia...

La futura compañera que Dios me tenga destinada, esa desconocida de mi porvenir, me volvía la espalda en aquel momento...

¡No: no la veía!... Quise buscar un reflejo de sus facciones en el rostro de nuestros hijos, y el hogar empezó a apagarse.

Y cuando se apagó completamente, yo seguía viéndolo...

¡Era que sentía su calor dentro de mi alma! Entonces murmuré por última vez:

La Noche-buena se va...

Y me quedé dormido..., quizá muerto. Cuando desperté, se había ido ya la *Noche-buena*.
Era el primer día de Pascua.

18 DE DICIEMBRE: COSTUMBRES MEXICANAS DE ALBERTO LEDUC

POSADAS Y NAVIDAD

Sentadas frente al piano Pleyel, Lola y cuatro amigas íntimas ensayaban la tarde de un 18 de Diciembre las letanías de la Virgen Madre.

Aquella noche iba a ser la tercera de posadas; le tocaba a Lola, es decir, al Coronel, padre de la joven morena que se hallaba sentada frente al piano y que se había empeñado en lucirse en el canto.

Las dos primeras noches las posadas fueron de muchachos, y solamente los niños y niñas hijos del Coronel dieron lucimiento a la posada. Las dos noches anteriores los muchachos habían cantado el Sancta María y el Virgo Virginum, llevando en procesión tres esculturas en cera, muy defectuosas y pequeñas, que representaban al casto Patriarca, vestido con túnica verde y amarilla capa, a su santa esposa sentala sobre un asno y a un ángel que lo conducía.

Aquel grupo en cera lo compraron los hermanos menores de la primogénita del Coronel el 16 de Diciembre por la tarde en una de tantas barracas como se levantan todos los años en los días que preceden al de Navidad, en derredor de la plaza principal de la ciudad de México.

En una de las barracas formadas con madera y lona muy blanca, se compraron también las ramas frescas de ciprés y el heno para adornar el altar que servirá a los santos peregrinos durante les nueve días de posadas.

Además de los confitillos, los cestos de papel y los cacahuates, los muchachos compraron la piñata, que consistía en un cántaro cubierto con papel de colores, figurando una bruja montada sobre una escoba.

Con las frutas llenóse la piñata, y antes de las 7 de la noche los hermanos de Lola colgaron el cántaro-bruja en la entrada del comedor y se comenzó la posada.

Después, los muchachos de casa y los invitados recorrieron los corredores y el interior de la morada del Coronel, llevando en andas a los peregrinos y cantando: Sancta María, Sancta Virgo Virginum; y el coro contestaba, cantando también: Ora pro nobis.

Luego, algunos que llevaban bujías de colores para alumbrar a los peregrinos, entraron al comedor; y los otros, los que cargaban a los santos, quedáronse en la pieza contigua para pedir la posada. Estos últimos, cantaron así frente a la puerta cerrada: Quién les da posada a estos peregrinos — Que vienen cansados de andar los caminos. Los del comedor contestaron, negando la posada; pero a instancias de los primeros, los segundos ceden, se abre la puerta, se vitorea a los santos peregrinos y se les coloca en su altar. Después, los muchachos se fueron vendando los ojos uno a uno, hasta que el más afortunado rompió la piñata y todos en grupo se arrojaron al suelo a recoger las frutas que caían del cántaro. Por último, repartiéronse entre los invitados los cestitos de papel con confitillos, y a las 10 todo el mundo dormía en la casa del Coronel.

Así como la primera, fue también la segunda noche; pero a la tercera, Lola, entusiasmada, se encargó de dar mayor brillo a las posadas. Como ella era la hija mayor y casi la madre de aquella familia, pues el Coronel había enviudado desde hacía largo tiempo, era la consentida, y fácilmente obtuvo de su padre que hubiese baile desde esa tercera noche, o lo que es lo mismo, que las posadas fuesen formales, para lo cual vendrían todas sus amigas y los jóvenes a quienes ellas invitaran.

Por eso la tarde del 18 de Diciembre, Lola y sus amigas ensayaban frente al piano las letanías de María Santísima.

Sobre la mesa del comedor había botellas de cognac, de jerez y de champagne de la viuda; había también una lata de te para los ponches y trescientos pasteles encargalos a una pastelería francesa. Cuando se levantaron de frente al piano, Lola propuso a sus amigas ir a la Plaza Principal para comprar la colación.

El amarillento sol de Diciembre había desaparecido bajo la línea de montañas que circunda el Valle, y el cielo transparente del invierno en las zonas templadas comenzaba a obscurecerse ya, cuando la joven morena y sus amigas llegaron a la Plaza Principal.

Los argentados fulgores de los focos eléctricos y las lámparas amarillentas de las barracas, alumbraban el gozo de aquella multitud compacta y complexa.

En aquel invierno estuvieron muy de moda las pelerinas de cachemir, y junto a esas elegantes capitas, llevadas por las muchachas de la burguesía pudiente, veíanse los chales negros de las costurerillas y los rebocos de las sirvientas y muchachas pobres. Los vendedores voceaban a gritos sn mercancía; en las barracas se veía la colación formando pirámides blancas y rosadas, en el suelo había también pirámides de naranjas y otras frutas de la estación, y frente a esas pirámides, fogatas de madera resinosa y sobre todas las barracas, sobre toda aquella multitud compleja flotaba como un ambiente exuberante de vida, de alegría, de excitación, de deseos y de verbena popular, en fin.

La tercera noche de posadas se rezó y cantó rápidamente, y rápidamente también se pidió la posada; pero en cambio, desde las diez de la noche hasta la una de la madrugada se bailó con entusiasmo.

Al despedirse, los invitados se repartieron entre ellos los gastos de las seis noches restantes; cada amigo se hizo cargo de una y se convino en que la Nochebuena le tocara al Coronel y que se bailara hasta el amanecer.

Ya desde la cuarta noche casi todas las muchachas tenían su oso, es decir, su galán que las cortejaba, porque en el resto del año no es muy fácil hablar a solas con ellas; y durante el vértigo de los valses, en el balanceamiento de los schottisch, o en el voluptuoso descanso de las danzas, ellos se inclinaban a los oídos de ellas, que se sonrojaban o sonreían.

Llegó el 24 de Diciembre y, desde por la tarde, Lola estuvo disponiendo los mariscos y la ensalada para la cena de media noche.

Antes del obscurecer, ella, sus hermanos y sus sirvientas, salieron a comprar las piñatas y la colación. Aquella tarde, la Plaza Principal de México, con sus barracas y su inmenso gentío, exhalaba alegría extrema. Sobre el transparente firmamento azul, apenas corrían celajes que matizaban a intermitencias los fulgores postreros del sol occidental, y cuando la hija del Coronel con sus hermanos y criadas volvió a su casa, ya los astros de las constelaciones visibles en las zonas templadas, cintilaban argentinamente sobre el cielo.

Dos horas antes de media noche, la campana mayor de la iglesia Catedral y las de muchos otros templos, llamaban a misa del gallo; por las calles, innumerables grupos de trasnochadores bebían y cantaban al son de sus guitarras; en derredor de la Plaza Mayor seguía el bullicio atronador de compradores y de vendimieros, y sobre el cielo profundamente transparente de las noches invernales, brillaban cerca del occidente las siete estrellas resplandecientes de Orión, mientras que por el levante se asomaban las tardías constelaciones australes. Pero todos los astros, tanto los de primera como los de tercera magnitud, cintilaban argentinamente como diamantes amarillentos cuyas temblorosas facetas acaricia la luz.

Entretanto, en la casa del Coronel se acababan los preparativos para la cena y para el nacimiento. En el fondo del salón habían colocado los muchachos una mesa, y con cajas de cartón formaron una gradería que cubrieron con heno. Allí iba a estar el nacimiento exhalando aroma de ramas frescas y de musgo, ostentando en la grada más alta un portal de cartón bajo el que se hallaban arrodillados los excelsos padres del Niño-Redentor. A las once y media se sirvió la cena, y con ella la tradi cional ensalada teñida carmíneamente con el zumo de la remolacha. Cuando sonó la media noche, se arrulló al Niño-Dios y se le colocó en el Nacimiento, mientras temblaban sobre el límite occidental del cielo, los tres astros que forman el tahalí, y por el Norte, los siete mundos tembladores de la Osa Mayor despedían reflejos blancos.

A la una de la madrugada comenzó el baile; Lolita y su oso, lo mismo que sus amigas y sus galanes, se tuteaban ya, y se citaban para el baile de compadres el próximo 6 de Enero.

Cuando llegó la luz de Navidad, ellos abrigados hasta el cuello, ofrecieron sus brazos a ellas, que escondían sus interesantes cabecitas entre la nutria de los mantones y de las pelerinas. Ellos estaban somnolientos, pálidos; algunos, antes de salir, buscaron en el comedor alguna olvidada botella de Roederer. Ellas, con las mejillas coloreadas por la fatiga del baile y las brillantes pupilas hundidas entre sombras negruzcas, salieron apoyadas en los brazos de sus acompañantes para seguir después su peregrinación en la vida, quizá muy larga, quizá cortísima: quizá la Navidad próxima muchos estarían sepultados y olvidados.

Y mientras, el tardío sol amarillento de Diciembre comenzó a lanzar perezosamente sus resplandores desde el espléndido y eterno azul del cielo mexicano eterno, sí, porque hasta en los días más crudos del invierno, la Capital de México conserva visible su colosal cinturón de montañas azules y su esplendente firmamento azul también.

19 DE DICIEMBRE: LA ADORACIÓN DE LOS REYES DE RAMÓN MARÍA DEL VALLE-INCLÁN

Vinde, vinde, Santos Reyes
vereil, o joya millor,
un meñino
como un brinquiño
tan bunitiño
qu'á nacer nublou o sol!

Desde la puesta del sol se alzaba el cántico de los pastores en torno de las hogueras, y desde la puesta del sol, guiados por aquella luz que apareció inmóvil sobre una colina, caminaban los tres Santos Reyes, jinetes en camellos blancos, iban los tres en la frescura apacible de la noche atravesando el desierto. Las estrellas fulguraban en el cielo, y la pedrería de las coronas reales fulguraba en sus frentes. Una brisa suave hacía flamear los recamados mantos: el de Gaspar era de púrpura de Corinto. El de Melchor era de púrpura de Tiro. El de Baltasar era de púrpura de Menfis. Esclavos negros, que caminaban a pie enterrando sus sandalias en la arena, guiaban los camellos con una mano puesta en el cabezal de cuero escarlata. Ondulaban sueltos los corvos rendajes y entre sus flecos de seda temblaban cascabeles de oro. Los tres Reyes Magos cabalgaban en fila: Baltasar, el egipcio, iba delante, y su barba luenga, que descendía sobre el pecho, era a veces esparcida sobre los hombros... Cuando estuvieron a las puertas de la ciudad arrodilláronse los camellos, y los tres Reyes se apearon y despojándose de las coronas hicieron oración sobre las arenas.

Y Baltasar dijo:

– ¡Es llegado el término de nuestra jornada!...

Y Melchor dijo:

– ¡Adoremos al que nació Rey de Israel!...

Y Gaspar dijo:

– ¡Los ojos le verán y todo será purificado en nosotros!...

Entonces volvieron a montar en sus camellos y entraron en la ciudad por la puerta Romana y guiados por la estrella llegaron al establo donde había nacido El Niño. Allí los esclavos negros, como eran idólatras y nada comprendían, llamaron con rudas voces:

– ¡Abrid!... ¡Abrid la puerta a nuestros señores!

Entonces los tres Reyes se inclinaron sobre los arzones y hablaron a sus esclavos. Y sucedió que los tres Reyes les decían en voz baja:

– ¡Cuidad de no despertar al Niño!

Y aquellos esclavos, llenos de temeroso respeto, quedaron mudos, y los camellos que permanecían inmóviles ante la puerta llamaron blandamente con la pezuña, y casi al mismo tiempo aquella puerta de viejo y oloroso cedro se abrió sin ruido. Un anciano de calva sien y nevada barba asomó en el umbral. Sobre el armiño de su cabellera luenga y nazarena temblaba el arco de una aureola. Su túnica era azul y bordada de estrellas como el cielo de Arabia en las noches serenas, y el manto era rojo, como el mar de Egipto, y el báculo en que se apoyaba era de oro, florecido en lo alto con tres lirios blancos de plata. Al verse en su presencia los tres Reyes se inclinaron. El anciano sonrió con el candor de un niño y franqueándoles la entrada dijo con santa alegría:

– ¡Pasad!

Y aquellos tres Reyes, que llegaban de Oriente en sus camellos blancos, volvieron a inclinar las frentes coronadas, y arrastrando sus mantos de púrpura y cruzadas las manos sobre el pecho, penetraron en el establo. Sus sandalias bordadas de oro producían un armonioso rumor. El Niño, que dormía en el pesebre sobre rubia paja de centeno, sonrió en sueños. A su lado hallábase la Madre, que lo contemplaba de rodillas con las manos juntas. Su ropaje parecía de nubes, sus arracadas parecían de fuego y como en el lago azul de Genezaret rielaban en el manto los luceros de la aureola. Un ángel tendía sobre la cuna sus alas de luz y las pestañas del Niño temblaban como mariposas rubias, y los tres Reyes se postraron para adorarle, y luego besaron los pies del Niño.

Para que no se despertase, con las manos apartaban las luengas barbas que eran graves y solemnes como oraciones. Después se levantaron, y volviéndose a sus camellos le trajeron sus dones: Oro, Incienso y Mirra.

Y Gaspar dijo al ofrecerle el Oro:

– Para adorarte venimos de Oriente.

Y Melchor dijo al ofrecerle Incienso:

– ¡Hemos encontrado al Salvador!

Y Baltasar dijo al ofrecerle la Mirra:

– ¡Bienaventurados podemos llamarnos entre todos los nacidos!

Y los tres Reyes Magos despojándose de sus coronas las dejaron en el pesebre a los pies del Niño. Entonces sus frentes tostadas por el sol y los vientos del desierto se cubrieron de luz, y la huella que había dejado el cerco bordado de pedrería era una corona más bella que sus coronas labradas en Oriente... Y los tres Reyes Magos repitieron como un cántico:

– ¡Éste es!... ¡Nosotros hemos visto su estrella!

Después se levantaron para irse, porque ya rayaba el alba. La campiña de Belén, verde y húmeda, sonreía en la paz de la mañana con el caserío de sus aldeas dispersas, y los molinos lejanos desapareciendo bajo el emparrado de las puertas, y las montañas azules y la nieve en las cumbres. Bajo aquel sol amable que lucía sobre los montes iba por los caminos la gente de las aldeas. Un pastor guiaba sus carneros hacia las praderas de Gamalea; mujeres cantando volvían del pozo de Efraín con las ánforas llenas; un viajero cansado picaba la yunta de sus vacas, que se detenían mordisqueando en los vallados, y el humo blanco parecía salir de entre las higueras... Los esclavos negros hicieron arrodillar los camellos y cabalgaron los tres Reyes Magos. Ajenos a todo temor se tornaban a sus tierras, cuando fueron advertidos por el cántico lejano de una vieja y una niña que, sentadas a la puerta de un molino, estaban desgranando espigas de maíz. Y era éste el cantar remoto de las voces:

Camiñade Santos Reyes
por camiños desviados,
que pol'os camiños reaes
Herodes mandou soldados.

❄

20 DE DICIEMBRE: CUENTO DE NOCHEBUENA DE RUBÉN DARÍO

El hermano Longinos de Santa María era la perla del convento. Perla es decir poco, para el caso; era un estuche, una riqueza, un algo incomparable e inencontrable: lo mismo ayudaba al docto fray Benito en sus copias, distinguiéndose en ornar de mayúsculas los manuscritos, como en la cocina hacía exhalar suaves olores a la fritanga permitida después del tiempo de ayuno; así servía de sacristán, como cultivaba las legumbres del huerto; y en maitines o vísperas, su hermosa voz de sochantre resonaba armoniosamente bajo la techumbre de la capilla. Mas su mayor mérito consistía en su maravilloso don musical; en sus manos, en sus ilustres manos de organista. Ninguno entre toda la comunidad conocía como él aquel sonoro instrumento del cual hacía brotar las notas como bandadas de aves melodiosas; ninguno como él acompañaba, como poseído por un celestial espíritu, las prosas y los himnos, y las voces sagradas del canto llano. Su eminencia el cardenal — que había visitado el convento en un día inolvidable — había bendecido al hermano, primero, abrazádole enseguida, y por último díchole una elogiosa frase latina, después de oírle tocar. Todo lo que en el hermano Longinos resaltaba, estaba iluminado por la más amable sencillez y por la más inocente alegría. Cuando estaba en alguna labor, tenía siempre un himno en los labios, como sus hermanos los pajaritos de Dios. Y cuando volvía, con su alforja llena de limosnas, taloneando a la borrica, sudoroso bajo el sol, en su cara se veía un tan dulce resplandor de jovialidad, que los campesinos salían a las puertas de sus casas, saludándole, llamándole hacia ellos: "¡Eh!, venid acá, hermano Longinos, y tomaréis un buen vaso..." Su cara la podéis ver en una tabla que se conserva en la abadía; bajo una frente noble dos ojos humildes y oscuros, la nariz un tantico levantada, en una ingenua expresión de picardía infantil, y en la boca entreabierta, la más bondadosa de las sonrisas.

Avino, pues, que un día de navidad, Longinos fuese a la próxima aldea...; pero ¿no os he dicho nada del convento? El cual estaba situado cerca de una aldea de labradores, no muy distante de una vasta floresta, en donde, antes de la fundación del monasterio, había cenáculos de hechiceros, reuniones de hadas, y de silfos, y otras tantas cosas que favorece el poder del Bajísimo, de quien Dios nos guarde. Los vientos del cielo llevaban desde el santo edificio monacal, en la quietud de las noches o en los serenos crepúsculos, ecos misteriosos, grandes temblores sonoros..., era el órgano de Longinos que acompañando la voz de sus hermanos en Cristo, lanzaba sus clamores benditos. Fue, pues, en un día de navidad, y en la aldea, cuando el buen hermano se dio una palmada en la frente y exclamó, lleno de susto, impulsando a su caballería paciente y filosófica:

— ¡Desgraciado de mí! ¡Si mereceré triplicar los cilicios y ponerme por toda la vida a pan y agua! ¡Cómo estarán aguardándome en el monasterio!

Era ya entrada la noche, y el religioso, después de santiguarse, se encaminó por la vía de su convento. Las sombras invadieron la Tierra. No se veía ya el villorrio; y la montaña, negra en medio de la noche, se veía semejante a una titánica fortaleza en que habitasen gigantes y demonios.

Y fue el caso que Longinos, anda que te anda, pater y ave tras pater y ave, advirtió con sorpresa que la senda que seguía la pollina, no era la misma de siempre. Con lágrimas en los ojos alzó éstos al cielo, pidiéndole misericordia al Todopoderoso, cuando percibió en la oscuridad del firmamento una hermosa estrella, una hermosa estrella de color de oro, que caminaba junto con él, enviando a la tierra un delicado chorro de luz que servía de guía y de antorcha. Diole gracias al Señor por aquella maravilla, y a poco trecho, como en otro tiempo la del profeta Balaam, su cabalgadura se resistió a seguir adelante, y le dijo con clara voz de hombre mortal: 'Considérate feliz, hermano Longinos, pues por tus virtudes has sido señalado para un premio portentoso.' No bien había acabado de oír esto, cuando sintió un ruido, y una oleada de exquisitos aromas. Y vio venir por el mismo camino que él seguía, y guiados por la estrella que él acababa de admirar, a tres señores espléndidamente ataviados. Todos tres tenían porte e insignias reales. El delantero era rubio como el ángel Azrael; su cabellera larga se esparcía sobre sus hombros, bajo una mitra de oro constelada de piedras preciosas; su barba entretejida con perlas e hilos de oro resplandecía sobre su pecho; iba cubierto con un manto en donde estaban bordados, de riquísima manera, aves peregrinas y signos del zodiaco. Era el rey Gaspar, caballero en un bello caballo blanco. El otro, de cabellera negra, ojos también negros y profundamente brillantes, rostro semejante a los que se ven en los bajos relieves asirios, ceñía su frente con una magnífica diadema, vestía vestidos de incalculable precio, era un tanto viejo, y hubiérase dicho de él, con sólo mirarle, ser el monarca de un país misterioso y opulento, del centro de la tierra de Asia. Era el rey Baltasar y llevaba un collar de gemas cabalístico que terminaba en un sol de fuegos de diamantes. Iba sobre un camello caparazonado y adornado al modo de Oriente. El tercero era de rostro negro y miraba con singular aire de majestad; formábanle un resplandor los rubíes y esmeraldas de su turbante. Como el más soberbio príncipe de un cuento, iba en una labrada silla de marfil y oro sobre un elefante. Era el rey Melchor. Pasaron sus majestades y tras el elefante del rey Melchor, con un no usado trotecito, la borrica del hermano Longinos, quien, lleno de mística complacencia, desgranaba las cuentas de su largo rosario.

Y sucedió que — tal como en los días del cruel Herodes — los tres coronados magos, guiados por la estrella divina, llegaron a un pesebre, en donde, como lo pintan los pintores, estaba la reina María, el santo señor José y el Dios recién nacido. Y cerca, la mula y el buey, que entibian con el calor sano de su aliento el aire frío de la noche. Baltasar, postrado, descorrió junto al niño un saco de perlas y de piedras preciosas y de polvo de oro; Gaspar en jarras doradas ofreció los más raros ungüentos; Melchor hizo su ofrenda de incienso, de marfiles y de diamantes...

Entonces, desde el fondo de su corazón, Longinos, el buen hermano Longinos, dijo al niño que sonreía:

— Señor, yo soy un pobre siervo tuyo que en su covento te sirve como puede. ¿Qué te voy a ofrecer yo, triste de mí? ¿Qué riquezas tengo, qué perfumes, qué perlas y qué diamantes? Toma, señor, mis lágrimas y mis oraciones, que es todo lo que puedo ofrendarte.

Y he aquí que los reyes de Oriente vieron brotar de los labios de Longinos las rosas de sus oraciones, cuyo olor superaba a todos los ungüentos y resinas; y caer de sus ojos copiosísimas lágrimas que se convertían en los más radiosos diamantes por obra de la superior magia del amor y de la fe; todo esto en tanto que se oía el eco de un coro de pastores en la tierra y la melodía de un coro de ángeles sobre el techo del pesebre.

Entre tanto, en el convento había la mayor desolación. Era llegada la hora del oficio. La nave de la capilla estaba iluminada por las llamas de los cirios. El abad estaba en su sitial, afligido, con su capa de ceremonia. Los frailes, la comunidad entera, se miraban con sorprendida tristeza. ¿Qué desgracia habrá acontecido al buen hermano?

¿Por qué no ha vuelto de la aldea? Y es la hora del oficio, y todos están en su puesto, menos quien es gloria de su monasterio, el sencillo y sublime organista... ¿Quién se atreve a ocupar su lugar? Nadie. Ninguno sabe los secretos del teclado, ninguno tiene el don armonioso de Longinos. Y como ordena el prior que se proceda a la ceremonia, sin música, todos empiezan el canto dirigiéndose a Dios llenos de una vaga tristeza... De repente, en los momentos del himno, en que el órgano debía resonar... resonó, resonó como nunca; sus bajos eran sagrados truenos; sus trompetas, excelsas voces; sus tubos todos estaban como animados por una vida incomprensible y celestial. Los monjes cantaron, cantaron, llenos del fuego del milagro; y aquella Noche Buena, los campesinos oyeron que el viento llevaba desconocidas armonías del órgano conventual, de aquel órgano que parecía tocado por manos angélicas como las delicadas y puras de la gloriosa Cecilia...

El hermano Longinos de Santa María entregó su alma a Dios poco tiempo después; murió en olor de santidad. Su cuerpo se conserva aún incorrupto, enterrado bajo el coro de la capilla, en una tumba especial, labrada en mármol.

❋

21 DE DICIEMBRE: EL CIEGO DE EMILIA PARDO BAZÁN

La tarde del 24 de diciembre le sorprendió en despoblado, a caballo y con anuncios de tormenta. Era la hora en que, en invierno, de repente se apaga la claridad del día, como si fuese de lámpara y alguien diese vuelta a la llave sin transición; las tinieblas descendieron borrando los términos del paisaje, acaso apacible a mediodía, pero en aquel momento tétrico y desolado.

Hallábase en la hoz de uno de esos ríos que corren profundos, encajonados entre dos escarpes; a la derecha, el camino; a la izquierda, una montaña pedregosa, casi vertical, escueta y plomiza de tono. Allá abajo no se divisaba más que una cinta negruzca, donde moría, culebreando, áspid de carmín, un reflejo roto del poniente; arriba, densas masas erguidas, formas extrañas, fantasmagóricas; todo solemne y aun pudiera decirse que amenazador. No pecaba Mauricio de cobarde y, sin embargo, le impresionó el aspecto de la montaña; sintió deseos de llegar cuanto antes al pazo, del cual le separaban aún tres largas leguas, y animó con la voz y la espuela a su montura, que empinaba las orejas recelosa.

Arreció el viento y le obligó a atar el sombrero con un pañuelo bajo la barba; el trueno, lejano aún, retumbó misteriosamente; ráfagas de lluvia azotaron la cara del jinete, que ahogó un juramento. ¡Aquello era mala sombra! ¡Justamente empezaba a llover a la mitad del camino! Al punto mismo, el caballo se encabritó y pegó un bote de costado: entre la maleza había salido un bulto. Echaba ya Mauricio mano al revólver que llevaba en el bolsillo interior de la zamarra, cuando oyó estas palabras:

— ¡Una limosnita! ¡Por amor de Dios, que va a nacer...; una limosnita señor!

Mauricio, tranquilizándose, miró enojado al que en tal sitio y ocasión cometía la importunidad de pedir limosna.

Era un hombrachón alto, descalzo de pie y pierna, que llevaba al hombro unas alforjas y se apoyaba en recio garrote. La oscuridad no permitía distinguir cómo tenía el rostro; la ancianidad se adivinaba en lo cascado de la voz y en el vago reflejo plateado de las greñas blancas.

— Apártese — murmuró impaciente el señorito — . ¿No ve que el caballo se asusta? Si me descuido, al río de cabeza... ¡Vaya unas horas de pedir y un sitio a propósito para saltar delante de la montura! ¡Brutos!

El pordiosero se había quedado como hecho de piedra.

— ¿Dónde está el río? — gritó con hondo terror — . ¿No es aquí el camino de la iglesia de Cimáis? Señor: no me desampare... ¡Soy un ciego! ¡Nuestra Señora le conserve la vista! ¡Pobre del que no ve!

Mauricio comprendió. El viejo sin ojos se había perdido; ignoraba dónde se encontraba, y para no despeñarse necesitaba un guía. Sí; convenido; necesitaba un guía... ¿Y quién iba a ser? ¿Él, Mauricio Acuña, que desde Orense regresaba a su casa en tarde de Navidad, a cenar, a pasar alegremente la velada, jugando al julepe o al «golfo» con sus hermanos y primos, fumando y riendo? Si sujetaba el paso de su caballo al lento andar de un ciego; si torcía su rumbo cara a la iglesia de Cimáis, distante buen rato, ¿a qué santas horas iba a hacer su entrada en la sala del pazo de Portomellor? Un instante titubeó: pensaba que no podía menos de sacrificar algunos minutos a colocar al ciego en la dirección de Cimáis y dejarle, ya orientado, arreglarse como Dios le diese a entender. Sólo que era internarse en la «carballeda», exponerse a tropezar en los cepos y en los pedruscos, y, sobre todo, era condescender a los ruegos del mendigo, que no soltaría a dos por tres a su lazarillo improvisado, y si le complaciese en lo primero exigiría lo segundo... ¡Estos pobres son tan lagoteros y tan pegajosos! «Más vale escurrirse», decidió; y sacando del bolsillo un duro, lo dejó en la mano temblona que el viejo extendía, más para implorar que para mendigar; picó al caballo y escapó como un criminal que huye de la Justicia.

Sí; como un criminal. Así definió su conducta él mismo, luego, en el punto de refrenar a *Maceo*, su negro andaluz cruzado, y darse cuenta de que había caído enteramente la noche.

Velada por sombríos nubarrones, la luna se entreparecía lívida, semejante a la faz de un cadáver amortajado con hábito monacal. La carretera se desarrollaba suspendida sobre el río que, a pavorosa profundidad, dormitaba mudo y siniestro. El viento combatía, haciéndolos crujir, los troncos robustos de los árboles; un relámpago alumbró la superficie del agua; un trueno resonó ya bastante cercano; y Mauricio se estremeció. Le pareció escuchar ruidos extraños además de los de la tormenta. ¿Se habrá caído el viejo al agua? Detrás, sobre la peñascosa senda, creía escuchar el paso de un hombre que tentaba el suelo con un palo, como hacen los ciegos. Absurdo evidente, pues con la galopada que *Maceo* había pegado ya quedaría el mendigo atrás un cuarto de legua. Lo cierto es que Mauricio juraría que le seguía «alguien»; alguien que respiraba trabajosamente, que tropezaba, que gemía, que imploraba compasión. Invencible desasosiego le impulsó a apurar nuevamente a su montura para alcanzar pronto el cruce en que la carretera se desvía del río, cuya vista le sugería el temor de una desgracia. ¿Se habrá caído?... Lo que a Mauricio le acongojaba era la idea de haber abandonado a un ciego en tal noche. «Pero ¿cómo fue capaz...? ¡Si parece mentira! Me lo contarían después y no lo creería... Hoy no debía dejar solo a un infeliz», cavilaba, hincando la espuela en los ijares de *Maceo*. «Y lo más sucio, lo más vil de mi acción fue darle dinero. ¡Dinero! Si a estas horas flota en el Sil su cuerpo..., el dinero ¿de qué le sirve? Creemos que el dinero lo arregla todo... ¡Miserable yo! Estoy por volverme. ¿No viene nadie detrás?...»

Maceo volaba; un sudor de angustia humedecía las sienes del jinete. El zumbido de sus oídos y el remolino del viento, profundo como una tromba, no le impedían oír, cada vez más próximas, las pisadas del que le seguía, ya sin género de duda, y percibir la misma respiración entrecortada, el mismo doliente gemido; y el caso es que no se atrevía a volverse, porque, si se volviese, quizá vería la figura del ciego mendigo, alto, descalzo de pie y pierna, con el zurrón al hombro, el cayado en la mano y reluciente en la oscuridad la plata de sus blancas greñas...

«¿Estaré loco? — pensó— . ¡Ea!, ánimo... Debo volverme...» Y no se volvía; su garganta apretada, su corazón palpitante, le hacían traición; sufría un miedo espantoso, sobrenatural. Apretó las espuelas, y el caballo, excitado, aceleró el tendido galope, sacando chispas de los guijarros del camino. La tempestad estaba ya encima: el relámpago brilló; un trueno formidable rimbombó sobre la misma cabeza del señorito, aturdiéndole. Alborotóse *Maceo*; giró bruscamente sobre sus patas traseras y se arrojó hacia el talud que dominaba el Sil. Vio Mauricio el tremendo peligro cuando otro relámpago le mostró el abismo y la superficie del agua; cerró los ojos, aceptando el juicio de la Providencia..., y el caballo, en su vértigo mortal, arrastró al jinete al fondo del despeñadero, tronchando en su caída los pinos y empujando las piedras del escarpe, cuyo ruido fragoroso, al rodar peñas abajo, remedaba aún los desatentados pasos del ciego que tropezaba y gemía.

22 DE DICIEMBRE: LA FIEBRE DEL DÍA DE LUIS TABOADA

En casi todas las admistraciones de loterías se han acabado los billetes de Navidad, lo cual prueba elocuentemente que somos unos jugadores empedernidos.

Todos los que tienen un duro se lo juegan, con gran perjuicio de otras atenciones preferentes, y hay quien, a falta de camisa, lleva un cuello postizo sujeto a la elástica con un alfiler, y sin embargo, juega cuatro pesetas en un billete y dos pesetas en otro . . .

La fiebre de la lotería produce más estragos que la viruela, y algunas personas andan por ahí con el rostro abatido y la mirada incierta, esperando que se publique la lista grande. Quieren reirse y no pueden; van a lavarse y les falta la respiración; tratan de tomar café y lo echan por las narices.

— ¿Qué es eso? — se pregunta a alguno. — Está usted así como alelado.

— ¡Hombre! La lotería de Navidad me trae medio loco — contesta el aludido,

— ¿Juega usted mucho?

— Juego veinticinco reales en siete suertes, y tengo la corazonada de que me va a caer. El año pasado por un número dejé de cobrar catorce duros y medio; si en vez de un 6 es un 9, me armo. Nunca he tenido más ilusión que ahora, porque han pasado cosas en mi casa que son de muy buen agüero.

— ¡Hombre!

— Sí, señor; ayer a mi señora se le cayó un retrato de su madre en el cocido; esta mañana en la oficina fui a pegarle a mi escribiente y vertí el frasco de la goma sobre un macillo de balduque. Todo esto es de muy buena sombra.

Los supersticiosos están en grande porque creen que hay una porción de hechos anunciadores de la buena suerte; y si les aprieta una bota, o se les cae en el vino un pelo de bigote, o pierden un botón de la camisa de dormir, lanzan un grito de alegría y adquieren, *ipso facto* la completa seguridad de que va a ser para ellos el premio gordo.

En cambio, si salen a la calle y tropiezan con un chato rubio, o les pisa un transeúnte picado de viruelas, o les saluda por equivocación un sereno de comercio, toda su esperanza se disuelve como el humo y sufren lo indecible.

Pero todos, quién más, quién menos, acarician en el fondo del alma una halagadora ilusión, y no hay nada que les moleste tanto como oir decir a cualquiera de esos optimistas alegres que gozan con la desesperación de los demás:

— No se ilusione usted. El premio gordo caerá en el número 12.543, que es el que juego yo en compañía de un barbero que vive en la calle del Gato, y en estado de inocencia.

En las oficinas, en los teatros, en los círculos de recreo, en las parroquias, donde quiera que se reúnan media docena de sujetos en corporación, surge inmediatamente la idea de jugar un decimito, y desde aquel punto y hora los corazones se ensanchan ante la risueña perspectiva de un cambio de fortuna.

Doña Ceferina, que da reuniones todos los jueves y días festivos, ha acordado comprar un décimo para repartir entre sus contertulios.

— Sí, sí — dicen todos a coro.

— Bueno, pues que vaya a comprarlo Balbinito, que es hombre de mucha suerte — agrega uno de los circunstantes.

— ¿Tiene suerte? — pregunta doña Ceferina.

— ¡Ya lo creo! El mes pasado se encontró en la calle del Tribulete más de dos libras de lomo envueltas en un número de La Civilización, de Carulla. Además le ha tocado en una rifa un refajo de señora, hecho a punto tunecino, y casi todas las semanas se encuentra en la calle piezas de perro y huevos duros.

— Lo mejor será que mi Rupertito elija el número — dice una señora de la tertulia.

— ¿Quién es Rupertito?

— Es mi niño, el más chiquitín, que va para los doce años, y todavía no pronuncia a causa de su mucha inocencia.

Por unanimidad se acuerda que sea Rupertito el que elija el décimo; y el niño se dirige al día siguiente a la administración de loterías, acompañado de todos los contertulios de doña Ceferina.

— Usted dispensará — dice al lotero la mamá del muchacho pero deseamos que este ángel escoja un décimo . . . Anda, cielín, pon tu manita sobre un papelito de esos.

El niño, que es más bruto que mandado hacer, mira al administrador de loterías con escama y rompe a llorar como un becerro de tres hierbas; pero aquél le anima diciéndole:

— Vamos, niño, no te asustes; coge el número que más te agrade.

Entonces Rupertito se abalanza sobre los décimos colocados a su alcance y los estruja entre los dedos llenándolos de pringue.

— ¡Dios mío! Los va á borrar — dice uno de los contertulios.

— ¿Qué tiene en las manos esa criatura? — agrega el lotero.

— Es sopa — contesta la madre. — Tiene la costumbre de meter las manitas en la sopera, y yo le dejo para que no coja una rabieta.

Rupertito escoge al fin un número, y todos se lanzan sobre el papel para leerlo cien veces.

— ¡El 8.239!

— ¡Buen número!

— ¡Acaba en un 9 y empieza en un 8! ¡Buena sombra!

— Verá usted cómo sale.

— ¡Ay! ¡Si saliera! . . .

Estas y otras frases brotan de los labios de aquella gente feliz, que se mete en la cama pensando en el premio gordo para recibir un desengaño el día 23.

Porque yo soy de los que creen que la lotería no toca nunca.

Por lo menos a mí . . .

❄

23 DE DICIEMBRE: ¡TRES MILLONES! DE ALEJANDRO LARRUBIERA

ACUARELA DE NAVIDAD

I

Hay algo del fragor de las tempestades en el movimiento rotativo del gigantesco bombo, a través de cuya tela metálica vense danzar millares de bolitas…, otros tantos diablillos de la fortuna, caprichosamente encerrados en los microscópicos esferoides de madera… ¿Cuál de ellos será el que haga vibrar el cristal del platillo al unísono, con aquel otro que cruza su redondez la cifra 3 000 000?…

Un encuentro del azar, que en un segundo ocasiona un cambio radicalísimo en la existencia de cientos de personas que la víspera, acaso, maldicen su vida de infortunio, dedicada a rudas faenas, y acaso despertaron llenos de angustia, creyendo escuchar una voz misteriosa que como una caricia caía en su oído… «¡Tres millones de pesetas!». Una cifra que ostenta el signo 3 como un capitán general de los seis ceros que le siguen: ejército que estampado en el papel, ocupa poquísimo trecho, pero, con el cual, puede conquistarse la felicidad, ese reino misterioso que la mayor parte de las veces solo franquea su puerta a la fortuna.

¡Tres millones de pesetas!…

¡Lo inconcebible! El gobierno de la nación es más pródigo que San Bruno: da el seis mil por uno.

¿Qué extraño que a todos preocupe beneficio tan maravilloso?...

Hacerse rico de pronto, sin quebraderos de cabeza, sin derrochar ingenio ni cansar los músculos, surgir de la nada, flotar en el mar de la vida... ¡Ser rico! Es decir, ser todopoderoso en este siglo positivista.

II

Nos encontramos en el salón donde se verifica el sorteo, es decir, el juego nacional.

No hay mesas preparadas, no hay naipes, ni crupieres, ni raquetas ni fichas, ni se mira azorado a la puerta de entrada.

Los concurrentes son ciudadanos probos, honrados, «cabezas de familia», no van allí a dar el «pego» ni a «levantar muertos»; no se hacen apuestas: se han hecho ya... Podéis estar tranquilos si es que el demonio de la avaricia no se aposenta en vuestro cerebro.

El espacioso local se ve ocupado en su mitad por bancos, la otra mitad lo ocupa la plataforma en donde la casualidad ha de decidir de la fortuna de unos cuantos ciudadanos.

El juego es correctamente legal.

No hay sino fijarse en los bombos monumentales que vomitan por segundo números y premios; en las mesas que parecen las de un tribunal, en los infelices huérfanos uniformados que con voz recia «cantan» el número.

Si sois de la familia chinchorrera y escamona, estáis autorizados para ver con vuestros propios ojos y palpar las bolitas, ¿qué más? Podéis ser parte en el recuento.

Ya veis que no es esto como en las casas de juego.

Estad sentados tranquilamente en los bancos esperando la salida del «gordo» — esa bolita del azar por la que todos suspiramos — y distraed la imaginación contemplando el rostro de vuestros vecinos, que, con cara de circunstancias, fruncido el entrecejo, un papelito en la mano y en ristre el lápiz, esperan impacientes ser los primeros en gozar la sensación grande, la de la *caída* de los tres millones en el platillo de cristal.

Hasta que el hospiciano no grite esta cifra, se escucha en todo el salón zumbido de charlas entabladas entre desconocidos que hablan como augures y profetizan a bulto, que el «gordo» está o no al caer.

No os alarméis por ese llanto... Es una pobre vieja que llora... ¡De alegría! ¡Pobre mujer! Uno de los números cantados ha salido con un premio de unos cuantos miles de pesetas. En él lleva participación: veinte reales… Pregunta a los más próximos a su banco si realmente es tal el número premiado.

— Sí, buena mujer — replica uno.

— Vamos, algo se pesca, abuela — añade otro.

Y ella insiste:

— ¿Pero es ese?… ¡Tanto cuesta creer en la propia felicidad!

Olvidad este incidente.

Al pie de la plataforma unos cuantos individuos, «chicos de la prensa», escriben en el papel los números a medida que salen, mientras que las cuartillas, ya terminadas, pasan a mano de los granujas que aguardan también la salida de los celebérrimos millones, para ir, como alma que lleva el diablo, a las imprentas, a que compongan el número de las grandes esperanzas.

«Rag, rag, rag, rag». No puede ser más monótono el ruido que producen los bombos al girar, impulsados por los mozos agarrados a las manivelas.

¡Qué fastidio! Ya tenéis los oídos cansados de oír tanta cifra y del bullicio de la muchedumbre.

La atmósfera es en el salón caliginosa, asfixiante. «Rag, rag, rag, rag». Más números, más premios. Y el «gordo» sin salir.

Un ciudadano protesta de la inconsciente cachaza de la suerte:

— Hombre, para favorecer a unos o a otros, bien podía apresurarse.

Y a medida que va transcurriendo el tiempo, notáis que el rostro de los circunstantes se metamorfosea: tórnase más sombrío, la angustia de la esperanza dudosa abrillanta las pupilas: las discusiones se apagan: solo arranca frases y preguntas la voz del hospiciano cuando vocea un premio de los mayores.

Pero son como chispazos de la hoguera de impaciencia que a todos consume.

III

¡Al fin!… «¡¡Tres millones!!» — grita algo emocionado el chico de turno en el anhelado pregón.

Hace una pausa corta y sigue: «… ¡¡de pesetas!!».

Y con voz más recia, repite el famoso número, tan seductoramente agraciado, y sigue voceando alegremente:

«¡Tres… millones… de… pesetas!».

Y el público, después de un «¡Aaah!» emocional, queda silencioso, casi tristón… No se escucha más que el tembloreo de los papeles, donde lleva cada cual apuntados los números que juega, y el desdoblar de los décimos.

El hospiciano ha dado el tercero y último pregón con todas las fuerzas de sus pulmones, como quien sabe que ha tenido la suerte de coger primero y publicar después la anhelada bolita que encierra el hada de la fortuna.

Algunos curiosos impertinentes examinan las bolas, miran y remiran, ora el número, ora el premio, y… suspiran maldiciendo su torpeza en no haber caído en la cuenta de que aquel número podría ser el «gordo». Aberraciones de jugador, saturadas de un delicioso ilogismo.

El resto del público coteja el número con los que lleva en suerte.

Y aquí uno dice que es un imbécil en jugar con un fulano que tiene acreditada su mala sombra, y allá una mujer gruñe: — «¡Dos reales que he tirado a la calle!». Y en este banco un sordo que pregunta por centésima vez: — «¿Acaba en nueve?… Menos mal, he pescado la aproximación».

Y en todos los labios palpita la misma frase que debió pronunciar la lechera de la fábula al ver roto el cantarillo de sus ambiciones.

El salón es desalojado por las dos terceras partes del público.

Los jugadores se apelotonan a la puerta de salida, cada cual con una esperanza menos y una dosis inconmensurable de mal humor.

Y nunca falta algún cínico que, al ver pintada la desesperación en aquella turba a quien la avaricia y la curiosidad reunió en el lugar del sorteo, haga en voz alta esta reflexión:

— ¡Lo que tendría gracia ahora es que le hubiese tocado al gobierno!…

24 DE DICIEMBRE: EL CÁNTICO DE NAVIDAD DE CHARLES DICKENS

TRADUCIDO POR DON LUIS BARTHE

ESTROFA PRIMERA

Para empezar: Marley había muerto. Sobre ello no había ni la menor sombra de duda. La partida de defuncion estaba firmada por el cura, por el sacristan, por el encargado de las pompas fúnebres y por el presidente del duelo. Scrooge la habia firmado y la firma de Scrooge circulaba sin inconveniente en la Bolsa, cualquiera que fuera el papel donde la fijara.

El viejo Marley *estaba tan muerto como un clavo de puerta**.

Aguardad: con esto no quiero decir que yo conozca, por mí mismo, lo que hay de especialmente muerto en un clavo. Si me dejara llevar de mis opiniones, creería mejor que un clavo de ataud es el trozo de hierro más muerto que puede existir en el comercio; pero como la sabiduría de nuestros antepasados brilla en las comparaciones, no me atrevo, con mis profanas manos, á tocar á tan venerados recuerdos. De otra manera ¡qué seria de nuestro país! Permitidme, pues, repetir enérgicamente que Marley estaba tan muerto como un clavo de puerta.

¿Lo sabia así Scrooge? A no dudarlo. Forzosamente debia de saberlo. Scrooge y él, por espacio de no sé cuántos años, habian sido sócios. Scrooge era su único ejecutor testamentario, su único administrador, su único poderhabiente, su único legatario universal, su único

---

* Frase muy comun en Inglaterra, de la que se sirve el autor para satirizar un poco la aficion de sus compatriotas á lo antiguo.

amigo, el único que acompañó el féretro, aunque, á decir verdad, este tristísimo suceso no le sobrecogió de modo que no pudiera, en el mismo dia de los funerales, mostrarse como hábil hombre de negocios y llevar á cabo una venta de las más productivas.

El recuerdo de los funerales de Marley me coloca otra vez en el punto donde he empezado. No cabe duda en que Marley habia fallecido, circunstancia que debe fijar mucho nuestra atencion, porque si nó la presente historia no tendría nada de maravillosa.

Si no estuviéramos convencidos de que el padre de Hámlet[*] ha muerto antes de que la tragedia dé principio, no tendria nada de extraño que lo viéramos pasear al pié de las murallas de la ciudad y expuesto á la intemperie; lo mismo exactamente, que si viéramos á otra persona de edad provecta pasearse á horas desusadas en medio de la oscuridad de la noche y por lugares donde soplara un viento helador; verbigracia, el cementerio de San Pablo, y tratándose del padre de Hámlet, tan sólo impresiona la ofuscada imaginacion de su hijo.

Scrooge no borró jamás el nombre del viejo Marley. Todavía lo conservaba escrito, años despúes, encima de la puerta del almacen: *Scrooge y Marley*. La casa de comercio era conocida bajo esta razon. Algunas personas poco al corriente de los negocios lo llamaban Scrooge-Scrooge; otras, Marley sencillamente, mas él contestaba por los dos nombres; para él no constituía más que uno.

¡Oh! ¡Y que sentaba bien la mano sobre sus negocios! Aquel empedernido pecador era un avaro que sabía agarrar con fuerza, arrancar, retorcer, apretar, raspar y, sobre todo, duro y cortante como esos pedernales que no despiden vivíficas chispas si no al contacto del eslabon. Vivia ensimismado en sus pensamientos, sin comunicarlos, y solitario como un hongo. La frialdad interior que habia en él le helaba la aviejada fisonomía, le coloreaba la puntiaguda nariz, le arrugaba las mejillas, le enrojecia los párpados, le envaraba las piernas, le azuleaba los delgados labios y le enroquecia la voz. Su cabeza, sus cejas y su barba fina y nerviosa parecian como recubiertas de escarcha. Siempre y á todas partes llevaba la temperatura bajo cero: transmitia el frio á sus oficinas en los dias caniculares y no las deshelaba, ni siquiera de un grado, por Navidad.

El calor y el frio exteriores ejercian muy poca influencia sobre Scrooge. El calor del verano no le calentaba y el invierno más riguroso

---

[*] Tragedia del inmortal Shakspeare.

no llegaba á enfriarle. Ninguna ráfaga de viento era más desapacible que él. Jamás se vió nieve que cayera tan rectamente como él iba derecho á su objeto, ni aguacero más sostenido. El mal tiempo no encontraba manera de mortificarle: las lluvias más copiosas, la nieve, el granizo no podian jactarse de tener sobre él más que una ventaja: la de que caian con *profusion*; Scrooge no conoció nunca esta palabra.

Nadie lo detenia en la calle para decirle con aire de júbilo: ¿Cómo se encuentra usted, mi querido Scrooge? ¿Cuándo vendrá usted á verme? Ningun mendigo le pedía ni la más pequeña limosna; ningun niño le preguntaba por la hora. Nunca se vió á nadie, ya hombre, ya mujer, solicitar de él que les indicase el camino. Hasta los perros de ciego daban muestras de conocerle, y cuando le veian llevaban á sus dueños al hueco de una puerta ó á una callejuela retirada, meneando la cola como quien dice: «Pobre amo mio: mejor es que no veas, que no ver á ese hombre.»

Pero ¿qué le importaba esto á Scrooge? Precisamente era lo que quería: ir solo por el ancho camino de la existencia, tan frecuentado por la muchedumbre de los hombres, intimándoles con el aspecto de la persona, como si fuera un rótulo, que se apartasen. Esto era en Scrooge como el mejor plato para un goloso.

Un dia, el más notable de todos los buenos del año, la víspera de Navidad, el viejo Scrooge estaba sentado á su bufete y muy entretenido en sus negocios. Hacia un frio penetrante. Reinaba le niebla. Scrooge podia oir cómo las gentes iban de un lado á otro por la calle soplándose las puntas de los dedos, respirando ruidosamente, golpeándose el cuerpo con las manos y pisando con fuerza para calentarse los piés.

Las tres de la tarde acababan de dar en los relojes de la City*, y con todo casi era de noche. El dia habia estado muy sombrío. Las luces que brillaban en las oficinas inmediatas, parecian como manchas de grasa enrojecidas, y se destacaban sobre el fondo de aquella atmósfera tan negruzca y por decirlo así, palpable. La niebla penetraba en el interior de las casas por todos los resquicios y por los huecos de las cerraduras: fuera habia llegado su densidad á tal extremo, que si bien la calle era muy estrecha, las casas de enfrente se asemejaban á fantasmas. Al contemplar cómo aquel espeso nublado descendia cada vez más, envolviendo todos los objetos en una profunda oscuridad, se podia creer que

---

* Barrio comercial de Lóndres y de los más antiguos de la cuidad.

la naturaleza trataba de establecerse allí para explotar una cervecería en grande escala.

La puerta del despacho de Scrooge continuaba abierta, á fin de poder éste vigilar á su dependiente dentro de la pequeña y triste celdilla, á manera de sombría cisterna, donde se ocupaba en copiar cartas. La estufa de Scrooge tenia poco fuego, pero ménos aún la del dependiente: aparentaba no encerrar más que un pedazo de carbon. Y el desgraciado no podia alimentarla mucho, porque en cuanto iba con el cogedor á preveerse, Scrooge, que atendia por sí á la custodia del combustible, no se recataba de manifestar á aquel infeliz que cuidase de no ponerlo en el caso de despedirle. Por este motivo el dependiente se envolvia en su tapabocas blanco y se esforzaba en calentarse á la luz de la vela; pero como era hombre de poquísima imaginacion, sus tentativas resultaban infructuosas.

— Os deseo una regocijda Noche Buena, tio mio, y que Dios os conserve; gritó alegremente uno. Era la voz del sobrino de Scrooge. Este, que ocupado en sus combinaciones no le habia visto llegar, quedó sorprendido.

— Bah, dijo Scrooge; tonterías.

Venia tan agitado el sobrino á consecuencia de su rápida marcha, en medio de aquel frio y de aquella niebla, que despedia fuego; su rostro estaba encendido como una cereza; sus ojos chispeaban y el vaho de su aliento humeaba.

— ¡La Noche Buena una tontería, tio mío! No es esto sin duda lo que quereis decir.

— Sí tal, dijo Scrooge. ¡Una regocijada Noche Buena! ¿Qué derecho os asiste para estar contento? ¿Qué razon para abandonaros á unas alegrías tan ruinosas? Bastante pobre sois.

— Vamos, vamos, dijo alborozadamente el sobrino; ¿en qué derecho os apoyais para estar triste? ¿En qué motivo para entregaros á esas abrumadoras cifras? Usted es bastante rico.

— Bah, dijo Scrooge, que por entonces no encontraba otra contestacion mejor que dar; y su ¡bah! fué seguido de la palabra de antes: tonterías.

— No os pongais de mal humor, tio mio, exclamó el sobrino.

— Y cómo no ponerme, cuando se vive en un mundo de locos cual lo es este. ¡Una regocijada Noche Buena! Váyanse al diablo todas ellas. ¿Qué es la Navidad, sino una época en que vencen muchos pagarés y en que hay que pagarlos aunque no se tenga dinero? ¡Un día en que os encontrais más viejo de un año, y no más rico de una hora! ¡Un dia en que despues de hacer el balance de vuestras cuentas, observais que en los doce meses transcurridos no habeis ganado nada. Si yo pudiera obrar segun pienso, continuó Scrooge con acento indignado, todos los tontos que circulan por esas calles celebrando la Noche Buena, serian puestos á cocer en su propio caldo, dentro de un perol y enterrados con una rama de acebo atravesada por el corazón: así, así.

— Tio mio, exclamó el sobrino queriendo defender la Noche Buena.

— Sobrino mio, replicó Scrooge severamente; podeis gozar de la Noche Buena á vuestro gusto; dejadme celebrarla al mio.

— ¡Celebrar la Noche Buena! repitió el sobrino; ¡pero si no la celebrais!

— Entonces dejadme no gozarla. Que os haga buen provecho. ¡Como os ha reportado tanta utilidad!

— Muchas cosas hay, lo declaro, de las que hubiera podido obtener algunas ventajas que no he obtenido, y entre otras de la Noche Buena; pero á lo menos he considerado este dia (dejando aparte el respeto debido á su sagrado nombre y á su orígen divino, si es que pueden ser dejados aparte tratándose de la Noche Buena) como un hermoso día, como un día de benevolencia, de perdon, de caridad y de placer; el único del largo calendario del año en el que, según creo, todos, hombres y mujeres, parece que descubren por consentimiento unánime, parece que manifiestan sin empacho, cuantos secretos guardan en su corazon y que ven en los individuos de inferior clase á la suya, como verdaderos compañeros de viaje en el camino del sepulcro, y no otra especie de seres que se dirigen á diverso fin. Por eso, tio mio, aunque no haya depositado en mi bolsillo ni la más pequeña moneda de oro ó de plata, creo que la Noche Buena me ha producido bien y que me lo producirá todavía. Por eso grito: ¡viva la Noche Buena!

El dependiente aplaudió desde su cuchitril involuntariamente; pero habiendo echado de ver en el acto la inconveniencia que habia cometido, se puso á revolver el fuego y acabó de apagarlo.

— Si oigo el menor ruido donde estais, gritó Scrooge, celebrareis la Noche Buena perdiendo el empleo. En cuanto á vos, prosiguió encarándose con su sobrino, sois verdaderamente un orador muy distinguido. Me admiro de no veros sentado en los bancos del Parlamento.

— No os incomodéis, tío mio. Ea, venid á comer con nosotros mañana.

Scrooge le repuso que querría verle en... sí, verdaderamente lo dijo. Profirió la frase completa diciendo que lo querría ver mejor en... (el lector acabará si le parece.)

— Pero ¿por qué? exclamó el sobrino; ¿por qué?

— ¿Por qué os habéis casado? preguntó Scrooge.

— Porque me enamoré.

— ¡Porque os enamorasteis! refunfuñó Scrooge, como si aquello fuera la mayor tontería después de la de Noche Buena: buenas noches.

— Pero tío, antes de mi boda no ibais á visitarme nunca; ¿por qué la erigís en pretexto para no ir ahora?

— Buenas noches, dijo Scrooge.

— Nada deseo, nada solicito de vos. ¿Por qué no hemos de ser amigos?

— Buenas noches, dijo Scrooge.

— Estoy pesaroso, verdaderamente pesaroso de veros tan resuelto. Jamás hemos tenido nada el uno contra el otro; á lo menos yo. He dado este paso en honra de la Noche Buena, y conservaré mi buen humor hasta lo último; por lo tanto os deseo una felicísima Noche Buena.

— Buenas noches, dijo Scrooge.

— Y un buen principio de año.

— Buenas noches.

Y el sobrino abandonó el despacho sin dar la más pequeña muestra de descontento. Antes de salir á la calle se detuvo para felicitar al dependiente quien, aunque helado, sentía más calor que Scrooge, y le devolvió cordialmente la felicitación.

— Hé ahí otro loco, murmuró Scrooge que los estaba oyendo. ¡Un dependiente con quince chelines (75 reales) por semana, esposa é hijos, hablando de la Noche Buena! Hay para encerrarse en un manicomio.

Aquel loco perdido, después de saludar al sobrino de Scrooge, introdujo otras dos personas; dos señores de buen aspecto, de figura simpática, que se presentaron, sombrero en mano, á ver á Mr. Scrooge.

— Scrooge y Marley, si no me equivoco, dijo uno de ellos consultando una lista. ¿A quién tengo el honor de hablar, á Mr. Scrooge ó á Mr. Marley?

— Mr. Marley falleció hace siete años, contestó Scrooge; justamente se cumplen esta noche misma.

— No abrigamos la menor duda en que la generosidad de dicho señor estará dignamente representada por su socio sobreviviente, dijo uno de los caballeros presentando varios documentos que le autorizaban para postular.

Y lo estaba sin duda, porque Scrooge y Marley se parecían como dos gotas de agua. Al oír la palabra *generosidad*, Scrooge frunció las cejas, movió la cabeza y devolvió los documentos á su dueño.

— En esta alegre época del año, Mr. Scrooge, dijo el postulante tomando una pluma, deseamos, más que en otra cualquiera, reunir algunos modestos ahorros para los pobres y necesitados que padecen terriblemente á consecuencia de lo crudo de la estación. Hay miles que carecen de lo más necesario, y cientos de miles que ni aún el más pequeño bienestar pueden permitirse.

— ¿No hay cárceles? preguntó Scrooge.

— ¡Oh! ¡Muchas! contestó el postulante dejando la pluma.

— Y los asilos ¿no están abiertos? prosiguió Scrooge.

— Seguramente, caballero, respondió el otro. Pluguiera a Dios que no lo estuviesen.

— Las correcciones disciplinarias y la ley de pobres ¿rigen todavía? preguntó Scrooge.

— Siempre y se las aplica con frecuencia.

— ¡Ah! Temía, en vista de lo que acabáis de decirme, que por alguna circunstancia imprevista, no funcionaban ya tan útiles instituciones; me alegro de saber lo contrario, dijo Scrooge.

— Convencidos de que con ellas no se puede dar una satisfaccion cristiana al cuerpo y al alma de muchas gentes, trabajamos algunos para reunir una pequeña cantidad con que comprar algo de carne, de cerveza y de carbón para calentarse. Nos hemos fijado en esta época, porque, de todas las del año, es cuando se deja sentir con más fuerza la necesidad; en la que la abundancia causa más alegría. ¿Por cuánto queréis suscribiros?

— Por nada.

— ¿Deseais conservar el incógnito?

— Lo que deseo es que se me deje tranquilo. Puesto que me preguntáis lo que deseo, he aquí mi respuesta. Yo no me permito regocijarme en Noche Buena y no quiero proporcionar a los perezosos medios para regocijarse. Contribuyo al sostenimiento de las instituciones de que os hablaba hace poco: cuestan muy caras; los que no se encuentren bien en otra parte, pueden ir á ellas.

— Hay muchos á quienes no les es dado y otros que preferirían morir antes.

— Si prefieren morirse, harán muy bien en realizar esa idea, y en disminuir el excedente de la poblacion. Por lo demás, bien podeis dispensarme; pero no entiendo nada de semejantes cosas.

— Os sería facilísimo conocerlas, insinuó el postulante.

— No es de mi incumbencia, contestó Scrooge. Un hombre tiene suficiente con sus negocios para no ocuparse en los de otros. Necesito todo mi tiempo para los míos. Buenas noches, señores.

Viendo lo inútil que sería insistir, se retiraron los dos caballeros, y Scrooge volvió á su trabajo cada vez más satisfecho de su conducta, y con un humor más festivo que por lo comun.

A todo esto la niebla y la oscuridad se iban haciendo tan densas, que se veía á muchas gentes correr de un lado á otro con teas encendidas, ofreciendo sus servicios á los cocheros para andar delante de los caballos y guiarlos en su camino.

La antigua torre de una iglesia, cuya vieja campana parecía que miraba curiosamente á Scrooge en su bufete á través de una ventana gótica practicada en el muro, se hizo invisible; el reloj dió las horas, las medias horas, los cuartos de hora en las nubes con vibraciones temblorosas y prolongadas, como si sus dientes hubiesen castañeteado en lo alto sobre la aterida cabeza de la campana. El frío aumentó de una manera intensa. En uno de los rincones del patio varios trabajadores, dedicados á la reparacion de las cañerías del gas, habian encendido un enorme brasero, alrededor del cual estaban agrupados muchos hombres y niños haraposos, calentándose y guiñando los ojos con aire de satisfaccion. El agua de la próxima fuente al manar se helaba, formando á manera de un cuadro en torno, que infundia horror.

En los almacenes las ramas de acebo chisporroteaban al calor de las luces de gas, y lo teñían todo con sus rojizas vislumbres. Las tiendas de volatería y de ultramarinos lucian con desusada esplendidez, cual si quisieran significar que en todo aquel lujo no tenia nada que ver el interés de la ganancia.

El alcalde de Lóndres, en su magnífica residencia consistorial, daba órdenes a sus cincuenta cocineros y á sus cincuenta reposteros para festejar la Noche Buena como debe festejarla un alcalde, y hasta el sastrecillo remendon á quien aquella autoridad habia condenado el lunes precedente á una multa por haberlo encontrado ébrio y armando un barullo infernal en la calle, se preparaba para la comida del día siguiente, miéntras que su escuálida mujer, llevando en sus brazos su no menos escuálido rorro, se encaminaba á la carnicería para hacer sus compras.

A todo esto la niebla va en aumento; el frío va en aumento; frío helador, intenso. Si á la sazón el excelente San Dunstan, despreciando las armas de que por lo comun se valía hubiera pellizcado al diablo en la nariz, de seguro que le habria hecho exhalar formidables rugidos. El propietario de una nariz jóven, pequeña, roída por aquel frío tan famélico como los huesos son corroidos por los perros, aplicó su boca al agujero de la cerradura del despacho de Scrooge para regalarle una canción alusiva a las circunstancias. Scrooge empuñó su regla con un ademán tan enérgico, que el cantante huyó, todo azorado, abandonando el agujero de la cerradura á la niebla y á la escarcha, que se introdujeron precipitadamente en el despacho, como por simpatía hácia Scrooge.

A lo último llegó la hora de cerrar la oficina. Scrooge se levantó de su banqueta, lleno de mal humor, dando así la señal de marcha al dependiente, quien le aguardaba en su cisterna, con el sombrero puesto, despues de haber apagado la luz.

— Supongo que deseareis tener libre el dia de mañana, dijo Scrooge.

— Si lo creeis conveniente.

— No me conviene; de ninguna manera. ¿Que diríais si os retuviera el sueldo de mañana? Os creeríais perjudicado.

El empleado se sonrió ligeramente.

— Y sin embargo, continuó Scrooge, a mí no me considerais como perjudicado, á pesar de que os pago un dia por no hacer nada.

El empleado hizo observar que aquello no tenía lugar más que una sola vez cada año.

— Pobre fundamento para meter la mano en el bolsillo de un hombre todos los 25 de Diciembre, dijo Scrooge abotonándose la levita hasta el cuello. Supongo que necesitareis todo el dia, pero confio en que me indemnizareis pasado mañana viniendo más temprano.

El dependiente lo prometió y Scrooge salió refunfuñando. El almacen quedó cerrado en un santiamen; y el dependiente, dejando colgar las dos puntas de su tapabocas hasta el borde de la chaqueta (pues no se permitía el lujo de vestir gaban), echó a todo correr en direccion á su morada para jugar á la gallina ciega.

Scrooge comió en el mezquino bodegon donde lo hacía comunmente. Despues de haber leido todos los periódicos, y ocupado el resto de la noche en recorrer su libro de cuentas, se dirigió a su casa para acostarse. Residia en la misma habitacion que su antiguo asociado, compuesta de una hilera de aposentos oscuros, los cuales formaban parte de un antiguo y sombrío edificio, situado á la extremidad de una callejuela, de la que se despegaba tanto que no parecia sino que, habiendo ido á encajarse allí en su juventud, jugando al escondite con otras casas, no habia sabido despues encontrar el camino para volverse. Era un edificio antiguo y muy triste porque nadie vivia en él, exceptuando Scrooge: los otros compartimientos de la casa servian para despachos ó almacenes. El patio era tan oscuro que, sin embargo de conocerlo perfectamente Scrooge, se vió precisado á andar á tientas. La niebla y la escarcha cubrian de tal modo el añoso y sombrío porton de la casa, que semejaba la morada del genio del invierno, residente allí y absorbido en sus tristes meditaciones.

La verdad es que el aldabon no ofrecía nada de especial, sino que era muy grande. La verdad es, repito, que Scrooge lo había visto por la mañana y por la tarde, todos los días, desde que habitaba en aquel edificio, y que en cuanto a eso que llaman imaginacion, poseia tan poca como cualquier otro vecino de la City, inclusos, aunque sea temerario decirlo, sus individuos de ayuntamiento. Es indispensable, además, tener en cuenta que Scrooge no habia pensado, ni una sola vez, en Marley despues del fallecimiento de su socio, ocurrido siete años antes, excepto aquella tarde. Ahora que me diga alguien, si sabe, cómo fué que Scrooge, en el momento de introducir la llave en la cerradura, vió en el aldabon, y esto sin pronunciar ningun conjuro, no un aldabon, sino la figura de Marley.

Sí; indudablemente; la misma figura de Marley.

Y no era una sombra invisible como la de los demás objetos del patio, sino que parecía estar rodeada de un fulgor siniestro, semejante al de un salmon podrido y guardado en un lugar oscuro. Su expresión no tenia nada que significase ira ó ferocidad; pero miraba á Scrooge, como Marley solia hacerlo, con sus anteojos de espectro levantados sobre su frente de aparecido. La cabellera se agitaba de una manera singular, como movida por un soplo ó vapor cálido, y aunque tenía los ojos desmesuradamente abiertos los conservaba inmóviles. Esta circunstancia y el color lívido de la figura la hacian horrorosa, pero el horror que experimentaba Scrooge á la vista de ella no era consecuencia de la figura, sino que precedia de él mismo, no de la expresion del rostro del aparecido. Así que se hubo fijado más atentamente no vió más que un aldabon.

Decir que no se estremeció ó que su sangre no sufrió una sacudida terrible, como no la habia sentido desde la infancia, sería faltar á la verdad; pero se sobrepuso, empuñó otra vez la llave le dió vuelta con movimiento brusco, entró y encendió la vela.

Estuvo un momento indeciso antes de cerrar la puerta, y por precaución miró detrás de ella, cual si temiera ver de nuevo á Marley con su larga coleta, adelantándose por el vestíbulo; pero nada encontró, fuera de los tornillos que sujetaban el aldabon á la madera. ¡Bah, bah! exclamó más tranquilo; y cerró con ímpetu.

El estruendo retumbó en toda la casa al igual de un trueno. Las habitaciones superiores, y los toneles que el almacenista de vinos guardaba en sus bodegas, produjeron un sonido particular como tomando parte en aquel concierto de ecos. Scrooge no era hombre á quien asustaran los ecos. Cerró sólidamente la puerta, cruzó el vestíbulo, y subió la escalera cuidando al paso de apretar bien la vela.

Hablais algunas veces de las anchurosas escaleras de los edificios antiguos, en las cuales cabe perfectamente una carroza arrastrada por seis caballos, pero os aseguro que la de Scrooge era mayor, porque habia capacidad en ella para contener un carruaje fúnebre subiéndolo cruzado con las portezuelas mirando á los tramos de escalera y la lanza tocando al muro: empresa fácil pues quedaba espacio para más. Sin duda se le figuró por eso á Scrooge, que veía andar delante de él en la oscuridad un cortejo fúnebre. Con una media docena de farolas de gas no hubiera habido suficiente para iluminar el vestíbulo: ya podeis figuraros la claridad qua habria con la vela de Scrooge.

El continuaba su ascension sin cuidarse de nada ya. La oscuridad es muy barata y por eso Scrooge la queria mucho; pero antes de cerrar la pesada puerta de su habitacion, reconoció los aposentos de ésta, para ver si todo se hallaba en orden: acaso adoptó tal precaucion, acordándose ligeramente de la inquietud que la misteriosa figura le habia causado.

El salon, la alcoba, los departamentos de desahogo, todo estaba en órden. Nadie habia debajo de la mesa; nadie en el sofá. En el fogon lucia un mísero fuego: la cuchara y la taza estaban ya dispuestas y sobre las ascuas un perolillo con agua de avena (porque Scrooge padecía un constipado de cabeza). A nadie encontró debajo de la cama; á nadie en su gabinete; á nadie dentro de la bata que estaba, en forma sospechosa, pendiente de un clavo.

Completamente tranquilo ya, Scrooge cerró la puerta con doble vuelta, precaucion que no tomaba nunca, y asegurado contra toda sorpresa, se quitó la corbata, se puso la bata, las zapatillas y el gorro de dormir, y se sentó delante del fuego para tomar el cocimiento de avena.

El fuego era positivamente mísero; tan mísero que no servia para nada en una noche como aquella. Scrooge se vió precisado á aproximarse mucho á él, á cobijarlo, digámoslo así, para experimentar alguna sensacion de calor. El cuerpo del fogon construido hacía mucho tiempo, por algun fabricante holandés, estaba recubierto de azulejos flamencos donde se veían representadas escenas de la Sagrada Escritura. Habia Abel y Cain, hijos de Faraon, reinas de Sabá, ángeles bajando del cielo sobre nubes que se parecían á lechos de pluma, Abraham, Balthasar, apóstoles embarcándose en esquifes á modo de salseras; cientos de figuras capaces de distraer la imaginacion de Scrooge, y sin embargo el rostro de Marley sobrepujaba á todo. Si cada uno de aquellos azulejos hubiera empezado por tener las figuras borradas, y la facultad de imprimir en su superficie algo de los pensamientos sueltos de Scrooge, cada azulejo habria presentado la cabeza del viejo Marley.

— Necedades, dijo Scrooge y dió á recorrer la habitación.

Despues de algunas vueltas se sentó. Como tenia la cabeza echada hácia atrás, sobre el respaldo de la butaca, sus ojos se detuvieron, por casualidad, en una campanilla que ya no servia, suspendida del techo y que comunicaba con el último piso del edificio, para un objeto desconocido.

Con la mayor sorpresa, con inexplicable terror, observó Scrooge que ver la campanilla y ponerse ésta en movimiento fué todo uno. Al principio se balanceaba suavemente, tanto que apenas producía sonido; pero muy luego aumentó este considerablemente y todas las campanillas de la casa acompañaron á la primera.

El repiqueteo no duró más que medio minuto ó un minuto, mas á Scrooge se le figuró tan prolongado como una hora. Las campanillas terminaron cual si todas hubieran empezado á la vez. A este ruido sucedió otro de hierros que procedía de los subterráneos, como si alguien arrastrase una larga cadena sobre los toneles del almacenista de vinos. Scrooge recordó entonces haber oído referir, que en las casas donde existían duendes, éstos se presentaban siempre con cadenas.

La puerta de los subterráneos se abrió con estrépito, y el ruido se hizo perceptible en el piso bajo; después en la escalera, hasta que, por último, se fué acercando á la puerta.

— Lo dicho. Tonterías; exclamó Scrooge: no creo en ellas.

Sin embargo mudó muy pronto de color porque vió al espectro, que atravesando sin la menor dificultad por la maciza puerta fue á colocarse ante él.

Cuando la aparición penetraba, el mezquino fuego despidió un resplandor fugaz como diciendo: «lo conozco: es el espectro de Marley» y se extinguió.

La misma cara, absolutamente la misma. Marley con su puntiaguda coleta, su chaleco habitual, sus pantalones ajustados, y sus botas, cuyas borlas de seda se balanceaban á compás con la coleta, con los faldones de la casaca, y con el tupé.

La cadena con la que tanto ruido hacía la llevaba ceñida á la cintura, y era tan larga que le rodeaba todo el cuerpo, como si fuera un prolongado rabo: estaba hecha (porque Scrooge la observó de muy cerca) de arcas de seguridad, de llaves, de candados, de grandes libros, de papelotes y de bolsas muy pesadas de acero. El cuerpo del espíritu, se transparentaba hasta un extremo tal, que Scrooge, examinándole detenidamente á través del chaleco, pudo ver los botones que adornaban por detrás la casaca.

Scrooge había oído referir que Marley estaba desprovisto de entrañas, pero hasta aquel momento no se convenció.

No, y aún no lo creía. Por más que pudiese investigar con la mirada las cavidades interiores del espectro; por más que sintiera la influencia glacial de aquellas pupilas heladas por la muerte; por más que se fijaba hasta en el tejido del pañuelo que cubría la cabeza así como la barba de la aparición, detalle antes descuidado por Scrooge, aún se resistía a creer en lo que sus sentidos le manifestaban.

— ¿Qué quiere decir esto? preguntó Scrooge tan cáustico y tan frío como de costumbre. ¿Qué deseais de mí?

— Muchas cosas.

Era indudablemente la voz de Marley.

— ¿Quién sois?

— Preguntad mejor: ¿quién habeis sido?

— ¿Quién habeis sido, pues? dijo Scrooge levantando la voz. Muy castizo estáis para ser una sombra.

— En el mundo fui socio vuestro.

— ¿Podeis... podeis sentaros? preguntó Scrooge con aire de duda.
— Puedo.
— Entonces hacedlo.

Scrooge formuló la pregunta porque ignoraba si un espectro tan transparente podría encontrarse en las condiciones necesarias para tomar asiento, y consideraba que a ser esto, por casualidad, imposible, lo pondría en el caso de dar explicaciones muy difíciles; pero el fantasma se sentó frente a frente, al otro lado de la chimenea, como si estuviera muy avezado a ello.

— ¿No creeis en mí? preguntó el fantasma.
— No, contestó Scrooge.
— ¿Qué prueba quereis de mi realidad, además del testimonio de vuestros sentidos?
— No sé a punto fijo.
— ¿Por qué dudais de vuestros sentidos?
— Porque la menor cosa basta para alterarlos. Basta con un ligero desarreglo en el estómago para que nos engañen, y podría ser muy bien que vos no fuerais más que una tajada de carne mal digerida; media cucharada de mostaza; un pedazo de queso; una partícula de patata mal cocida. Quien quiera que seais, me parece que sois un muerto que huele á cerveza más que á ataúd*.

Scrooge no acostumbraba á hacer retruécanos, y verdaderamente entonces no se hallaba muy en disposición de hacerlos. En realidad lo que quería en toda aquella broma era distraerse y dominar su espanto, porque el acento del fantasma le producía frío hasta en la médula de los huesos.

Permanecer sentado, siquiera por breves instantes, con la mirada fija en los vidriosos ojos del espectro, constituia para Scrooge una prueba infernal. Además, en aquella diabólica atmósfera que circundaba al aparecido, había algo positivamente terrible. A Scrooge no le era dado experimentarla por sí mismo, mas no por eso dejaba de ser cierta, pues aunque el espectro permanecía sentado é inmóvil, sus cabellos, sus vestiduras y las borlas de sus botas, se movían á impulsos de un vapor cálido como el que se desprende de un horno.

— ¿Veis este limpia-dientes? dijo Scrooge volviendo á su sistema, con objeto de sobreponerse al espanto que le poseía, y de apartar de sí

---

* Juego de palabras.

aunque no fuera más que por un segundo, la mirada del aparecido, fría como el mármol.

— Sí.
— Pero si no lo miráis.
— Eso no impide que lo vea.
— Pues bien; si ahora me lo tragara, durante lo que me queda de existencia me verá asediado por una multitud de diablillos, pura creación de mi mente. Tontería; os digo que es una tontería.

Al oír el espectro semejante palabra, dio un terrible alarido y sacudió su larga cadena, causando un estruendo tan aterrador y tan lúgubre que Scrooge se agarró a la silla para no caer desvanecido. Pero aumentó su horror al observar que el fantasma, quitándose el pañuelo que le rodeaba la cabeza, como si sintiese la necesidad de hacerlo a causa de la temperatura de la estancia, dejó desprenderse la mandíbula inferior, que le quedó colgando sobre el pecho.

Scrooge se arrodilló ocultando la cara con las manos.

— ¡Misericordia! dijo. Terrorífica aparición, ¿por qué vienes á atormentarme?

— Alma mundanal, ¿crees ó no crees en mí?

— Creo, dijo Scrooge, pues no hay otro remedio. Mas ¿por qué pasean el mundo los espíritus y vienen a buscarme?

— Porque es una obligación de todos los hombres que el alma contenida en ellos se mezcle con las de sus semejantes y viaje por el mundo: si no lo verifica durante la vida, está condenada á practicarlo despues de la muerte; compelida á vagar ¡desdichado de mí! por el mundo y á ser testigo inútil de muchas cosas en las que no le es dado tener parte, siendo así que hubiera podido gozar de ellas en la tierra como los demás, utilizándolas para su dicha.

El aparecido lanzó un grito, sacudió la cadena y se retorció las fantásticas manos.

— ¿Estáis encadenado? preguntó Scrooge; ¿por qué?

— Arrastro la cadena que durante toda mi vida he forjado yo mismo, respondió el fantasma. Yo soy quien la ha labrado eslabón a eslabón, vara a vara. Yo quien la ha ceñido a mi cuerpo libremente y por mi propia voluntad, para arrastrarla siempre, porque ese es mi gusto. El modelo se os presenta bien singular ¿no es cierto?

Scrooge temblaba más cada vez.

— ¿Queréis saber, continuó el espectro, el peso y la longitud de la enorme cadena que os preparais? Hace hoy siete años era tan larga y tan pesada como ésta; después habéis continuado aumentándola: buena cadena es ya.

Scrooge miró alrededor de sí, creyendo divisarla tendida todo lo dilatada que debía ser por el piso; mas no la vio.

— Marley, exclamó con aire suplicante; mi viejo Marley, háblame; dime algunas palabras de consuelo.

— Ninguna tengo que decirte. Los consuelos vienen de otra parte, Scrooge, y los traen otros seres á otra clase de hombres que vos. Ni puedo deciros todo lo que desearía, porque dispongo de muy poco tiempo. No puedo descansar, no puedo detenerme, no puedo permanecer en ninguna parte. Mi alma no se separó nunca de mi mostrador; no traspasó, como sabeis, los reducidos límites de nuestro despacho, y hé aquí por qué ahora tengo necesidad de hacer tantos penosos viajes.

Scrooge seguía la costumbre de meterse las manos en los bolsillos del pantalón cuando se entregaba á sus meditaciones. Reflexionando sobre lo que le había dicho el fantasma, hizo como se acaba de indicar, pero continuando arrodillado y con los ojos bajos.

— Muy retrasado debeis estar, Marley, dijo, con humildad y deferencia Scrooge, que nunca dejaba de ser hombre de negocios.

— ¡Retrasado! repitió el fantasma.

— Llevais ya siete años de muerto y aun dura vuestro viaje.

— Durante ese tiempo no habido para mí tregua ni reposo: siempre he estado bajo el torcedor del remordimiento.

— ¿Viajais deprisa?

— En las alas del viento.

— Mucho habéis debido ver en siete años.

Al oír esto el aparecido dió un tercer grito, y produjo con su cadena un choque tan horrible, en medio del silencio de la noche, que á oírlo la ronda, hubiera tenido motivo para aprehender a aquellos perturbadores del sosiego público.

— ¡Oh! cautivo, encadenado, lleno de hierros, exclamó, por no haber tenido presente que todos los hombres deben asociarse para el gran trabajo de la humanidad, prescrito por el Ser Supremo; para perpetuar el progreso, porque este globo debe desaparecer en la eternidad, antes de haber desarrollado el bien de que es susceptible: por no haber tenido presente que la multitud de nuestros tristes recuerdos, no podía compensar las ocasiones que hemos desaprovechado en nuestra vida, y con todo, así me he conducido, desdichado de mí; así me he conducido.

— Sin embargo os mostrásteis siempre como hombre exacto y como inteligente en negocios, balbuceó Scrooge, que empezaba á reponerse un poco.

— ¡Los negocios! gritó el aparecido, retorciéndose de nuevo las manos. La humanidad era mi negocio: el bien general era mi negocio: la caridad, la misericordia, la benevolencia eran mis negocios. Las operaciones del comercio no constituían más que una gota de agua en el vasto mar de mis negocios.

Y levantando la cadena todo lo que permitía el brazo, como para mostrar la causa de sus estériles lamentos, la dejó caer pesadamente en tierra.

— En esta época del año es cuando sufro más, murmuró el espectro. ¿Por qué he cruzado yo, á través de la multitud de mis semejantes, siempre fijos los ojos en los asuntos de la tierra, sin levantarlos nunca hácia esa fulgurante estrella que sirvió de guía á los reyes magos hasta el pobre albergue de Jesús? ¿No existían otros pobres albergues hácia los cuales hubiera podido conducirme con su luz la estrella?

Scrooge estaba asustado de oír explicarse al aparecido en semejante tono, y se puso á temblar.

— Escúchame, le dijo el fantasma: mi plazo va á terminar pronto.

— Escucho, replicó Scrooge, pero excusad todo lo posible y no os permitáis mucha retórica: os lo ruego.

— Por qué he podido presentarme así, en forma para vos conocida, lo desconozco. Muchas veces os he acompañado pero permaneciendo invisible.

Como esta indicación no encerraba nada de agradable, Scrooge sintió escalofríos y sudores de muerte.

— Y no consiste en esto mi menor suplicio, continuó el espectro... Estoy aquí para deciros que aún os queda una probabilidad de salvación; una probabilidad y una esperanza que os proporcionaré.

— Os mostráis siempre buen amigo mío: gracias.

— Os van a visitar tres espíritus, siguió el espectro.

El rostro de Scrooge tomó su color tan lívido como el de su interlocutor.

— ¿Son esas la probabilidad y la esperanza de que me hablabais? — preguntó con desfallecimiento.

— Sí.

— Creo... creo... que sería mejor que no se presentaran, dijo Scrooge.

— Sin sus visitas caeríais en la misma desgracia que yo. Aguardad la presentación del primero así que el reloj de la una.

— ¿No podrian venir todos juntos para que acabáramos de una vez? insinuó Scrooge.

— Aguardad al segundo en la siguiente noche y a la misma hora, y al tercero en la subsiguiente, así que haya sonado la última campanada de las doce. No contéis con volverme a ver; pero por conveniencia vuestra, cuidad de acordaros de lo que acaba de suceder entre nosotros.

Después de estas palabras el espectro recogió el pañuelo que estaba encima de la mesa, y se lo ciñó como lo tenía al principio, por la cabeza y por la barba. Scrooge lo notó por el ruido seco que hicieron las mandíbulas al ajustarse con la sujeción. Entonces se determinó á alzar los ojos, y vio al aparecido delante de él, puesto de pie, y llevando arrollada al brazo la cadena.

La aparición se puso en marcha, caminando hacia atrás. A cada paso suyo se levantaba un poco la ventana, de suerte que cuando el espectro llegó a ella se hallaba completamente abierta. Hizo una señal á Scrooge para que se acercara y éste obedeció. Cuando estuvieron a dos pasos el uno del otro, la sombra de Marley levantó el brazo é indicó á Scrooge que no se aproximase más. Scrooge se detuvo, no precisamente por obediencia, sino por sorpresa y temor, pues en el momento en que el fantasma levantó el brazo, se oyeron rumores y ruidos confusos en el aire, sonidos incoherentes de lamentaciones, voces de indecible tristeza, gemidos de remordimiento. El fantasma, después de haber prestado atención por un breve instante, se unió al lúgubre coro, desvaneciéndose en el seno de aquella noche tan sombría.

Scrooge fue tras él hasta la ventana y miró por ella dominado de insaciable curiosidad. El espacio se hallaba lleno de fantasmas errantes, que iban de un lado para otro como almas en pena exhalando al paso tristes y profundos gemidos. Todos arrastraban una cadena como el espectro de Marley: algunos pocos (sin duda eran ministros cómplices de una misma política) flotaban encadenados juntos; ninguno en libertad. Varios otros eran conocidos de Scrooge. Entre éstos había particularmente un viejo fantasma, encerrado en un chaleco blanco que tenía adherido al pie un enorme anillo de hierros y que se quejaba lastimosamente de no poder prestar socorro á una desdichada mujer y á su hijo, á quienes veía por bajo de él, refugiados en un hueco de puerta.

El suplicio de todas aquellas sombras, consistía, evidentemente, en querer con ansia, aunque sin resultado, mezclarse en las cosas mundanales para hacer algún bien, pero no podían.

Aquellos seres vaporosos se disiparon en la niebla, ó la niebla los envolvió en sus sombras. Scrooge no pudo averiguar nada.

Las sombras y sus voces se desvanecieron a la vez, y la noche volvió a tomar su primer aspecto.

Scrooge cerró la ventana, y examinó cuidadosamente la puerta por donde había entrado el espectro. Estaba cerrada con doble vuelta, según él la dejara, y el cerrojo corrido. Trató, como antes, de decir: «tontería» pero se detuvo en la primera sílaba, porque sintiéndose acometido de una imperiosa necesidad de descansar, bien por las fatigas del día, ó de aquella breve contemplación del mundo invisible, ó del triste diálogo sostenido con el espectro, ó de lo avanzado de la hora, se fué á la cama y acostándose, sin desnudarse, cayó en un profundo sueño.

SEGUNDA ESTROFA

EL PRIMERO DE LOS TRES ESPÍRITUS

Cuando Scrooge despertó reinaba tan grande oscuridad, que no le fué posible distinguir las transparencia de la ventana sobre el fondo de la pared. Trataba de inquirir con sus ojos de lince pero inútilmente. En esto, el reloj de una iglesia vecina empezó á sonar y Scrooge contó cuatro cuartos, pero con grande admiracion suya la pausada campana dió siete golpes, despues ocho y hasta doce. ¡Media noche! Luego llevaba dos horas no más en la cama. El reloj iba mal. Sin duda algun carámbano de hielo debia haberse introducido en la maquinaria ¡Media noche!

Scrooge apretó el resorte de su reloj de repeticion para asegurarse de la hora y rectificar la que habia oido. El reloj de bolsillo dió tambien doce campanadas rápidamente y se detuvo.

¡No es posible que yo haya dormido todo un dia y parte de una segunda noche! No es posible que le haya sucedido alguna cosa al sol y que sea media noche á medio dia

Como esta reflexion era para inquietarle, dejó la cama y se fué á la ventana. Tuvo que quitar con las mangas el hielo que habia sobre los cristales para ver algo, y aun entonces no pudo divisar gran cosa. Unicamente vió que la niebla era muy espesa, que hacía mucho frío y que las gentes no iban de un lado á otro atrafagadas, como hubiera ocurrido indudablemente á ser de dia. Esto le tranquilizó, por que de lo contrario, ¿qué hubiera sido de sus letras de cambio? «A tres días vista pagad á Mr. Scrooge ó á la órden de Mr. Scrooge,» y lo demás.

Scrooge volvió á la cama, y se puso á pensar y á repensar, una y mil veces, en lo que sucedía, sin comprender nada de ello. Cuanto más pensaba se confundía más, y cuanto ménos trataba de pensar más pensaba.

El aparecido Marley le tenia fuera de quicio. Cada vez que, como final de un maduro exámen, se determinaba, en su interior, á considerar todo aquello como puro sueño, su espíritu á semejanza de un resorte oprimido, que al soltarle toma su primitiva posicion, le presentaba el mismo problema: «¿ha sido ó no un sueño?»

Así estuvo Scrooge hasta que el reloj de la iglesia marcó tres cuartos de hora más y de seguida hizo memoria del espíritu que debia presentarse á la una. Resolvió, pues, mantenerse despierto hasta que la hora hubiese pasado, considerando que tan difícil le seria dormir como tocar la luna: era el mejor acuerdo.

Aquel cuarto de hora le pareció tan largo que creyó haberse adormecido á veces y dejado transcurrir el momento. Al fin oyó el reloj.

— Din, don.
— Un cuarto.
— Din, don.
— La media.
— Din, don.
— Tres cuartos.
— Din, don.
— ¡La hora, la hora! exclamó Scrooge con júbilo: ninguno más viene.

Hablaba antes de que la campana de las horas hubiese dado. Cuando llegó el momento de ella, despidiendo *un* sonido profundo, sordo, melancólico; la habitacion se iluminó con claridad brillante y las cortinas de la cama fueron descorridas.

Digo que las cortinas de la cama fueron descorridas, por un lado y á impulso de una mano invisible; no las que habia á la cabecera ó á los piés, sino las del lado hácia el que estaba vuelto Scrooge, incorporándose sentado, vió frente á frente al sér fantástico que las descorría, y tan cerca de sí como yo lo estoy de tí; porque has de notar que yo me hallo, en espíritu, á tu lado.

La figura era muy extraña... de un niño, y sin embargo, tan parecido á un niño como á un viejo, contemplado á través de una atmósfera sobrenatural, que le comunicaba la apariencia de hallarse á muy larga distancia, con lo que se disminuian sus proporciones hasta las de un niño. Su cabellera, que pendía hasta el cuello, era blanca como por efecto de la edad y con todo la aparicion no mostraba arrugas. Tenía el cútis delicadamente sonrosado; los brazos largos y musculosos lo mismo que las manos, como si poseyera una figura poco común. Las piernas y los piés eran de irreprochable forma y en consonancia con lo demás del cuerpo. Vestía una blanca túnica. El talle lo llevaba ceñido con un cordon de fulgurante luz y en la mano una rama verde de acebo recien cortada: contrastando con este emblema del invierno la aparicion estaba adornada de flores propias del estío. Pero lo más extraño de ella consistía en una llama deslumbrante que de la cabeza le brotaba, y merced á la cual hacía visible todos los objetos; por eso sin duda, en sus momentos de tristeza, se servía, como de sombrero, de un gran apagador que llevaba debajo del brazo.

Sin embargo, al contemplarla más de cerca, no fué este atributo lo que más le sorprendió a Scrooge. El resplandor que la cintura despedía era intermitente; no brillaba por todo su contorno á la vez, de suerate que en unas ocaciones aparecia la figura iluminada por unos lados y en otras por otros, de lo que resultaban aspectos diferentes de ella. Unas veces aparecia un solo brazo con una sola pierna, ó bien veinte piernas, ó bien dos piernas sin cabeza, ó bien veinte una cabeza sin cuerpo; los miembros, que se confundían en la sombra, no dejaban ver ni un solo perfil en la oscuridad que los circuía al desvanecerse la luz. Despues, por una maravilla particular, tornaban á su pristino ser clara y visiblemente.

— ¿Sois, preguntó Scrooge el espíritu cuya venida se me ha anunciado?

— Lo soy.

La voz era dulcísima, agradable, pero singularmente baja, como si en vez de hallarse allí se encontrara á muy larga distancia.

— ¿Quién sois?

— Soy el espíritu de la Noche Buena pasada.

— ¿Pasada hace mucho tiempo?

— No: vuestra última Noche Buena.

Acaso Scrooge no habría podido decir por qué, si se le hubiera preguntado; pero experimentaba un especialísimo deseo de ver al espíritu adornado con el apagador y le rogó que se cubriera.

— ¿Qué? exclamó el espectro, ¿querríais ya con profanas manos extinguir tan pronto la luz que de mí se irradia? ¿No es suficiente que seais uno de esos hombres cuyas pasiones egoistas me han fabricado este sombrero, y qe me obligan á llevarlo á través de los siglos sobre la cabeza?

Scrooge negó respetuosamente que abrigara propósitos de inferirle una ofensa, y protestó que en ninguna época de su vida habia tratado, voluntariamente, de ponerle el apagador. Luego le preguntó por el motivo que le llevaba allí.

— Vuestra felidad, contestó el espectro.

Scrooge manifestó su reconocimiento; pero no pudo menos de pensar que con una noche de descanso no interrumpido, se conseguiria mejor aquel objeto. Sin duda que le *oyó* pensar el espíritu, porque inmediatamente le dijo:

— Entonces... vuestra conversion... Tened cuidado.

Y mientras hablaba tendió su poderosa mano, y agarrándole suavemente el brazo:

— Levantaos y venid conmigo, añadió.

En vano hubiera protestado Scrooge que el tiempo y la hora no tenian de oportunos para un paseo á pié; que estaba muy caliente su lecho y el termómetro bajo cero; que sus vestidos no eran á propósito y que el constipado le mortificaba mucho. No habia modo de resistir el apreton de aquella mano, aunque suave como si fuera de mujer. Se levantó; pero observando que el espíritu iba hácia la ventana, lo agarró por la vestidura en actitud de súplica. — Yo soy mortal, le dijo Scrooge, y podria muy bien caerme.

— Permitidme tan sólo que os toque *ahi* con la mano, repuso el espíritu poniéndosela á Scrooge sobre el corazon, y adquirireis fuerzas para resistir muchas pruebas.

Y al pronunciar estas palabras atravesaron por las paredes y salieron á una carretera situada habia desaparecido completamente: no se notaba ni la menor señal de ella.

La oscuridad y la niebla habian desaparecido tambien, porque era un dia de invierno, claro y espléndido, aunque la tierra estaba cubierta de nieve.

— Dios mio! exclamó Scrooge con las manos unidas, mientras que paseaba sus miradas en torno de sí, aquí fuí educado, aquí pasé mi infancia.

El espíritu le miró con bondad. Su dulce tocamiento, aunque duró poco, habia removido la sensibilidad del viejo. Los perfumes que aromaban el aire le producian el despertamiento de miles de alegrías, de ideas y de esperanzas, largo tiempo olvidadas; ¡muy largo tiempo!

— Vuestros labios tiemblan, insinuó el espíritu. ¿Qué teneis en la cara?

— Nada, contestó Scrooge con voz singularmente conmovida; no es el miedo lo que ahueca las mejillas; no es nada; es un hoyuelo. Llevadme, os lo suplico, adonde quereis.

— ¿Recordais el camino?

— ¡Que si me acuerdo! exclamó Scrooge enardecido; podria ir con los ojos vendados.

— Es extraño que lo hayais tenido olvidado tanto tiempo.

Y se pusieron en marcha por la carretera.

Scrooge reconocía cada puerta, cada árbol, hasta que se divisó en lotananza una aldehuela con su iglesia, su puente y su riachuelo de sinuoso curso. Una cuantas jaquillas de tendidas crines, se dirigian hácia ellos, montadas por niños que llamaban á otros niños encaramados en carruajillos rústicos o en erratas. Todos iban alborozados, gritando en variedad de tonos, y no parecia sino que el espacio se llenaba de aquella música tan alegre y que se ponia en vibracion el aire.

— Esas son las sombras de lo pasado, observó el espíritu. No saben que las vemos.

Los alegres viajeron fueron aproximándoe hácia ellos, y á medida que se aproximaban Scrooge iba reconociéndolos y llamando á cada por su nombre. ¿Por qué se ponia de tan buen humor al encontrarlos? ¿Por qué sus ojos, ordinariamente tan mortecinos, despedian aquellas miradas tan expresivas? ¿Por qué le saltaba el corazon dentro del pecho segun iba pasando? ¿Por qué se sintió lleno de júbilo al ver cómo se deseaban unos á otros mil felicidades por la Noche Buena, mientras se separaban tomando diferentes caminos para volverse á sus respectivos hogares? ¿Qué significaba una Noche Buena para Scrooge? ¿Qué ventajas le habia producido?

— La escuela no ha quedado desierta, indicó el espíritu; hay en ella un niño solo, abandonado por los demás.

Scrooge dijo que lo reconocía y suspiró.

Dejando el camino real y dirigiéndose á una hondanada perfectamente reconocida por Scrooge, llegaron muy pronto á un edificio fabricado con ladrillos de color rojo oscuro, sobre el cual se alzaba una cupulilla y sobre esta una veleta; en el tejado se veia una campana. El edificio era espacioso, pero denotaba vicisitudes de fortuna porque se hacia poco uso de sus numerosos compartimientos. Las paredes manifestaban señales de humedad; las ventanas aparecían rotas, las puertas desvencijadas. Algunas gallinas cacareaban en los establos; en las cocheras y en las caballerizas crecia la hierba. En el interior no conservaba ningun resto de su antigua grandeza, porque al entrar por el oscuro vestíbulo, se notaba por las puertas entrabiertas de algunos salones la humildad de sus muebles. Aquellos aposentos desprendian olor como de cerrados; todo indicaba allí que sus habitantes eran extraordinariamente madrugadores para el trabajo, y que no tenian mucho que comer.

El espíritu y Scrooge atravesando por el vestíbulo llegaron á una puerta situada en la parte posterior de la casa. Abrióse ante ellos y dejó ver una extensa sala, triste, solitaria, llena de banquetas y de pupitres de humilde puno. Sobre uno de ellos, y próximo á un escaso fuego, leía un niño: nadie le acompañaba. Scrooge, sentándose en un banco lloró, reconociéndose en aquel niño tan olvidado como entonces lo estaba él. Ni los ecos dormidos en las concavidades de la casa, ni los chillidos de las ratas peléandose debajo del entarimado, ni el rumor del caño de la fuente que casi no corria por estar el agua congelada, ni el susurro del viento entre las ramas deshojadas de un álamo, ni el golpe de la puerta de los vacíos almacenes, nada, nada; ni aun el más ligero chisporroteo de la lumbre dejó de influir, suave y dulcemente, en el pecho de Scrooge para desatar la corriente de sus lágrimas.

El espíritu le tocó en el brazo, señalándole aquel niño, aquel otro Scrooge tan entregado á la lectura.

De repente un hombre vestido de una manera extraña, visible como os veo, se acercó á la ventana llevando del ronzal un asno cargado de leña. «Ahí llega Alí-Baba, exclamó Scrooge entusiasmado: el excelente y honrado viejo. Sí, sí lo reconozco. Era cabalmente un dia de Noche Buena, cuando ese niño fué dejado solo en la escuela y se presentó Alí-Baba con el mismo traje que ahora. ¡Pobre niño! ¿Y Valentín? dijo Scrooge. ¿Y su bribon de hermano? ¿Como apellidaban á eso que fué depositado en medio de su sueño y casi desnudo, en la puerta de Damasco? ¿No lo veis? ¿Y el palafrenero del sultan tan maltratado por los genios? Helo ahí con la cabeza abajo. Bien, bien; tratadle como se merece: eso me gusta. ¿Qué necesidad tenía de casarse con la princesa?»

¡Qué admiracion para sus compañeros de la City si hubieran

podido ver á Scrooge que empleaba todo lo que su naturaleza encerraba de vigor, para extasiarse con tales recuerdos; medio llorando, medio riendo, alzando la voz con una fuerza extraordinaria, animándosele la fisonomía de un modo singular.

«Hé ahí el loro, continuó, de cuerpo verde de cola amarilla, de moño semejante á una lechuga, en la cabeza. «¡Pobre Robinson Crusoe!» le gritaba el loro cuando lo vió tornar á su albergue despues de haber dado vuelta á la isla. «¡Pobre Robinson Crusoe!» ¿Dónde has estado Robinson Crusoe? El hombre creia soñar; mas no soñaba, no: era como ya sabeis, el loro. Hé ahí á Viernes corriendo á todo escape para salvarse: anda de prisa; valor; upa.»

Despues pasando de un asunto á otro con una rapidez no acostumbrada en él, y movido de compasion por aquel otro Scrooge que leia los cuentos á que acababa de aludir, «Pobre niño,» dijo, y se puso á llorar de nuevo.

— Querria... murmuró Scrooge metiéndose las manos en los bolsillos despues de haberse enjugado las lágrimas... pero ya es tarde.

— ¿Qué hay? preguntó el espíritu.

— Nada, nada. Me acordaba de un niño que estuvo ayer á la puerta de mi despacho para cantarme un villancico de Noche Buena: hubiera querido darle algo: hé ahí todo.

El espíritu se sonrió con ademan meditabundo, y haciéndole señal de callarse le dijo: veamos otra Noche Buena.

Proferidas estas palabras, observó Scrooge, que el niño imágen suya se habia desarrollado, y que la sala estaba algo más sucia y estaba más oscura. El ensamblado de madera de las paredes aparecia con inmensas grietas, las ventanas resquebrajadas, el piso lleno de cascotes de la techumbre y las vigas al descubierto. ¿Cómo se habian veridicado estos cambios? Scrooge lo ignoraba como vosotros. Sabía únicamente que aquello era un hecho irrefutable; que se encontraba allí, siempre solo, mientras que sus demás condiscípulos estaban en sus respectivas casas para gozar alegres y contentos de la Noche Buena.

Entonces no leía: se limitaba á pasear á lo largo y á lo ancho, entregado á la mayor desesperacion. Scrooge se volvió al espectro, y moviendo con aire melancólico la cabeza, lanzó una mirada, llena de ansiedad, á la puerta.

Esta se abrió dejando penetrar á una niña de menos edad que el estudiante, la cual, dirigiéndose como una flecha hácia él lo apretó entre sus brazos, exclamando:

— «Hermano querido.

— «Vengo para llevarte á casa, continuó, dando palmadas de alegría y encorvada á fuerza de reir; para llevarte á casa, á casa, á casa.

— ¿A casa, Paquita?

— Sí, contestó ella, á casa; ni más ni menos; y para siempre, para siempre. Papá es ahora tan bueno, en comparacion de lo que era antes, que aquello se ha trocado en un paraiso. Hace pocas noches me habló con tan grande cariño, que no vacilé en solicitar otra vez que vinieras á casa, y me lo concedió, y me ha enviado con un coche para buscarte. Vá á ser un hombre, continuó la niña abriendo desmesuradamente los ojos: no volverás aquí, y por de pronto vamos á pasar reunidos las fiestas de Noche Buena de la manera más alegre del mundo.

— Eres verdaderamente una mujer, Paquita, exclamó el jóven.

Ella volvió á palmotear y á reir. Luego trató de acariciarle, pero como era tan pequeña, tuvo que empinarse sobre las puntas de los piés para darle un abrazo y tornó á reir. Por último, impaciente ya como niña, lo arrastró hácia la puerta y él fué trás ella contentísimo.

Una vez poderosa se dejó oir en el vestíbulo.

«Bajad el equipaje de Mr. Scrooge: pronto.» Y apareció el maestro en persona, quien dirigiendo al jóven una mirada entre adusta y benévola, le estrechó la mano en significacion de despedida. Seguidamente le condujo á una sala baja, lo más helada que se podia dar, verdadera cueva donde existian muchos mapas suspendidos de las paredes, globos terrestres y celestes en los alféizares de las ventanas, objetos todos que parecian tambien helados por el frio de la habitacion, y allí obsequió á los jóvenes con una botellita de vino excesivamente ligero y un trozo de pastel excesivamente pesado: al mismo tiempo hizo que un sirviente de sórdido aspecto invitase al cochero, más éste, agradeciendo mucho la oferta, repuso, que si se trataba del mismo vino que le habian dado á probar antes no lo deseaba. Dispuesto el equipaje, los jóvenes se despidieron cariñosamente del maestro, y subiendo al coche atravesaron llenos de alegría el jardin y salieron á la carretera, llena entonces de nieve que iba arremolinándose al paso de las ruedas como si fuera espuma.

— Siempre fué esa niña una criatura delicada á quien el más pequeño soplo hubiera podido marchitar, dijo es espectro... pero abrigaba un gran corazón.

— Es cierto, contestó Scrooge. No seré yo quien me oponga á ello, espíritu; líbreme Dios.

— Ha muerto casada y me parece que ha dejado dos hijos.

— Uno solo, repuso Scrooge.

— Es verdad, corroboró el espectro; vuestro sobrino. Scrooge asintió y dijo brevemente: Sí.

Aunque no habian hecho más que abandonar el colegio, se encontraban ya en las calles de una gran ciudad, por donde pasaban y repasaban muchas sombras humanas ó sombras de carruajes en gran número; en una palabra, en medio del ruido y del movimiento de una verdadera ciudad. Por los escaparates de las tiendas se echaba de ver que tambien allí tenía efecto la celebracion de la Noche Buena.

El espectro se detuvo ante la puerta de un almacen y le preguntó á Scrooge si lo reconocia.

— ¡Si lo reconozco! Aquí fué donde hice mi aprendizaje.

Entraron. Habia allí un anciano cubierto con una peluca, y sentado en una banqueta tan elevada, que si aquel señor hubiera tenido dos pulgadas más de estatura, habria tropezado en el techo. En cuanto lo vió Scrooge no pudo menos de exclamar lleno de agitacion:

— ¡Pero si es el viejo Feziwig! Dios lo bendiga. Es Feziwig resucitado.

El viejo Feziwig abandonó la pluma y miró el reloj: señalaba las siete de la noche. Se restregó las manos, se arregló el inmenso chaleco, y riéndose bonsachonamente desde la punta de los piés hasta la punta de los cabellos, llamó con poderoso, sonoro, rico y jovial acento:

— Hola; Scrooge; Dick.

El otro Scrooge cenvertido ahora en un adolescente, acudió presuroso acompañado de su camarada de aprendizaje.

— Es Dick Vilkins á no dudarlo, dijo Scrooge al espíritu... Es él. Hélo ahí. Me queria mucho ese pobre Dick.

— Ea, ea, hijos mios, grito Feziwig: esta noche no se trabaja. Es la Noche Buena Dick; es la Noche Buena, Scrooge. Prontito, colocad los tableros en las ventanas, continuó Feziwig haciendo chasquear sus manos alegremente. Pero pronto. ¿Aún no habeis concluido?

Es imposible figurarse como ejecutaron la órden las jóvenes. Corrieron á poner los tableros, uno dos y tres... los colocaron en sus respectivos sitios, cuatro, cinco, seis... despues las barras, despues las chavetas, siete, ocho nueve... y volvieron antes de que se hubiera podido contar hasta doce, jadeantes como caballos de carrera.

— Oh, oh, gritó el anciano Feziwig descendiendo de su pupitre con maravillosa agilidad: quitemos estorbos de delante, hijos mios, y hagamos lugar. Hola, Dick: vamos de prisa, Scrooge.

¡Quitar estorbos! Tenian animos para desamueblar aquello. Todo quedó hecho en brevísimo rato: todo lo que era susceptible de ser transportado, desapareció de aquel lugar como si nunca debiera reaparecer. El pavimento fué barrido y perfectamente regado; las lámparas dispuestas, la chimenea bien prevenida de combustible, y en un momento convirtieron el almacen en un salon de baile, tan cómodo, tan templado, tan seco y con tanta luz como podía desearse para una noche de invierno.

Luego vino un músico con sus papeles, y colocándose en el elevado pupitre de Feziwig produjo acordes enteramente ratoneros. Despues entró la señora de Feziwig, señora de plácida sonrisa; despues las tres hijas del matrimonio, hermosas y excitantes; despues los seis galanes que las requerian de amores; despues las jóvenes y los jóvenes empleados en el comercio de la casa; despues la criada con un primo suyo panadero; despues la cocinera con el vendedor de leche, amigo íntimo de su hermano; despues el aprendiz de enfrente, de quien se sospechaba que no recibía mucha comida de su amo: se ocultaba detrás de la criada del número 15, á quien su ama, esto se sabía positivamente, tiraba de las orejas. Todos entraron; unos tímidamente, otros con atrevimiento; estos con gracia, aquellos con torpeza, pero entraron todos de una manera ú otra; esto importa poco. Todos se lanzaron veinte parejas á la vez formando un círculo. La mitad se adelanta; á poco retroceden. Esta vez les toca á los unos balancearse cadenciosamante; la otra á los demás para acelerar el movimiento. Luego principian á girar agrupándose, estrechándose, persiguiéndose los unos á los otros: la pareja de los ancianos dueños, no está nunca parada; las demás jóvenes la persiguen, y cuando la han estrechada se separan todos rompiendo la cadena. Despues de este magnífico resultado, Feziwig, dando unas palmadas ordena la suspension del baile. Entonces el músico se refresca del calor que le abrasa con un vaso de cerveza fuerte, dispuesto especialmente con este objeto. Pero desdeñándose de descansar, vuelve á la carga con mayor estusiasmo, vuelve á la carga con mayor entusiasmo, aunque no salian ya bailarines como si el primer músico hubiera sido transportado, sin fuerzas, á su domicilio en un tablero de ventana, y el músico encargado de reemplazarle estuviera decidido á vencer ó morir.

Despues aun hubo un poco de baile. Despues más baile, pasteles, limonada con vino, un enorme trozo de asado frio, pasteles de picadillo y cerveza abundosamente. Pero lo bueno del sarao fué cuando el músico (ladino como él solo, tenedlo en cuenta,) que sabia muy bien cómo manejarse, condicion por la que ni vosotros ni yo hubiéramos podido criticarle, se puso á declamar: *Sir Roberto de Cowerley*.

A seguida de esto salió el viejo Feziwig con la señora Feziwig y se colocaron á la cabeza de los bailarines. Esto si que fué trabajo para los ancianos. Debían dirigir veintitres ó veinticuatro parejas, que no admitian chanzas porque eran jóvenes, ansiosos de bailar, y enemigos de ir despacio.

Mas aun cuando hubieran sido en mayor número, el viejo Feziwig era capaz de dirigirlos, así como su esposa. Era su dignísima compañera en toda la extension de la palabra. Si esto no es un elogio, que se me indique otro y lo aprovecharé. Las pantorrillas de Feziwig eran como dos astros; eran como medias lunas que se multiplicaban para todas las operaciones del baile. Aparecian, desaparecian, reaparecian de cada vez mejor. Cuando el anciano Feziwig y su señora hubieron ejecutado el rigodon completo, él hacía cabriolas con una ligereza pasmosa, y al terminarlas se quedaba tieso como una I sobre los piés.

Cuando el reloj marcaba las once tuvo fin aquel baile doméstico. El señor y la señora de Feziwig se colocaron á cada lado de la puerta, y fueron estrechando cariñosamente y uno á uno las manos de todos los concurrentes; él las de los hombres y ella las de las mujeres, deseándoles mil felicidades. Cuando no quedaban más que los aprendices, se despidieron de ellos de la misma manera: todo quedó en silencio y los dos jóvenes se acostaron en la trastienda.

Durante estas operaciones Scrooge se hallaba como un hombre desatinado. Habia tomado parte en aquella escena con su corazon y con su alma. Lo reconocía todo, lo recordaba todo, gozaba de todo y experimentaba una agitacion singular. Tan sólo cuando la animada fisonomía de su imágen y la de Dick hubieron desaparecido, fué cuando se acordó del fantasma.

Entonces advirtió que le miraba atentísimamente, y que la luz que sobre la cabeza tenia brillaba con todo su esplendor.

— No se necesita gran cosa, dijo el fantasma, para infundir en esos tontos un poco de agradecimiento.

— No se necesita gran cosa, repitió Scrooge.

El espíritu le indicó que escuchase la conversacion de los jóvenes aprendices, los cuales, desbordándose en reconocimiento por Feziwig, lo elogiaban de mil maneras.

— Ya veis, añadió el espíritu; el gasto no ha subido mucho; algunas libras esterlinas de vuestro mundanal dinero; tres ó cuatro acaso. ¿Merece Feziwig que se le dispensen tantos elogios?

— No es eso, replicó Scrooge al oir esta observación, y hablando como si fuera aquella imágen suya y no como el Scrooge actual; no es eso, espíritu. Está en manos de Feziwig hacernos dichosos ó desgraciados; que nuestra dependencia sea ligera ó incómoda; un placer ó una pena. Que todo ese poder se reduzca á frases ó á miradas; á cosas tan insignificantes, tan fugaces que es imposible acumularlas y sumarlas en una cuenta, ¿qué importa? La dicha que nos proporcionan es tan grande, como si tratase de una gran fortuna.

Scrooge sorprendió en el aparecido una mirada penetrante, y se detuvo.

— ¿Qué os ocurre? preguntó el espíritu.

— Nada de particular.

— Sin embargo, teneis aspecto como de hombre á quien le ocurre alguna cosa.

— No, dijo Scrooge, no. Lo que deseo únicamente es poder decir cuatro palabras á mi compañero. Hé ahí todo.

Al manifestar Scrooge este deseo, su imágen apagó los quinqués. Scrooge y el fantasma se encontraron solos al aire libre.

— Mi tiempo pasa, observó el espíritu.... pronto.

Estas palabras no iban dirigidas á Scrooge ó á alguien que él pudiera ver, pero produjeron un efecto inmediato, pues Scrooge volvió á contemplarse, aunque de más edad, en la flor de la vida. Su rostro no tenia los rasgos duros y severos de la madurez, pero sí notaba en él ya las señales de la inquietud y de la avaricia, y en sus ojos una inmovilidad ardiente, codiciosa, que revelaba en él la pasion dominante; se conocia ya hácia qué lado iba á proyectarse la sombre del árbol que empezaba á crecer.

No apareció solo. A su lado habia una hermosa jóven, vestida de luto, cuyos ojos, llenos de lágrimas, brillaban á la luz del espíritu.

— Poco importa, dijo ella suavemente; á lo menos por lo que á vos toca: otro ídolo se ha apoderado del lugar que ocupaba yo. Si es que este puede alegraros y consolaros, como lo hubiera yo hecho tambien, no tendré motivos para afligirme.

— ¿Y qué ídolo es eso?

— El becerro de oro.

— Hé ahí la imparcialidad del mundo. Critican severamente la pobreza, y á la vez no hay cosa que condenen con más rigor que el ánsia de riquezas.

— Temeis demasiado la opinion de las gentes, replicó la jóven con dulzura. Habeis sacrificado todas vuestras esperanzas á la de huir del desprecio sórdido del mundo. He visto desaparecer, una á una, vuestras más nobles aspiraciones delante de la que á todas las ha absorbido: una; la dominante pasion del luero. ¿Estoy en lo cierto?

— Bien, ¿Y qué? Aunque al envejecer me haya hecho más sabio, ¿he cambiado por eso con respecto á vuestra persona?

La jóven movió la cabeza.

— ¿He cambiado? insistió Scrooge.

— Nuestro compromiso es muy antiguo. Lo contrajimos cuando éramos unos pobres y estábamos contentos con nuestra situacion. Nos propusimos aguardar á labrarnos una fortuna con una industria y nuestra perseverancia. Vos habeis enmbiado: cuando contrajisteis el compromiso érais otro hombre.

— Era un niño, replicó él con impaciencia.

— Vuestra conciencia os está diciendo que hoy no sois lo que érais entonces. En cuanto á mi la misma soy. Lo que podia haber sido para nosotros una felicidad cuando conteníamos de disgustos hoy que tenemos dos. Es imposible figurarse cuántas veces y con cuánta amargura he pensado y que pueda relevaros de vuestro compromiso y devolveros la palabra.

— ¿Lo he querido así?

— De boca no: jamas.

— Entonces ¿cómo?

— Cambiando totalmente. Vuestro carácter no es el mismo, así como tampoco la atmósfera en que vivís, ni la esperanza que os animaba. Si no hubiera existido el compromiso que á entrambos nos unia, dijo la jóven con dulzura pero con firmeza, decid: ¿solicitarías mi mano hoy? ¡Oh! no.

Scrooge estuvo á punto de conceder esta suposicion, casi contra su voluntad, pero se resistió aún.

— Eso no lo creeis.

— Me consideraria muy dichosa en poder opinar de otro modo. Para que me haya resuelto á admitir una verdad tan triste, ha sido preciso que yo advirtiese en ella una fuerza invencible. Pero si os viérais hoy ó mañana en libertad. ¿podría yo creer, como en otro tiempo, que escogeríais para esposa una jóven sin dote, vos, que en vuestras íntimas confianzas, cuando me descubríais vuestro corazon francamente, no cesábais de calcularlo todo en la balanza del interés y de apreciarlo todo por la utilidad que de ello podríais reportar, ó tendríamos que, faltando á vuestros principios á causa de ella, á los principios que constituyen vuestra conducta, os fijaríais en esa jóven para hacerla vuestra mujer, sin que esto es produjera muy pronto, segun es mi opinion, amargo sentimiento? Estoy muy convencido de ello, y por eso os devuelvo vuestra libertad, precisamente á causa del amor que os profesaba en otro tiempo, cuando érais otro de los que hoy sois.

El queria hablar, mas ella, apartando la vista, continuó:

— Tal vez..... pero no; mas bien. Sin duda alguna padecereis al abandonarla y la memoria de lo pasado me autoriza á creerlo así. Mas al poco tiempo, muy poco tiempo, arrojareis de vos con prisa un tan importuno recuerdo, como si se tratara de un sueño inútil y enfadoso, felicitándoos por veros libre de él.

Dichas estas palabras se retiró, separándose ambos.

— Espíritu, no me enseñeis más, dijo Scrooge. Restituidme á mi morada. ¿Por qué os complaceis en atormentarme?

— Otra sombra, gritó el fantasma.

— No, no más, dijo Scrooge. No, no quiero ver más. No me enseñeis nada.

Pero el implacable fantasma, estrechándole entre sus brazos, le hizo ver la seguida de los acontecimientos.

Y se transportaron á otro sitio donde vieron un cuadro de diferente género. Era una estancia no muy grande ni bella, pero vistosa y cómoda. Próxima á un hermoso fuego habia una linda jóven, tan semejante á la de la escena anterior, que Scrooge la confundía con ella, hasta que vió á ésta convertida en madre de familia, sentada al lado de su hija. El alboroto que se levantaba en aquel salon ensordecedor, porque jugaban en él tantos niños, que Scrooge, dominado por una poderosa agitacion, no podria contarlos: cada uno de ellos daba más que hacer que cuarenta. La consecuencia de todo aquello era un estruendo imposible de describir, pero nadie se inquietaba por eso; más aún, la madre y la hija se reian y se divertian extraordinariamente. Habiendo cometido la madre el desacierto de participar en el juego infantil, aquellos bribonzuelos la entregaron á saco y la trataron sin piedad. ¡Cuánto hubiera dado yo por ser uno de ellos! Aunque seguramente yo no me hubiera conducido con tanta rudeza. ¡Oh, no! No hubiera intentado, por todo el oro de la tierra, enredar ni tirar de un modo tan inícuo aquella cabellera tan perfectamente arreglada, y en cuanto al precioso zapatito que contenia su pié tampoco se lo hubiese sacado á la fuerza, ¡Dios me libre! aunque se tratara de la salvacion de mi vida. En cuanto á medirle la cintura del modo que lo hacian aquellos atrevidos, sin escrúpulos de ninguna clase, tampoco lo hubiera hecho, temeroso de que como castigo á semejante profanacion, quedara mi brazo condenado á redondearse siempre, sin poder enderezarlo nunca. Y sin embargo, lo confieso; hubiera deseado tocar sus labios, dirigirle preguntas para obligarla á que los abriese respondiéndome; fijar mis miradas en las pestañas de sus inclinados ojos sin sonrojarla; desatar su ondulante crencha, uno de cuyos rizos hubiera sido para mí el más apreciado recuerdo; en una palabra, hubiera deseado, dígolo francamente, que me permitiera disfrutar con ella los privilegios de niño; pero siendo hombre para reconocerlos y saberlos apreciar.

A la sazon llamaron, y sobre la marcha el grupo aquel tan alborotador, empujó á la pobre madre, sin dejarla que se arreglase los vestidos, sin permitirla que se defendiese, pero sin que se perdiera su sonrisa de satisfaccion; la empujó hácia la puerta en medio de un tumulto y de un entusiasmo indescriptible, al encuentro del padre, que regresaba en compañía de un recadero cargado de juguetes y de regalos de Navidad. Cualquiera puede figurarse los gritos, las batallas, los asaltos de que fué víctima el indefenso acompañante. Uno lo escala, subiéndose sobre las sillas, para registrarle los bolsillos, sacarle los paquetes, tirarle de la corbata, suspenderse de su cuello, adjudicarle como demostracion de cariño innumerables puñetazos en las espaldas é infinitos puntapiés en las pantorrillas. Y después ¡con qué exclamaciones de alegría se saludaba la apertura de cada paquete! ¡Qué desastroso efecto produce la fatal noticia de que el rorro ha sido cogido infraganti, metiéndose en la boca una sarten de azúcar perteneciente al ajuar! Tambien se sospecha, con bastante seguridad, que se ha tragado un pavo de azúcar que estaba adherido á un plato de madera. ¡Qué satisfaccion cuando se averigua que aquella imputacion es falsa! La alegría, el reconocimiento, el entusiasmo son indefinibles. A lo último, habiendo llegado la hora, se van retirando poco á poco los niños; suben los peldaños ligeramente, se meten en su cuarto y la calma renace.

Entonces Scrooge, prestando mayor atencion, vió que el padre, á cuyo brazo iba tiernamente asida la hija, se sentaba entre ésta y la madre, junto á la chimenea, y no pudo menos de ocurrírselo que á él tambien hubiera podido darle el nombre de padre una criatura semejante á aquella, tan graciosa y tan linda, y convertirle en una lozana primavera el triste invierno de su vida: sus ojos se llenaron de lágrimas.

— Bella, dijo el marido volviéndose con una duce sonrisa hácia su mujer, esta noche he visto á uno de vuestros antiguos amigos.

— ¿Quién?

— ¿No lo adivinais?

— ¿Cómo?... Pero ya caigo, continuó riéndose como él; Mr. Scrooge.

— El mismo. Pasaba por delante de la ventana de su despacho, y como tenia sin echar los tableros, no he podido menos de verle. Su socio ha espirado, y él está allí, como siempre; solo; solo en el mundo.

— Espíritu, dijo Scrooge con voz entrecortada; sácame de aquí.

— Os he advertido que os manifestaria las sombras de los que han sido: no me echeis la culpa si son como se presentan y no otra cosa.

— Sacadme: no puedo resistir más este espectáculo.

Y se volvió á mirar al espíritu; mas viendo que éste le contemplaba con un rostro que por extraña singularidad reunia todos los aspectos de las personas que le había enseñado, se arrojó sobre él.

— Dejadme, gritó; cesad de perseguirme.

En la lucha, si lucha se podía llamar aquello, dado que el espectro, sin necesidad de oponer ninguna resistencia aparente, era invulnerable, Scrooge observó que el resplandor de la cabeza brillaba de cada vez más rutilante. Relacionado con este hecho el poderosoinglujo que sobre él hacia oesar el espíritu, cogió el apagador, y en un movimiento repentino se lo encasquetó el fantasma en la cabeza.

El espíritu se aplanó tanto bajo aquel sombrero fantástico, que desapareció casi por completo; pero por más que hacia Scrooge no alcanzaba á tapar del todo la luz bajo del apagador: en el suelo y por alrededor del fantasma aparecio un círculo de rayos luminosos.

Scrooge se sintió fatigado y con irresistibles ganas de dormir. Se vió en su alcoba, y haciendo un esfuerzo supremo para encasquetar más el apagador, abrió la mano y apenas tuvo tiempo para arrojarse sobre el lecho antes de caer en profundo sueño.

❄

TERCERA ESTROFA

EL SEGUNDO DE LOS TRES ESPÍRITUS

Se despertó á causa de un sonoro ronquido. Incorporándose en el lecho trató de recoger sus ideas. No hubo precision de advertirle que el reloj iba á dar la *una*. Conoció por sí mismo que recobraba el conocimiento, en el instante crítico de trabar relaciones con el segundo espíritu que debia acudirle por intervencion de Jacobo Marley. Pareciéndole muy desagradable el escalofrío que experimentaba por adivinar hácia qué lado le descorreria las cortinas el nuevo espectro, las descorrió él mismo, y reclinando la cabeza sobre las almohadas, se puso ojo avizor, porque deseaba afrontar denodadamente al espíritu así que se le apreciese, y no ser sorprendido ni que le embargase una emocion demasiado viva.

Hay personas de espíritu despreocupado, hechas á no dudar de nada; que se rien de toda clase de impresiones; que se consideran en todos los momentos á la altura de las circunstancias; que hablan de su inquebrantable valor enfrente de las aventuras más imprevistas y se declaran preparados á todo, desde jugar á cara ó cruz hasta comprometerse en un lance de honor (creo que apellidan de esta manera al suicidio). Entre estos dos extremos, aunque separados, á no dudarlo, por anchuroso espacio, existen infinidad de variedades. Sin que Scrooge fuera un maton como los que acabo de indicar, no puedo menos de rogaros que veais en él á una persona que estaba muy resuelta á desafiar un ilimitado número de extrañas y fantásticas apariciones, y á no admirarse absolutamente de nada, ya se tratase de un inofensivo niño en su cuna, ya de un rinoceronte.

Pero si estaba preparado para casi todo, no lo estaba en realidad para no esperar nada, y por eso cuando el reloj dió la una, sin que apareciese ningun espíritu, se apoderó de él un escalofrío violento y se puso á temblar con todo su cuerpo. Transcurrieron cinco minutos, diez minutos, un cuarto de hora y nada se veia. Durante aquel tiempo permaneció tendido en la cama, sobre la que se reunian, como sobre un punto central, los rayos de una luz rojiza que lo iluminó completamente al dar la una. Esta luz, por sí sola, le producia más alarma que una docena de aparecidos, porque no podía comprender ni la significación ni la causa, y hasta se figuraba que era víctima de una combustion espontánea, sin el consuelo de saberlo. A lo último comenzó á pensar (como vos y yo lo hubiéramos hecho desde luego, porque la persona que no se encuentra en una situacion difícil es quien sabe lo que se deberia hacer y lo que hubiera hecho); á lo último, digo, comenzó á pensar que el misterioso foco del fantástico resplandor podria estar en el aposento inmediato, de donde, á juzgar por el rastro lumímico, parecia venir. Esta idea se apoderó con tanta fuerza de Scrooge, que se levantó sobre la marcha, y poniéndose las zapatillas fué suavemente hácia la puerta.

En el momento en que ponia la mano sobre el picaporte, una voz extraña lo llamó por su nombre y le excitó á que entrase. Obedeció.

Aquel era efectivamente su salon, no habia duda, pero transformado de una manera admirable. Las paredes y el techo estaban magníficamente decorados de verde follaje: aquello parecia un verdadero bosque, lleno en su fronda de bayas relucientes y camesíes. Las lustrosas hojas del acebo y de la hiedra reflejaban la luz como si fueran espejillos. En la chimenea brillaba un bien nutrido fuego, como no lo habia conocido nunca en la época de Marley y en la de Scrooge. Amontonados sobre el suelo y formando como una especie de trono, habia pavos, gansos, caza menor de toda clase, carnes frias, cochinillos de leche, jamones, varas de longaniza, pasteles de picadillo, de pasas, barriles de ostras, castañas asadas, carmíneas manzanas, jugosas naranjas, suculentas peras, tortas de reyes y tazas de humeante ponche que oscurecia con sus deliciosas emanaciones la atmósfera del salon. Un gigante, de festivo aspecto, de simpática presencia, estaba echado con la mayor comodidad en aquella cama, teniendo en la mano una antorcha encendida, muy semejante al cuerno de la abundancia: la elevó por encima de su cabeza, á fin que alumbrase bien á Scrooge cuando éste entrabrió la puerta para ver aquello.

— Adelante, gritó el fantasma; adelante. No tengais miedo de trabar relaciones conmigo.

Scrooge entró tímidamente haciendo una reverencia al espíritu. Ya no era el ceñudo Scrooge de antaño, y aunque las miradas del fantasma expresaban un carácter benévolo, bajó ante las de éste las suyas.

— Soy el espíritu de la presente Navidad, dijo el fantasma. Miradme bien.

Scrooge obedeció respetuosamente. El espectro vestía una sencilla túnica de color verde oscuro, orlada de una piel blanca. La llevaba tan descuidadamente puesta, que su ancho pecho aparecia al descubierto como si despreciase revestirse de ningun artificio. Los piés, que se veian por bajo de los anchos pliegues de la túnica, estaban igualmente desnudos. Ceñia á la cabeza una corona de hojas de acebo sembradas de brillantes carámbanos. Las largas quedejas de su oscuro cabello pendian libremente; su rostro respiraba franqueza; sus miradas eran expresivas; su mano generosa; su voz alegre, y sus ademanes despojados de toda ficcion. Suspendida del talle llevaba una vaina roñosa, pero sin espada.

— ¡No habeis visto cosa que se le parezca! dijo el espíritu.

— Jamás.

— ¿No habeis viajado con los individuos más jóvenes de mi familia; quiero deciros (porque yo soy jóven) mis hermanos mayores de estos últimos años?

— No lo creo y aun sospecho que no. ¿Teneis muchos hermanos?

— Más de mil ochocientos.

— ¡Familia terriblemente numerosa, gigante!

El espíritu de la Navidad se levantó.

— Conducidme, dijo con sumision Scrooge, adonde querais. He salido anoche contra mi voluntad y he recibido una leccion que comienza á producir sus frutos. Si esta noche teneris alguna cosa que enseñarme, os prometo que la aprovecharé.

— Tocad mi vestido.

Scrooge cumplió la órden y se agarró á la túnica. Inmediatamente se desvaneció aquel conjunto de comestibles que en el salon habia. El aposento, la luz rojiza, hasta la misma noche desaparecieron tambien, y los viajeros se encontraron en las calles de la ciudad la mañana de

Navidad, cuando las gentes, bajo la impresion de un frio algo vivo, producian por todas partes una especie de música discordante, raspando la nieve amontonada delante de las casas ó barriéndola de las canalones, de donde se precipitaba en la calle con inmensa satisfaccion de los niños, que creian ver en aquello como avalanchas en pequeño.

Las fachadas de los edificios, y aun más las ventanas, aparecian doblemente oscuras, por la diferencia que resultaba comparándolas con la nieve depositada en los tejados y aun con la de la calle, si bien ésta no conservaba la blancura de aquélla, pues los carromatos con sus macizas ruedas la habian surcado profundamente: los carriles se extrecruzaban de mil modos millares de veces en la desembocadura de las calles, formando un inestricable laberinto sobre el amarillento y endurecido lodo y sobre el agua congelada. Las calles más angostas desaparecian bajo una espesa niebla, la cual caia en forma de aguanieve, mezclada con hollín, como si todas las chimeneas de la Gran Bretaña se hubieran concertado para limpiarse alegremente. Londres, entonces, no tenia nada de agradable, y sin embargo, se echaba de ver por de quiera un aire tal de regocijo, que ni en el dia más hermoso, ni bajo el sol más deslumbrante del verano se veria otro igual.

Un efecto. Los hombres que se ocupaban de limpiar la nieve de los tejados, parecian gozosos y satisfechos. Se llamaban unos á otros, y de rato en rato se dirigian, chancéandose, bolas de nieve (proyectil más inofensivo seguramente que muchos sarcasmos) riéndose cuando acertaban y aun más cuando no.

Las tiendas de volatería estaban medio abiertas tan sólo: las de frutas y verduras lucian en todo su esplendor. Por esta parte se ostentaban á cada lado de las puertas, anchurosos y redondos canastos henchidos de soberbias castañas, como ostentan sobre su vientre el ámplio chaleco los panzudos y viejos gastrónomos: aquellos canastos parecian próximos á caer, víctimas de su apoplética corpulencia. En otra parte figuraban las cebollas de España, rojas, de subido color, de abultadas formas, recordando por su gordura los frailes de su patria, y lanzando arrebatadoras miradas á las jóvenes que, al pasar por allí, se fijaban discretamente en las ramas de hiedra suspendidas de las paredes. Más allá, en apetitosos montones, peras y manzanas; racimos de uvas que los vendedores habian tenido la delicada atencion de exponer, en lugar visible, para que á los aficionados se les hiciera la boca agua y refrescaran así gratis; pilas de avellanas musgosas y morenas que train á la memoria los paseos en el bosque, donde se hunde uno hasta el tobillo en las hojas secas; *biffins* de Norfolk gruesos y oscuros, que resaltaban el color de las naranjas y de los limones, recomendables por su aspecto jugoso, para que los compraran á fin de servirlos á los postres.

Los peces de oro y de plata, expuestos en peceras, en medio de aquellos productos escogidos, si bien individuos de una raza triste y apática, parecian advertir, aunque peces, que sucedia algo extraordinario, porque giraban por su estrecho recinto con estúpida agitacion.

¡Y los ultramarinos! Sus tiendas estaban casi cerradas, excepto un tablero ó dos, pero ¡qué magníficas cosas se podian ver por las aberturas de estos! No era solamente el agradable sonido de las balanzas al caer sobre el mostrador, ni el crujido del bramante entre las hojas de las tijeras que lo separaban del carrete para atar los lios, ni el rechinamiento incesante de las cajas de hoja de lata donde se conserva el thé ó el café para servirlo á los parroquianos. *Tras, tras, tras,* sobre el mostrador: aparecen, desaparecen, se revuelven entre las manos de los dependientes como los cubiletes entre las de un prestidigitador. Allí no se debía fijar uno especialmente en elaroma del thé y del café tan agradables al olfato. Las pasas hermosas y abundantes; las almendras tan blancas; las cañas de canela tan largas y rectas; las demás especias tan gustosas; las frutas confitadas y envueltas en azúcar candi, á cuya sola vista los curiosos se chupaban el dedo; los jugosos y gruesos higos; las ciruelas de Toura y de Agen, de suave color rojo y gusto ácido, en sus ricas cestillas; y por último, todo lo que allí habia adornado con su traje de fiesta, llamaba la atencion. Era preciso ver á los afanosos parroquianos realizar los proyectos que habian formado para aquel dia, empujarse, tropezarse violentamente con la banasta de las provisionesm olvidándose, á lo mejor, de sus compras, volviendo á buscarlas precipitadamente, cometiendo otras equivocaciones, pero sin perder el buen humor, entranto que el dueño de la tienda y sus dependientes daban tantas muestras de amabilidad y de franqueza que no habia más que pedir.

Pero luego llamaron las campanas de las iglesias y de las capillas á que se acudiese á los oficios: bandadas degentes vestidas con sus mejores trajes, con muestras de júbilo y ocupando de lado á lado las calles acudieron al llamamiento. A la vez y desembocando de las callejuelas laterales y de los pasadizos, se dirigieron un gran número de personas á los hornos para que les asaran las comidas. Esto inspiró un interés grandísimo al espíritu, porque situándose con Scrooge á la puerta de una tahona, levantaba la tapadera de los platos, á medida que los iban llevando, y como que los regaba de incienso con su antorcha; antorcha bien extraordinaria en verdad, porque en dos ocasiones, habiéndose tropezado, un poco bruscamente, algunos de los portadores de comidas, á causa de la prisa que llevaban, dejó caer sobre ellos unas pocas gotas de agua, é inmediatamente los enojados tomaron á risa el fracaso, diciendo que era una vergüenza reñir en Navidad. Y nada más cierto, Dios mío, nada más cierto.

Poco á poco fueron cesando las campanas y los tahonas se cerraron, pero qudaba como un placer anticipado de las comidas, de los progresos que iban haciendo, en el vapor que se difundia por el aire escapándose de los encendidos hornos.

— ¿Tienen alguna virtud particular las gotas que se desprenden de vuestra antorcha? preguntó Scrooge.

— Seguramente: mi virtud.

— ¿Puede comunicarse á toda clase de comida hoy?

— A toda clase de manjar ofrecido de buen corazon y particularmente á las personas más pobres.

— ¿Y por qué á las más pobres?

— Porque son las que sienten mayor necesidad.

— Espíritu, dijo Scrooge despues de meditar un rato; estoy admirado de que los seres que se agitan en las esferas suprasensibles, que espíritus como vosotros, se hayan encargado de una comision poco caritativa; la de privar á esas pobres gentes de las ocasiones que se les ofrecen de disfrutar un placer inocente.

— ¡Yo! exclamó el espíritu.

— Sí, porque les privais de medios de comer cada ocho dias; en el dia en que se puede decir verdaderamente que comen. ¿No es positivo?

— ¿Yo?

— Ciertamente: ¿no consiste en vosotros que esos hornos se cierren en el dia del sabado? ¿No resulta entonces lo que yo he dicho?

— ¿Yo, yo, busco eso? — ¡Perdonadme si me he equivocado! Eso se hace en vuestro nombre ó por lo menos en el de vuestra familia.

— Hay, dijo el espíritu, en la tierra donde habitais, hombres que abrigan la presuncion de convencernos, y que se sirven de nuestro nombre para satisfacer sus culpables pasiones, el orgullo, la perversidad, el odio, la envidia, la mojigatería y el egoismo, pero son tan ajenos á nosotros y á nuestra familia, como si no hubieran nacido nunca. Acordaos de esto y otra vez hacedles responsables de lo que hagan y no á nosotros.

Scrooge se lo prometió y de seguida se trasladaron, siempre invisibles, á los arrabales de la ciudad. En el espíritu residia una facultad maravillosa (y Scrooge lo advirtió en la tahona); la de poder sin inconveniente, y á pesar de su gigantesca estatura, acomodaron á todos los lugares, sin que bajo el techo menos elevado perdiese nada de su elegancia, de su natural majestad, como si se encontrase dentro de la bóveda más elevada de un palacio.

Impulsado, acaso, por el gusto que tenía el espíritu en demostrar esta facultad suya, ó por su naturaleza benévola y generosa para con los pobres, condujo á Scrooge al domicilio de su dependiente. Al atravesar los umbrales, sonrió el espíritu y se detuvo para cehar una bendicion, regando además con la antorcha el humilde recinto de Bob Cratchit. Eso es. Bob no tenía más que quince *bob** por semana: cada sábado se le entregaban quince ejemplares de su nombre de pila, y sin embargo, no por eso dejó el espíritu de la Navidad de bendecir aquella pobre morada compuesta de cuatro aposentos.

Entonces se levantó Mrs. Cratchit, mujer de Cratchit, vestida con un traje vuelto, pero en compensacion adornada de muchas cintas muy baratas, de esas cintas que producen tan buen efecto no obstante lo poquísimo que valen. Estaba disponiendo la mesa ayudada de Belinda Cratchit, la segunda de sus hijas, tan encintada como su buena madre, mientras que maese Pedro Cratchit, el mayor de los hijos, metia su tenedor en la marmita llena de patatas y estiraba cuanto le era posible su enorme cuello de camisa; no precisamente *su* cuello, sino el de su padre, pues éste se lo habia prestado, en honor de la Navidad, á su heredero presuntivo, quien orgulloso de verse tan acicalado, ansiaba lucirse en el paseo más concurrido y elegante. Otros dos pequeños Cratchit, niño y niña, penetraron en la habitacion diciendo que habian olfateado el pato en la tahona y conocido que era el de ellos. Engolosinados de antemano con la idea de la salsa de cebolla y salvia, rompieron á bailar en torno de la mesa, ensalzando hasta el firmamento la habilidad de maese Cratchit, el cocinero de aquel dia, en tanto que este último (tieso de orgullo á pesar de que el abundoso cuello amenazaba ahogarle) atizaba el fuego para ganar el tiempo perdido, hasta hacer que las patatas saltasen, al cocer, á chocar con la tapadera del perol, advirtiendo con esto que estaban ya á punto para ser sacadas y peladas.

---

* Nombre popular de los chelines.

— ¿Por qué se retrasará tanto vuestro excelente padre? dijo Mrs. Cratchit ¿Y vuestro hermano Tiny Tim? ¿Y Marta? El año pasado vino media hora antes.

— Aquí está Marta, madre, gritó una jóven que entraba en aquel momento.

— Aquí está Marta, madre, gritaron los dos jóvenes Cratchit. ¡Viva! ¡Si supieras, Marta, que pato tan hermoso tenemos!

— ¡Ah querida hija! ¡Que Dios te bendiga! Qué tarde vienes, dijo Mrs. Cratchit abrazándola una docena de veces, y desnudándola con ternura del manton y del sombrero.

— Ayer teníamos mucho trabajo, madre, y ha sido preciso entregarlo hoy por la mañana.

— Bien, bien; no pensemos en ello puesto que estás aquí. Acércate á la chiminea y caliéntate.

— No, no, gritaron los dos niños. Ahí está padre: Marta escóndete.

Y Marta se escondió. A poco hicieron su entrada el pequeño Bob y el padre Bob; este con un tapaboca que le colgaba lo menos tres piés por delante, sin contar la franja. Su traje aunque raido estaba perfectamente arreglado y cepillado para honrar la fiesta. Bob llevaba á Tiny Tim en los hombros, porque el pobre niño como raquítico que era, tenía que usar una muleta y un aparato en las piernas para sostenerse.

— ¿Dónde está nuestra Marta? preguntó Bob mirando á todos lados.

— No viene, dijo Mrs. Cratchit.

— ¡Qué no viene! exclamó Bob poseido de un abatimiento repentino, y perdiendo de un golpe todo el regocijo con que habia traido á Tiny Tim de la iglesia como si hubiera sido su caballo. ¡No viene para celebrar la Navidad!

Marta no pudo resistir verlo contrariado de aquella manera, ni aun en chanza, y salió presurosa del escondite donde se hallaba detrás de la puerta del gabinete, para coharse en brazos de su padre, mientras que los dos pequeños se apoderaban de Tiny para llevarlo al cuarto de lavado, á fin de que oyese el hervor que hacía el *pudding* dentro del perol.

— ¿Qué tal se ha portado el pequeño Tiny? preguntó Mrs. Cratchit despues de burlarse de la credulidad de su marido, y que éste hubo abrazado á su hija.

— Como una alhaja y más todavía. En la necesidad en que se encuentra de estar mucho tiempo sentado y solo, la reflexion madura mucho en él, y no puedes imaginarte los pensamientos que le ocurren. Me decia, al volver, que confiaba en haber sido notado por los asistentes á la iglesia, en atencion á que es cojo y á que los cristianos deben tener gusto de recordar, en dias como este, al que devolvia á los cojos las piernas y á los ciegos la vista.

La voz de Bob revelaba una intensa emocion al repetir estas palabras: aun fué mayor cuando añadió que Tiny se robustecia de cada vez más.

Se oyó en esto el ruido que causaba sobre el pavimento la pequeña muleta del niño, el cual entró en compañía de sus dos hermanos. Bob, recogiéndose las mangas, como si pudieran ¡pobre mozo! gastarse más, compuso, con ginebra y limones, una especie de bebida caliente, despues de haberla agitado bien en todos sentidos, mientras que su hijo Pedro y los dos más pequeños, que sabian acudir á todas partes, iban á buscar el pato con el cual regresaron muy pronto, llevándolo en procesion triunfal.

A juzgar por el alboroto que produjo la presentacion, se hubiera creido que el pato es la más extraña de las aves, un fenómeno de pluma, con respecto al cual un cisne negro sería una cosa vulgar; y en verdad que tratándose de aquella pobre familia la admiracion era muy lógica. Mrs. Cratchit hizo hervir la pringue, preparada con anticipacion; el heredero Cratchit majó las patatas con un vigor extraordinario; Miss Belinda azucaró la salsa de manzanas; Marta limpió los platos; Bob hizo sentar á Tiny en uno de los ángulos de la mesa y los Cratchit más pequeños colocaron sillas para todo el mundo, sin olvidarse, por supuesto, de sí mismos, y una vez preparados, se metieron las cucharas en la boca, para no caer en la tentacion de pedir del pato antes de que les correspondiera el turno. Por fin llegó el momento de poner los platos, y rezada la bendicion, que fué seguida de un silencio general, Mrs. Cratchit, recorriendo cuidadosamente con la vista la hoja del cuchillo de trinchar, se preparó á hundirlo en el cuerpo del pato. Apenas lo hubo hecho; apenas se escapó el relleno por la abertura, un murmullo de satisfaccion se levantó por todas partes, y hasta el mismo Tiny, excitado por sus hermanos más pequeños, golpeó con el mango de su cuchillo la mesa y gritó: hurra.

— Nunca, dijo Bob, se habia visto un pato igual. Su sabor, su gordura, su bajo precio, lo tierno que estaba, fueron el texto comentado de la admiracion universal: con la salsa de manzanas y el puré de patatas hubo bastante para la comida de todos ellos. Mrs. Cratchit notando un pequeño resto de hueso, dijo que no se habian podido comer todo el pato: la familia entera estaba satisfecha, particularmete los pequeños Cratchit ambos llenos, hasta los ojos, de salsa de cebollas. Una vez cambiados los platos por Miss Belinda, su madre salió del comedor, pero sola, pues la emocion que le dominaba por el importante acto que iba á cumplir, requeria que no la molestaran testigos: salió para servir el *pudding*. ¡Oh! ¡oh! ¡Qué vapor tan espeso! Sin duda habia sacado el *pudding* del caldero. ¡Qué mezcla de perfumes tan apetitosos, de esos perfumes que recuerdan el restaurant, la pastelería de la casa de al lado. ¡Era el *pudding*! Despues de medio minuto escaso de ausencia, Mrs. Cratchit, con la cara encendida, sonriente y triunfante, volvió á la mesa, en la que presentó el *pudding*, muy parecido á una bala de cañon en lo duro y firme, y flotando en media azumbre de aguardiente encendido, y todo coronado por la rama de acebo, símbolo de la Navidad.

¡Qué maravilloso *pudding*! Bob Cratchit dijo, de una manera formal y seria, que lo consideraba como la obra maestra de Mrs. Cratchit desde que se habian casado, á lo que respondió la interesada, que ahora que ya no tenía ese peso sobre el corazon, confesaba las dudas que habia tenido, acerca de su tino en echar la harina. Todos experimentaron la necesidad de decir algo, pero ninguno se cuidó, si tuvo tal idea, de decir que era un *pudding* bien pequeño para tan numerosa familia. Verdaderamente hubiera sido muy feo pensarlo ó decirlo: ningun Cratchit hubiera dejado de sonrojarse de vergüenza.

Así que terminó la comida, quitaron los manteles, fué barrida la estancia y reanimada la chimenea. Se probó el *grog* compuesto por Bob y lo encontraron excelente; colocaron en la mesa manzanas y naranjas y entró el rescoldo un buen puñado de castañas. A seguida la familia se arregló alrededor de la chimenea, en círculo como decia Cratchit, en vez de semicírculo, y prepararon toda la cristalería de la familia, consistente en dos vasos y una pequeña taza de servir crema, sin asa. Y esto ¿qué importaba? No por eso dejaban de contener el hirviente licor como si hubieran sido vasos de oro, y Bob escanció la bebida radiante de júbilo, mientras que las castañas se asaban resquebrajándose con ruido al calor del fuego. Entonces Bob pronunció este brindis.

— Felices Páscuas para todos nosotros y nuestros amigos. ¡Que Dios nos bendiga!

Y toda la familia contestó unánimamente.

— ¡Que Dios bendiga á cada uno de nosotros! dijo Tiny el último de todos.

Estaba sentado en un taburete cerca su padre. Bob le tenia cogida la descarada mano, como si hubiera querido darle una muestra especial de ternura, y consercarlo á su lado de miedo que se lo quitasen.

— Espíritu, dijo Scrooge con un interés que hasta entonces no habia manifestado: decidme si Tiny vivirá.

— Veo un sitio desocupado en el seno de esa pobre familia, y una muleta sin dueño cuidadosamente conservada. Si mi sucesor no altera el curso de las cosas, morirá el niño.

— No, no, buen espíritu: no; decid que viva.

— Si mi sucesor no altera el curso de las cosas en esas imágenes que descubren el porvenir, ninguno de mi raza verá á ese niño. Si muere disminuirá asi el excedente de la poblacion.

Scrooge bajó la cabeza cuando oyó al espíritu repetir aquellas palabras, y el dolor y el remordimiento se apoderaron de él.

— Hombre, añadió el espíritu; si poseeis un corazon de hombre, y no de piedra, dejad de valeros de esa jerigonza despreciable, hasta que sepais lo que es ese excedente y dónde se encuentra. ¿Os atreveríais á señalar los hombres que deben vivir y los que deben morir? Es muy posible que á los ojos de Dios seais ménos digno de vivir que millones de criaturas semejantes al hijo de ese pobre hombre. ¡Dios mio! que un insecto oculto entre las hojas diga que hay demasiados insectos vivientes, refiriéndose á sus famélicos hermanos que se revuelcan en el polvo!

Scrooge se humilló ante la reprimenda del espíritu, y temblando bajó los ojos. Pronto los levantó oyendo pronunciar su nombre.

— ¡Ah, Mr. Scrooge! dijo Bob; bebamos á la salud de él, puesto que le debemos este humilde festín.

— ¡Buen principal está! exclamó Mrs. Cratchit roja de cólera; quisiera verlo aquó para servirle un plato de mi gusto. Buen apetito habia de tener para comerlo.

— Querida mia, dijo Bob; los hijos... la Navidad.

— Se necesita que nos encontremos en tal dia para beber á la salud de un hombre tan aborrecible, tan avaro, tan duro como Mr. Scrooge. Ya sabeis que es todo eso. Ninguno lo puede decir mejor que vos, mi pobre marido.

— Querida mia, insistió dulcemente Bob, el dia de Navidad...

— Beberé á su salud por amor á vos y en honra del dia, mas no por él. Le deseo, pues, larga vida, felices Pascuas y dichoso año. Hé aquí con qué dejarlo bien contento, pero lo dudo.

— Los niños secundaron el brindis, y esto fué lo único que no hicieron de buena gana en aquel dia. Tiny bebió el último, pero hubiese dado su brindis por un perro chico. Scrooge era el vampiro de la familia: su nombre anubló la satisfaccion de aquellas personas, pero fué cosa de cinco minutos.

Pasados estos y desvanecido el recuerdo de Scrooge, Bob anunció que ya le habian prometido colocar á su hijo mayor con algo más de cinco chelines por semana.

Los pequeños Cratchit rieron como locos, pensando que su hermano iba á tomar parte en los negocios, y el interesado miró con aire meditabundo, y por entre los picos del cuello de la camisa, al fuego, como si ya reflexionase acerca de la colocacion que daria á una renta tan comprometedora.

Marta, pobre aprendiz en un establecimiento de modista, refirió la clase de obra que tenía que hacer y las horas que necesitaba trabajar sin descanso, regocijándose con la idea de que al siguiente dia podría permaneces más que de costumbre en el lecho. Añadió que acababa de ver á un lord y una condesa, aquél de la misma estatura que Pedro, con lo que éste se levantó tanto el cuello de la camisa, que casi no se le veia la cabeza. Durante la conversacion las castañas y el *grog* circulaban de mano en mano, y Tiny cantó una balada relativa á un niño perdido entre las nieves. Tiny poseia una vocecita lastimera y lo hizo admirablemente, por quien soy.

En todo aquello no habia ciertamente nada de aristocrático. Aquella no era una hermosa familia. Ninguno de ellos estaba bien vestido. Tenian los zapatos en mal uso y hasta Pedro hubiera podido con su traje hacer negocio con un ropavejero; sin embargo, todos eran felices, y vivian en las mejores relaciones, satisfechos de su condicion. Cuando Scrooge se separó de ellos se manifestaron más alegres de cada vez, gracias al benéfico influjo de la antorcha del espíritu, así es que continuó mirándolos hasta que se desvanecieron, y especialmente á Tiny-Tim.

Había llegado la noche, oscuro y lóbrega. Mientras Scrooge y el espíritu recorrian las calles, la lumbre chisporroteaba en las cocinas, en los salones, en todas partes, producindo maravillosos efectos. Aquí la llama vacilante dejaba ver los preparativos de una modesta pero excelente comida de familia, en una estancia que preservaban del frio de la calle por medio de espesos cortinajes de color rojo oscuro. Por allá todos los hijos de la casa, desafiando la temperatura, salian al encuentro de sus hermanas casadas, de sus hermanos, de sus tios, de sus primos, para anticiparse á saludarlos. Por otras partes los perfiles de los convidados se divisaban á través de los visillos. Una porcion de hermosas jóvenes, encapuchadas y calzadas de fuertes zapatos, hablando todas á la vez, se dirigian apresuradamente á casa de su vecina. ¡Infeliz del célibe (las astutas hechiceras lo sabian perfectamente) que las viese entonces penetrar en la casa con los semblantes coloreados por el frio!

A juzgar por el número de personas que se dirigian á las reuniones, se hubiera podido decir que no quedaba nadie en las casas para dar la bienvenida, pero no sucedia así; en todas partes habia amigos que aguardaban con el corazon bien alegre y las chimeneas bien repletas de fuego. Por eso se veia al espíritu arrebatado de entusiasmo, y que descubriendo su ancho pecho y abriendo su dadivosa mano, flotaba por encima de aquella multitud, derramando sobre las gentes su pura y cándida alegría. Hasta los humildes faroleros, acelerándose delante de él, marcando su trabajo con luminosos puntos á lo largo de las calles; hasta los humildes faroleros, ya vestidos para ir á alguna reunion, se reian á carcajadas cuando el espíritu pasaba cerca de ellos, por más que ignorasen lo próximo que lo tenian.

De repente, sin que el espíritu hubiera dicho nada á su compañero, en preparacion para tan brusco tránsito, se encontraron en medio de un lugar pantanoso, triste, desierto y sembrado de grandes montones de piedras, como si allí hubiera un cementerio de gigantes. El agua circulaba por todas partes, y no se ofrecia para ello otro obstáculo que el hielo que la sujetaba prisionera. Aquel suelo no producia más que musgo, retama y una hierba mezquina y ruda. Por el horizonte y en la direccion del Oeste, el Sol poniente habia dejado un rastro de fuego de un rojo vivísimo, que iluminó por un momento aquel lugar de desolacion, como si fuese la mirada brillante de un ojo sombrío cuyos párpados se cerrasen poco á poco, hasta que desapareció completamente en la oscuridad de una densa noche.

— ¿En dónde estamos? preguntó Scrooge.

— Estamos donde viven los mineros, los que trabajan en las entrañas de la tierra, contestó el espíritu. Ya me reconocen, mirad.

Brilló una luz en la ventana de una pobre choza, y ambos se dirigieron hácia aquel lado. Penetrando á través del muro de piedras y tierra que constituia aquel mísero albergue, vieron una numerosa y alegre reunion en torno de una gran fogata.

Un bueno viejo, su mujer, sus hijos, sus nietos y sus biznietos, estaban congregados allí vestidos con su mejor traje. El viejo, con voz que ya no podia sobreponerse al agudo silbido del viento que soplaba sobre los arenales, cantaba un villancico (muy antiguo ya cuando él lo aprendió de niño), y los circunstantes repetian de tiempo en tiempo de estribillo. Cuando ellos cantaban el viejo se sentia reanimado, pero cuando callaban volvia á caer en su debilidad.

El espíritu no se detuvo aquí, sino que encargando á Scrooge que agarrara vigorosamente, lo transportó por encima de los pantanos, ¿adónde? No al mar, me parece; pues sí, al mar. Scrooge aterrorizado, observó como se desvanecia en la sombra el promontorio más avanzado: el ruido de las olas embravecidas y rugientes que corrian á estrellarse con el fragor del trueno en las cavernas que habian socavado, como si en el exceso de su ira el mar tratase de minar la tierra, le ensordeció.

Edificado sobre una desnuda roca que apenas salia á flor de agua, y azotado furiosamente por las olas durante todo el año, se levantaba a mucha distancia de tierra un faro solitario. En el basamento se acumulaban multitud de plantas marinas, y el pájaro de las tempestades, nacido acaso de los vientos como las algas de las aguas, revoloteaba en torno de la torre como las olas sobre que se mecia.

Hasta en aquel sitio, los dos hombres á cuyo cargo estaba la custodia del faro, habian encendido una hoguera que despedia sus luminosos rayos hasta el alborotado mar por la abertura hecha en la recia muralla. Dándose un apreton con sus callosas manos, por encima de la mesa á la cual estaban sentados, se deseaban felices Pascuas brindando con *grog*: el más viejo, de cutis apergaminado y lleno de costurones, como esas figuras esculpidas en la proa de los antiguos buques, entonó con voz ronca un canto salvaje que tenía mucho de las ráfagas tempestuosas.

El espectro seguía siempre sobre el mar sombrío y turbulento; siempre, siempre, hasta que en su rápida marcha, lejos ya, muy lejos de tierra como le dijo Scrooge, descendió á un buque, colocándose cerca del timonero á veces, otras del vigilante á proa, otras de los oficiales de guardia, visitando todas estas fantásticas figuras en los varios sitios adonde debían acudir. Todos ellos tarareaban una canción alusiva al día: pensaban en la Navidad; recordaban á sus compañeros otras de que habían disfrutado, contando siempre con volver al seno de sus familias. Todos á bordo, despiertos ó dormidos, buenos ó malos, habían estado más cariñosos entre sí que durante el resto del año; todos se habían comunicado sus alegrías; todos se habían acordado de sus parientes o amigos, esperando que éstos se acordasen también.

Scrooge quedó altamente sorprendido de que mientras estaba atento al estribor del huracán, y se perdía en abstracciones acerca de lo solemne de semejante viaje, á través de la oscuridad, por encima de aquellos espantosos abismos, cuyas profundidades son secretos tan impenetrables como el de la muerte, llegara á sus oídos una ruidosa carcajada. Pero su sorpresa fué mayor al advertir que aquella carcajada procedia de su sobrino, el cual se hallaba en un salon perfectamente iluminado, limpio, con buen fuego y en compañía del espíritu, que lanzaba sobre el alegre jóven miradas llenas de dulzura y de benevolencia.

Si os sucede, por una casualidad poco probable, que os encontreis con un hombre que sepa reir de mejor gana que el sobrino de Scrooge, os digo que desearia trabar relaciones con él. Hacedme el favor de presentármelo y entablaré amistad.

Por una dichosa, justa y noble compensación en las cosas del mundo, aunque las enfermedades y los pesares son contagiosos, lo es más la risa y el buen humor. Mientras el sobrino de Scrooge se reia, segun he indicado, apretándose los ijares é imprimiendo á su cara las muecas más extravagantes, la sobrina de Scrooge, sobrina por afinidad, se reia de tan buena gana como su marido; los amigos que con ellos estaban no hacian menos y acompañaban en la risa á más y mejor.

— Bajo palabra de honor, os aseguro, decia el sobrino, que ha proferido la palabra: que la Navidad es una tontería, é indudablemente esa era su conviccion.

— Tanto más vergonzoso para él, dijo la mujer indignada.

Por eso me gustan las mujeres: no hacen nada á medias: todo lo toman por lo serio.

La sobrina de Scrooge era bonita; excesivamente bonita, con su encantador rostro, con su aire sencillo y cándido, con su arrebatadora boquita hecha para ser besada, y que indudablemente lo era á menudo; con sus mejillas llenas de pequeños hoyuelos; con sus ojos, los más expresivos que pueden verse en fisonomía de mujer: en una palabra, su belleza tenía tal vez algo de provocativa, pero revelando que se hallaba dispuesta á dar una satisfaccion, sí; satisfaccion completa.

— Es muy chusco ese hombre, dijo el sobrino de Scrooge. En verdad, podría hacerse más simpático; pero como sus defectos constituyen su propio castigo, nada tengo que decir en contra de eso.

— Creo que es muy opulento, Federico, dijo la sobrina: á lo menos eso me habeis dicho.

— ¡Qué importa su riqueza, mi querida amiga! replicó el marido. Para maldita la cosa que le sirve; ni aun para hacer bien á nadie; ni a sí mismo. Ni siquiera tiene la satisfaccion de pensar, ja, ja, ja, que nosotros nos hemos de aprovechar pronto de ella.

— Ni aun con eso puedo sufrirlo, continuó la sobrina, á cuya opinion se adhirieron sus hermanas y las demás señoras concurrentes.

— Pues yo soy más tolerante. Me aflijo por él, y nunca le desearé mal aunque tenga gana, porque quien padece de sus genialidades y de su mal humor es él y sólo él. Y lo que digo no es porque se le haya puesto en la cabeza rehusar mi convite, pues al fin, de aceptarlo, se hubiera encontrado con una comida detestable.

— ¡De veras! Pues yo creo que se ha perdido una buena comida, exclamó su mujer interrumpiéndola. Los convidados fueron de la misma opinion, y necesariamente eran personas muy autorizadas para decirlo, porque acababan de soborearla.

— Me alegro de saberlo, repuso el sobrino de Scrooge, porque no tengo mucha confianza en el talento de estas jóvenes caseras. ¿Qué opinais Topper?

Topper tenía los ojos puestos en una de las cuñaditas de Scrooge, y respondió que un célibe era un miserable pária á quien no le asistía el derecho de emitir opinion sobre tal materia, á cuyas palabras la cuñada del sobrino de Scrooge, aquella jóven tan regordetilla que veia á un extremo con pañoleta de encajes, no la que lleva un ramo de rosas, se puso sofocada.

— Seguid lo que estabais diciendo, Federico, dijo su mujer dando unas palmadas. Nunca acaba lo que ha comenzado. ¡Qué ridículo es eso!

El sobrino de Scrooge soltó la carcajada de nuevo, y como era imposible librarse del contagio, aunque la jóven regordeta trataba de hacerlo poniéndose á aspirar el frasco de sales, todos siguieron el ejemplo del jóven.

— Me proponía únicamente decir, que mi tio presentándome tan mala cara, y negándose á venir con nosotros, ha perdido algunos momentos de placer que le hubieran venido muy bien. Indudablemente se ha privado de una compañía mucho más agradable que sus pensamientos, que un mostrador húmedo y que sus polvorientas habitaciones. Esto no quita para que todos los años le invite de la misma manera, plázcale ó no, porque tengo lástima de él. Dueño es, si así le parece, de burlarse de la Navidad; pero no podré menos de formar buena opinion de mí, cuando me vea presentarme á él todos los años, diciéndole con mi acostumbrado buen humor: «Mi querido tío: ¿qué tal os va?» Si esto pudiera inspirarle la idea de aumentar el sueldo de su dependiente hasta cuarenta y cuatro libras esternlinas, se habría conseguido algo. No sé, pero se me figura que ayer lo ha quebrantado.

Al oir aquello todos los concurrentes se rieron, pareciéndoles que era sobrada pretension la de haber conseguido quebrantar a Scrooge; pero como el sobrino era de bellísimo génio, y no se cuidaba de saber por qué se reían con tal que se rieran, aun los animó haciendo circular las botellas.

Despues del thé hubo un poco de música, porque los convidados aquellos constituian una familia de músicas, que entendian perfectamente lo de cantar arias y ritornelos; sobre todo Topper, que sabia lanzar su gruesa voz de bajo como un artista consumado, sin que se le hincharan las venas de la frente y sin ponerse rojo como un cangrejo. La sobrina de Scrooge tenia bien el arpa: entre otras piezas ejecutó una cancioncilla (una cosa insignificante que hubiérais aprendido á tararear en dos minutos), pero que era justamente la favorita de la jóven que, tiempos atrás, fué en busca de Scrooge al colegio, como el fantasma de la Navidad se lo habia hecho á la memoria. Ante aquellas tan conocidas notas, recordó de nuevo Scrooge todo lo que el espectro le representara, y más enternecido de cada vez, consideró que si hubiera tenido la dicha de oir frecuentemente aquella insignificante cancioncilla, habria podido conocer mejor lo que de grato encierran las dulces afecciones de la existencia y cultivándolas; empresa algo más meritoria que la de cavar con impaciencia de sepulturero su fosa, segun ocurrió con Marley.

No tan sólo la música ocupó á aquellos convidados. Al cabo de rato se jugó á juegos de prendas, porque es conveniente volver á los dias de la niñez, sobre todo, teniendo en cuenta que la Navidad es una fiesta establecida por un Dios niño. Atencion. Se dió principio por gallina ciega. ¡Oh! ¡Y qué tramposo está Topper! Hace como que no ve, pero perded cuidado; ya sabe bien adonde dirigirse. Estoy seguro de que se ha puesto de acuerdo con el sobrino de Scrooge, pero sin conseguir engañar al espíritu de la Navidad allí presente. La manera como el pretendido ciego persigue á la regordetilla de la pañoleta, es un insulto positivo que se dirige á la credulidad humana. Por más que ella se coloque detrás del guarda-fuego, ó encima de las sillas, ó al amparo del piano, ó encima de las sillas, ó al amparo del piano, ó entre los cortinajes á riesgo de asfixiarse, á todas partes donde va ella va tambien él. Siempre sabe donde tropezar con la regordetilla. No quiero coger á nadie más, y aunque le salgais al paso, como algunos lo han hecho de propósito, hará como que os quiere agarrar, pero con tal torpeza, que no puede engañarnos, y luego se dirigirá hácia donde se olculta la regordetilla. «Eso no es jugar bien:» dice ella huyendo cuanto puede, y tiene razon; pero á lo último, cuando él la coge; cuando á despecho de la ligereza de la jóven, él logra arrinconarla de manera que no pueda escapársele, entonces su conducta es inícua. Bajo pretexto de que no sabe á quien ha cogido, la reconoce pasándole la mano por la cabeza, ó se permite tocar cierto anillo que ella lleva al dedo, ó una cadena con que se adorna el cuello. ¡Oh infame mónstruo! Por eso así que él deja el pañuelo á otra persona, los dos jóvenes tienen en el hueco de la ventana, detrás de las cortinas, una conferencia particular, en la que ella le dice á él todo lo que le parece.

La sobrina de Scrooge no tomaba parte en el juego. Se habia retirado á uno de los rincones de la sala, y allí estaba sentada en un sillon con lo piés en un taburete, teniendo detrás al aparecido y á Scrooge. En los juegos de enigmas sí que participó. Era muy diestra en ellos, con gran satisfaccion de su esposo, y les sentaba bien las costuras á sus hermanas y eso que no eran tontas: preguntádselo si no á Topper.

Allí habia como veinte personas entre viejos y jóvenes.

Todos jugaban, hasta el mismo Scrooge, quien, olvidando de todo punto que no sería dado, se interesaba en todo aquello, diciendo en alta voz el secreto de los enigmas que se proponian: os aseguro que adivinaba muchas y que la más fina aguja, la de marca más acreditada, la más puntiaguda, no lo era tanto como el ingenio de Scrooge, á pesar del aire bobalicon de que revestia para engatusar á sus parroquianos.

El aparecido gozaba de verle en semejante disposicion de espíritu, y lo contemplaba con aspecto tan lleno de benevolencia, que Scrooge le pidió encarecidamente como un niño, que lo tuviese allí hasta que se marcharan los convidados.

— Un nuevo juego, espíritu; un nuevo juego. Media hora nada más.

Tratábase del juego conocido con el nombre de *sí y no*. El sobrino de Scrooge debia tener un pensamiento, y los demás la obligacion de adivinarlo. A las preguntas que le hacian él no contestaba más que *sí ó no*. La granizada de interrogatorios á que lo sujetaron, fué causa de que hiciese muchas indicaciones; que pensaba en un animal: que era un animal vivo, adusto y salvaje; un animal que rugia y gruñia en varias ocasiones: que otras veces hablaba: que residia en Lóndres: que se paseaba por las calles: que no lo enseñaban por dinero: que no iba sujeto con cordon: que no estaba en una casa de fieras ni destinado al matadero, y que no era ni un caballo, ni un asno, ni una vaca, ni un toro, ni un tigre, ni un perro, ni un cerdo, ni un gato, ni un oso. A cada pregunta que le hacian aquel tunante de sobrino daba á reir, y tan grandes eran á veces los accesos, que se veia obligado á levantarse para patear de gusto. Por fin la cuñada regordetilla, riéndose á más no poder, exclamó:

— Lo he adivinado, Federico: ya sé lo que es.

— ¿Qué es?

— Es vuestro tio Scro...o...o...o...oge.

Efectivamente habia acertado. La admiracion fué general, si bien algunas personas objetaron que á la pregunta: «¿Es un oso?» debia haberse contestado: «Sí,» tanto más, cuanto que á la respuesta negativa, muchos habian dejado de pensar en Scrooge para buscar por otro lado.

— En medio de todo ha contribuido muy especialmente á divertirnos, dijo Federico, y seríamos sobre toda ponderacion ingratos, si no bebiéramos á su salud. Cabalmente todos empuñamos ahora un vaso de ponche de vino; por lo tanto: á la salud de mi tio Scrooge.

— Sea: á la salud del tio Scrooge, contestaron.

— Felices Pascuas y dichoso año para el viejo, á pesar de su genio. El no aceptaria este buen deseo de mi parte, pero se lo tributo sin embargo. A mi tio Scrooge.

Scrooge se habia dejado dominar de tal modo por la hilaridad general, experimentaba tanto descanso en su corazon, que de buena gana hubiera tomado parte en el brindis, aunque nadie sabía de su presencia allí, y pronunciado un buen discurso de gracias, siquiera fuese desoido, á no ser porque no se lo permitió el fantasma. Hubo cambio de escena. Cuando el sobrino pronunciaba la última palabra del brindis, Scrooge y el espíritu comprendieron de nuevo el curso de su viaje.

Vieron muchos países. Fueron muy lejos visitaron un gran número de moradas, y siempre con las mejores consecuencias para aquellos á quienes se acercaba el espíritu de la Navidad.

Al aproximarse al lecho de uno, enfermo y en extranjera tierra, éste se olvidaba de su dolencia y se creia trasportado al suelo patrio. Si á una alma en lucha con la suerte, le infundia sentimientos de resignacion y esperanza en mejor porvenir. Si á los pobres, inmediatamente se creian ricos. Si á las casas de caridad, á los hospitales y á las prisiones, á todos estos refugios de la miseria, donde el hombre vano y orgulloso no habia podido, abusando de su pequeño y efímero poder, impedir la entrada al espíritu, éste dejaba caer su bendicion y enseñaba á Scrooge mil preceptos caritativos.

Fué una noche muy larga, si es que todo esto se cumplió en una noche: Scrooge lo dudó porque á su juicio habian sido condensadas muchas Navidades en el tiempo que estuvo con el aparecido. Sucedia una cosa extraña y era que mientras Scrooge conservaba incólumes sus formas exteriores, el espíritu se hacía más viejo; visiblemente más viejo.

Scrooge advirtió la transformacion, mas no dijo nada, hasta que al salir de un recinto, donde varios niños celebraban la fiesta de Reyes, miró al espíritu, así que se encontraron solos, y vió lo mucho que habia encanecido.

— ¿Tan corta es la vida de los espíritus?

— La mia es muy breve en este mundo, contestó el espectro. Termina hoy por la noche.

— ¡Esta noche!

— Esta noche. A las doce. Oid: la hora se acerca. A la sazon daba el reloj los tres cuartos para las doce.

— Dispensadme si es que soy indiscreto, dijo Scrooge que consideraba atentamente la vestidura del espíritu: veo algo extraño que sale de debajo de vuestra túnica y que no es vuestro. ¿Es un pié ó una garra?

— Podria ser garra si se fuera á juzgar por la carne que la cubre, contestó es espíritu: mirad.

Y de los pliegues de la túnica sacó dos niños, dos míseros seres, que se arrodillaron á sus piés y se agarraron á su vestido.

— ¡Oh, hombre! Mira, mira, mira á tus piés, exclamó el espíritu.

Eran un niño y una niña, amarillos, flacos, cubiertos de andrajos, de fisonomía ceñuda, feroz, aunque servil en su abyeccion. En vez de la graciosa juventud que hubiera debido hacer frescas y redondas sus mejillas, con hermosos colores, una mano seca y descarnada, como la del tiempo, las había puesto rugosas, escuálidas y descoloridas. Aquellos rostros, que hubieran podido asemejarse á los de los ángeles, parecian como de demonios, hasta en las miradas tan torvas que lanzaban. Ningun cambio, ninguna descomposicion de la especie humana, en ningun grado, hasta en los misterios más recónditos de la naturaleza, han producio mónstruos tan horrorosos y terribles.

Scrooge retrocedió, pálido y lleno de espanto. No queriendo ofender al espíritu, padre acaso de aquellos infelices seres, probó á decir que eran unos niños hermosos, pero las palabras se le detuvieron en la garganta por no hacerse cómplices de una mentira tan atroz.

— Espíritu, ¿son vuestros hijos?

Scrooge no pudo añadir más.

— Son los de los hombres, contestó el espíritu contemplándolos, y me piden auxilio para quejarse de sus padres. El de allá es la ignorancia; el de aquí la miseria. Preservaos del uno y del otro y de toda su descendencia; pero sobre todo del primero, porque sobre su frente veo escrito «¡Condenacion!» Apresúrate, Babilonia, continuó extendiendo la mano sobre la ciudad; apresúrate á que desaparezca esa palabra que te condena más que á él: á tí á la ruina, á él á la desdicha.¡Atrévete á decir que no eres culpable! Calumnia á los que te acusan: esto servir á tus aborrecibles designios; pero, ¡cuidado al fin!

— ¿No poseen ningun recurso, ni cuentan con asilo? gritó Scrooge.

— ¿No hay prisiones? respondió el espíritu devolviéndole irónicamente, y por la vez postrera, sus mismas frases.

En el reloj daban las doce.

Scrooge buscó al espectro, pero ya no lo vió. Al sonar la última campanada, hizo memoria de la prediccion del viejo Marley, y alzando la vista divisó otro aparecido de majestuosa apostura, envuelto en una túnica y encapuchado, que se acercaba deslizándose sobre el suelo vaporosamente.

❄

CUARTA ESTROFA

EL ÚLTIMO DE LOS ESPÍRITUS

Cuando llegó cerca de Scrooge, éste se arrodilló, experimentando el terror sombrío y misterioso que envolvía al espíritu.

Iba completamente envuelto en un largo ropaje que ocultaba su fisonomía, su cabeza y sus formas, no dejando ver más que una de sus manos tendida, sin lo cual hubiera sido muy difícil distinguir aquella figura en las densas sombras de la noche que le circundaban.

Cuando Scrooge estuvo á su lado vió que el aparecido era de estatura elevada y majestuosa, y que su misteriosa presencia lo llenaba de respetuoso temor; pero no supo más, porque el aparecido no hablaba ni hacía ningun movimiento.

—¿Estoy en presencia del espíritu de la Navidad por venir?

El espectro no contestó, limitándose á tener siempre la mano tendida.

—¿Vais á mostrarme las sombras de las cosas que no han sucedido todavía, pero que sucederán con el tiempo?

La parte superior de la vestidura del fantasma se contrajo un poco, segun lo indicaron los pliegues al aproximarse como sí el espectro hubiera inclinado la cabeza. No dió otra respuesta.

Aunque hecho ya al comercio con los espíritus, Scrooge sentía tal pavor en presencia de aquel aparecido tan silencioso, que sus piernas temblaban y apenas disponia de fuerzas para sostenerse en pié cuando se veia obligado á seguirle. El espíritu, como si hubiera conocido la turbacion de Scrooge, se paró un momento como para darle lugar á que se repusiese.

Esto agitó más á Scrooge. Un vago escalofrío de terror le recorrió todo el cuerpo, al advertir que, bajo aquel fúnebre sudario los ojos del fantasma estaban constantemente fijos en él, y que, á pesar de todos sus esfuerzos, no podía ver más que una mano de espectro y una masa negruzca.

— Espíritu del porvenir, os temo más que á ninguno de los espectros que hasta ahora he visto. Sin embargo, como conozco que os hallais aquí por mi bien, y espero vivir de una manera muy diferente que hasta ahora, os seguiré adonde querais, con corazon agradecido. ¿No me hablareís?

Ninguna respuesta. Tan sólo la mano hizo señal de ponerse en marcha.

— Guiadme, dijo Scrooge, guiadme. La noche avanza rápidamente y el tiempo es muy precioso para mí; lo sé. Espíritu guiadme.

El fantasma empezó á deslizarse como habia venido. Scrooge fué detrás de la sombra de la vestidura; parecíale que ésta lo levantaba y lo arrastraba.

No se puede decir que penetraran en la ciudad, sino que la ciudad surgió alrededor de ellos, rodeándolos con su movimiento y su agitacion. Estaban en el mismo centro de la City, en la Bolsa y con los negociantes que iban de un lado para otro de prisa, haciendo sonar el dinero en los bolsillos, agrupándose para entretenerse en negocios, mirando sus relojes y jugando distraidamente con la cadena, etc., como Scrooge los habia visto en todas ocasiones.

El espíritu se detuvo cerca de un pequeño grupo de capitalistas, y Scrooge, adivinando su intencion por la mano tendida, se acercó á escuchar.

— No... decía un señor alto y grueso de triple y canosa barba; no sé nada más; sé tan solamente que ha muerto.

— ¿Cuándo?

— Anoche, segun creo.

— ¿Cómo y de qué ha muerto? preguntó otro señor tomando una provision de tabaco de una enorme tabaquera. Yo me figuraba que no se moriría nunca.

— Dios solo lo sabe, dijo el primero bostezando.

— ¿Qué ha hecho de su dinero? preguntó otro señor de rubicunda faz, que ostentaba en la punta de la nariz una enorme lupia colgante como el moco de un pavo.

— No lo sé, contestó el hombre de la triple barba, bostezando de nuevo. Tal vez lo haya dejado á su sociedad: de todas suertes no es á *mí* á quien lo ha dejado: hé aquí lo único que sé.

Esta chanza fué recibida con una carcajada general.

— Es probable, continuó el mismo, que las sillas para los funerales no le cuesten nada, así como tampoco los coches, pues juro que no conozco á nadie que esté dispuesto á ir á semejante entierro. ¡Si fuéramos nosotros sin que nos convidaran!

— Me es indiferente con tal que haya refresco, dijo el de la lupia: yo quiero que me den de comer por ese trabajo*.

— Ya veo, dijo el primer interlocuor, que soy más desinteresado que todos los presentes.

Yo no iría porque me regalaran guantes negros, pues no los gasto, ni proque me dieran de comer, pues no lo acostumbro en tales casos, pero sí como alguno quisiera acompañarme. ¿Sabeis por qué? Porque, reflexionando, me han asaltado dudas acerca de si yo era íntimo amigo suyo, á causa de que cuando nos encontrábamos teníamos la costumbre de detenernos para hablar un poco. Adios señores: hasta la vista.

El grupo se deshizo para constituir otros. Scrooge conocía á todos aquellos señores, y miró al espíritu para pedirle una explicacion acerca de lo que acababan de decir.

El espíritu se dirigió á otra calle, y mostró con el dedo dos indivi-duos que se saludaban. Scrooge escuchó en la esperanza de descifrar aquel enigma.

Tambien los conocía. Eran dos negociantes ricos, muy considerados y en cuya estimacion creía estar bajo el punto de vista de los negocios, pero sencilla y puramente de los negocios.

— Cómo está Vd.?

— Bien y vos.

— Bien, gracias. Parece que el viejo *Gobseck* ha dado ya sus cuentas, eh....

— Me lo han dicho. Hace frio. ¿es verdad?

---

* Alusion á la costumbre que hay en algunos partes de Europa de honrar los falleci-mientos en banquetes, más ó menos espléndidos, segun los medios de la familia.

— Psch; como de la estacion: como de Navidad. Supongo que no patinais.

— No; tengo otras cosas en que pensar. Buenos dias.

Ni una palabra más. Así se encontraron, así se hablaron, y así se separaron.

A Scrooge le pareció, al principio, chocante que el espíritu atribuyese tanta importancia á conversaciones aparentemente tan triviales; pero convencido de que debian encerrar algun sentido oculto, empezó á discurrir sobre cuál sería éste, segun todas las probabilidades.

Era difícil que se refiriesen á la muerte de su antiguo socio Marley: á lo menos no parecia verosímil, porque el fallecimiento era suceso ya ocurrido, y el espectro ejercia jurisdiccion sobre lo porvenir; pero tampoco adivinaba quién pudiera ser la persona de él conocida, á la cual cupiese aplicar el acontecimiento. Sin embargo, íntimamente persuadido de que cualquiera que fuese la persona, debia encerrarse en aquello alguna leccion correspondiente á él y para su bien, determinó fijarse y recoger las palabras que oyese y las cosas que presenciase, y particularmente observar con la más escrupulosa atencion su propia imágen cuando se le apareciese, penetrado de que la vista de ella le proporcionaría la llave del enigma haciéndole la solucion fácil.

Se buscó pues en aquel lugar, pero había alguien que ocupaba su sitio, el puesto á que más afecion tenía, y aunque el reloj indicaba la hora á que él iba, por lo comun, á la bolsa, no vió á nadie que se le pareciese en el gran número de personas que se apresuraban á entrar. Aquello le sorprendió poco, porque como desde sus primeras visiones había formado el propósito de cambiar de vida, se figuraba que su ausencia era prueba de haber puesta en ejecucion sus planes.

El aparecido se mantenía siempre á su lado inmóvil y sombrío. Cuando Scrooge salió de su ensimismamiento, se figuró, por la postura de la mano y por la posicion del espectro, que lo contemplaba fijamente, con mirada invisible. Esto le hizo estremecerse de piés á cabeza.

Abandonando el alborotado teatro de los negocios, se dirigieron á un barrio muy excéntrico de la ciudad, en donde Scrooge no habia estado nunca, pero cuya mala reputacion no le era desconocida. Las estrechas calles que lo constituian presentaban un cuadro de suciedad indescriptible, así como sus miserables tiendas y mansiones; los habitantes que moraban allí, el de seres casi desnudos, ébrios, descalzos, repugnantes. Las callejuelas y los sombríos pasadizos, como si fueran otras tantas cloacas, despedían sus desagradables olores, sun inmundicias y sus vecinos sobre aquel laberinto: aquel barrio era la guarida del crímen y de la miseria.

En lo más oculto de aquella infame madriguera, se veia una tienda baja y saliente, bajo un cobertizo, en la cual se vendia hierro, trapos viejos, botellas viejas, huesos y trozos de platos de la comida del dia precedente. Sobre el piso de un compartimiento interior habia, amontonados, clavos, llaves herrumbrosas, cadenas, goznes, limas, platillos de balanzas, pesos y toda clase de ferretería.

En aquellos hacinamientos asquerosos de grasas corrompidas, de huesos carcomidos, se encerraban, acaso, muchos misterios que pocas personas hubieran tenido valor para indagar. Sentado en medio de aquellas mercancías con las que comerciaba, cerca de un fogon hecho de ladrillos ya usados, se veia un mugriento bribon, con los cabellos ya blancos por la edad (contaba setenta años), abrigándose contra el aire exterior por medio de un cortinaje grasiento, formado de retales despareados, sujetos á un cordel, fumando en pipa y saboreando con placer el deleite de su apacible soledad.

Scrooge y el espectro se colocaron enfrente de aquel hombre, en el momento en que una mujer, portadora de un grueso paquete, se escurría á la tienda. Apenas penetró fué seguida de otra cargada de la misma manera, y ésta de un hombre vestido de un traje negro y muy raido, cuyo hombre se sorprendió al verlas, como ellas al verle. Despues de algunos momentos de estupefaccion de todos ellos, estupefaccion de que tambien participó el hombre de la pipa, se echaron á reir.

— Que pase primeramente la asistente, dijo la segunda mujer: despues vendrá la lavandera y últimamente el encargado de las pompas. ¿Qué opinais, honrado tendero? ¡Por cierto que es casualidad! No parece sino que nos hemos dado cita los tres.

— No podiais haber escogido mejor lugar, dijo el tendero quitándose la pipa de la boca. Entrad en el salon. Hace tiempo que tienes facultad para entrar aquí libremente; los otros dos tampoco son extraños. Aguardad á que cierre la puerta de la tienda. ¡Cómo chirrian los goznes! Creo que no existe aquí ningun hierro más viejo que ellos, como no hay en el almacen, y de esto me considero muy seguro, otras osamentas más añejas que las mias. ¡Ah, ah! Todos nos hallamos en consonancia con nuestra condicion: hacemos un buen juego. Entrad.

El salon lo constituia el espacio que estaba separado de la tienda por la cortina de retales. El viejo tendero removió el fuego con una barra de hierro rota, procedente de una barandilla de escalera; y despues de haber reanimado su humosa lámpara (porque ya era de noche) con la boquilla de la pipa, puso de nuevo esta en la boca.

Mientras que de este modo cumplia con los deberes de la hospitalidad, la mujer que habia hablado la primera, dejó su paquete en el suelo, y se sentó con aire negligente en un taburete, colocando los codos sobre las rodillas, y landando una mirada de desafío á los otros dos concurrentes.

— Bueno. ¿Qué tenemos? ¿Qué hay señora Dilber? dijo encarándose con la otra. Todas tenemos el derecho de pensar en nosotros mismos. ¿Ha hecho otra cosa *él* durante su vida?

— En verdad, dio la lavandera: ninguno tanto como *él*.

— Pues bueno: entonces no teneis necesidad de estaros ahí, abriendo de tal modo los ojos, como si os dominara el miedo; somos lobos de una camada.

— De seguro, exclamaron la Dilber, y el saltatumbas: en ese convencimiento estamos.

— Pues no hay más que decir: estamos como queremos. No hay que buscar tres piés al gato. Y luego ¡vaya un mal! ¿A quién se le causa perjuicio con esas fruslerías? De seguro que no es al muerto.

— ¡Oh, en verdad que no! dijo riéndose la Dilber.

— Si queria guardarlos ese tio roñoso para despues de su fallecimiento, continuó la mujer, ¿por qué no ha hecho como los demás? No necesitaba más que haber llamada á una enfermera para que lo cuidase, en vez de morirse en un rincon abandonado como un perro.

— Es la pura verdad, ratificó la Dilber: tiene lo que merece.

— Hubiera querido que el lance no le saliera tan barato, continuó la primera mujer: os aseguro que á estar en mi mano no hubiera perdido la ocasion de coger algo más.

Desliad el paquete, tendero, y decid francamente lo que vale. No tengo reparo en que lo vean. Los tres sabíamos antes de penetrar aquí la clase de negocios que hacemos. No hay ningun mal en ello.

Pero se entabló un pugilato de cortesía. Los amigos de aquella mujer no quisieron, por delicadeza, que fuese la primera, y el hombre del traje negro tuvo la primacía en desatar su lio... No guardaba mucho. Un sello ó dos; un lapicero; dos gemelos de camisa; un alfiler de muy poco valor; esto era todo. Los objetos fueron examinados minuciosamente por el viejo tendero, quien iba marcando en la pared con una tiza la cantidad que pensaba dar por cada uno de ellos terminado el exámen hizo la suma.

— Hé ahí, dijo, lo que valen. No daría ni tres cuartos más aunque me tostaran á fuego lento. ¿Qué hay despues de esto?

Tocaba la vez á la Dilber. Enseñó sábanas, servilletas, un traje, dos cucharillas de plata de forma antigua; unas tenacillas para el azúcar y algunas botas. El tendero hizo la cuenta como antes.

— Siempre pago de más á las señoras. Es una de mis debilidades, y por eso me arruino, dijo el tendero. Hé ahí vuestra cuenta. Si me pedís un cuarto más y entramos en cuestion, me desdiré, y rebajaré algo del primer propósito que he tenido.

— Ahora desliad mi paquete, dijo la primera mujer.

El tendero se arrodilló para mayor comodidad, y deshaciendo una porcion de nudos, sacó del lio una gruesa y pesada pieza de seda oscura.

— ¿Qué es esto? preguntó. Son cortinas de cama.

— Sí, contestó riendo la mujer é inclinando el cuerpo sobre sus cruzados brazos. Cortinas de cama.

— No es posible que las hayas quitado, con anillos y todo, mientras que él estaba todavía en la cama, observó el tendero.

— Sí; ¿por qué no?

— Entonces has nacido para ser rica y lo serás.

— Te aseguro que no vacilaré en echar mano sobre cualquier cosa tratándose de ese hombre: te lo aseguro, amigo, ratificó con la mayor sangre fria. Ahora cuidado que no caiga aceite sobre los cobertores.

— ¿Los cobertores? ¿De él? preguntó el tendero.

— De quién habian de ser? ¿Tienes miedo de que se constipe por haberle despojado de ellos?

— Pero confio en que no habrá muerto de alguna enfermedad contagiosa. ¿Eh? preguntó el tendero parando en el exámen y levantando la cabeza.

— No tengais miedo. A ser así no hubiera yo permanecido en su compañía por tan mezquinas utilidades. Puedes examinar esa camisa hasta que te se salten los ojos. No encontrarás ni el más pequeño agujero: ni siquiera está usada. Era la mejor que tenía y en verdad que no es mala. Ha sido una dicha que yo me hallase allí, porque si no se hubiera perdido.

— ¿Cómo?

— Lo hubieran enterrado con ella. No hubiera faltado alguno bastante tondo para hacerlo; por eso me ha apresurado á quitársela. El percal es suficientemente bueno para tal uso: si no es útil para ese servicio, entonces ¿de qué sirve el percal? Es bueno para envolver cadáveres, y en cuanto á la elegancia, no estará más feo el cuerpo de ese tio dentro de una camisa de percal que dentro de una de hilo: es imposible.

— Scrooge escuchaba lleno de horror aquel infame diálogo. Aquellos seres sentados, ó por mejor decir, agachados, sobre su presa, apretados unos contra otros á la pálida luz de la lámpara del tendero, le producía un sentimiento de odio y de asco, tan vivo como si hubiera visto á codiciosos demonios disputándose el mismo cadáver.

— ¡Ah, ah! continuó riendo la mujer, viendo que el tendero, sacando un taleguillo de franela, daba á cada uno, contándola en el suelo, la parte que le correspondía. Esto es lo mejor. Mientras vivió, todo el mundo se alejó de él, y así cuando ha muerto hemos podido aprovecharnos de sus despojos. Ja, ja, ja.

— Espíritu, dijo Scrooge, estremeciéndose: comprendo: comprendo. La suerte de ese infortunado podria alcancarme á mi tambien. A eso llego quien sigue la conducta que yo... ¡Señor Misericordia! ¿Qué es lo que veo?

— Y retrocedió lleno de horror, porque habiendo cambiado la escena, se vió cerca de un lecho, de un lecho despojado, sin cortinajes, sobre el cual, y cubierto con una sábana desgarrada, habia algo que en su mudo silencio, hablaba al hombre con aterradora elocuencia.

El aposento estaba muy oscuro, demasiado oscuro para que se pudiera ver con exactitud lo que allí habia, por más que Scrooge obedeciendo á un misterioso impulso, paseaba por aquella estancia sus inquietas miradas, deseoso de averiguar lo que aquello era. Una luz pálida que venía del exterior, alumbraba directamente el lecho donde yacía el muerto, robado, abandonado por todo el mundo, junto al cual no lloraba nadie, ni rezaba nadie.

Scrooge miró al aparecido, cuya mano fatal señalaba á la cabeza del cadáver. El sudario habia sido puesto tan descuidadamente, que hubiera bastado el más pequeño movimiento de su cuerpo para descubrirle la cara. Scrooge advirtió lo fácil que era hacerlo, y aun lo intentó, pero no se encontró con vigor para ello.

— «¡Oh fria, fria, terrible, espantosa muerte! ¡Tú puedes levantar aquí tus altares y rodearlos de todos los horrores que tienes á mano, porque estos son tus dominios. Pero cuando se trata de una persona querida y estimada, ni uno de sus cabellos puede servir para que ostentes tus tremebundas enseñanzas, ni hacer odioso ninguno de los rasgos del muerto. Y no es que entonces no caiga su mano pesadamente si lo quieres así; no es que el corazon no deje de latir, pero aquella mano fué en otro tiempo dadivosa y leal; aquel corazon animoso y honrado: un verdadero corazon de hombre.

Hiere, hiere, despiadada muerte: harás brotar de la herida del muerto las generosas acciones de éste; la honra de su efímera vida; el retoño de su existencia imperecedera.

Ninguna voz promunció al oido de Scrooge estas palabras, y sin embargo, él las oyó al contemplar al lecho. «Si este pudiera revivir, reflexionaba Scrooge, ¿qué diria ahora de sus pesados propósitos? Que la avaricia, la dureza del corazon, el afan de lucro ¡laudables propósitos! le habian conducido á una triste muerte. Ahí yace en esta mansion tan sombría y desierta. No hay ni un hombre, ni una mujer, ni un niño que puedan decir:— Fué bueno para mí en tal circunstancia; yo lo seré ahora para él en memoria de su beneficio.— Sólo turbaban aquel glacial silencio un gato que arañaba en la puerta, y el ruido de las ratas que bajo la piedra de la chimenea roian algo. ¿Qué iban á buscar en aquella habitacion mortuoria? ¿Por qué demostraban tanta avidez y tanta exitacion? Scrooge no se atrevió á pensar.

— Espíritu, dijo: este sitio es verdaderamente espantoso. No olvidaré, al abandonarlo, la leccion que he recibido en él: creedlo así: marchemos.

El aparecido continuaba señalándole la cabeza del cadáver.

— Os comprendo, y lo haría como me encontrara con fuerzas para ellos, mas no las tengo.

El fantasma lo miró entonces con mayor fijeza.

— Si hay alguna persona en la ciudad que experimente alguna emocion penosa á consecuencia de la muerte de ese hombre, dijo Scrooge con mortal agonía, mostrádmela espíritu; os conjuro á ello.

El fantasma extendió un momento su negra vestidura por encima de él y recogiéndola despues, le presentó una sala iluminada por la luz del dia, donde se encontraban una madre y sus hijos.

Esperaba á alguien llena de impaciencia y de inquietud, porque no hacía más que ir de un lado á otro de la habitacion, estremeciéndose al más pequeño ruido, mirando por la ventana ó al reloj, haciendo por coser para distraerse, y pudiendo sufrir apenas la voz de sus hijos que jugaban.

Por fin oyó el aldabonazo tan esperado y fué á abrir. Era su marido, hombre aun jóven, pero de fisonomía ajada por los sufrimientos, si bien entonces revestía un aspecto particular como de amarga satisfaccion que le produjera vergüenza y que tratara de reprimir.

Tomó asiento para comer lo que su esposa le habia guardado junto al fuego, y cuando ella le preguntó, al cabo de rato de silencio, con desmayado acento: «¿Qué noticias» él no quería responder.

— ¿Son buenas ó malas? insistió ella.
— Malas.
— ¿Estamos completamente arruinados?
— No, Carolina: todavía queda una esperanza.
— Si *él* se ablanda. En ocurriendo tal milagro se puede esperar todo.
— No puede enternecerse: ha muerto.

Aquella mujer era una criatura dulce y resignada. No habia más que verla para reconocerlo desde luego, y sin embargo, al oir la noticia, no pudo menos de bendecir en lo profundo de su alma á Dios y aun de decir lo que pensaba. Despues se arrepintió y demandó gracia por su malvada idea, mas el primer arranque fué el espontáneo.

— Lo que me dijo aquella mujer medio borracha, de quien os he hablado, á propósito de la tentativa que hice para verle y conseguir de él un nuevo plazo era cierto no era una evasiva para ocultarme la verdad. No solamente estaba enfermo, sino moribundo.

— ¿A quién será endosada nuestra deuda?
— Lo ignoro; pero antes de que termine el plazo espero tener con que pagarla, y aun cuando no sucediera de este modo, sería el exceso de la desdicha que tropezáramos con un acreedor de corazon tan duro. Esta noche podemos dormir más tranquilos.

Sí: á pesar de ellos mismos, sus corazones se sentian satisfechos. Los niños, que se habían agrupado cerca de sus padres para oír aquella conversacion de la que nada comprendían, manifestaban en sus rostros estar más alegres: ¡la muerte de aquel hombre devolvía un poco de felicidad á una familia! La única emocion que el fallecimiento habia causado era una emocion de placer.

— Espíritu, dijo Scrooge: hacedme ver una escena de ternura íntimamente ligada con la idea de la muerte, porque si no aquella estancia tan sombría que me habeis presentado, estará siempre presente en mi memoria.

El aparecido lo condujo por diferentes calles, y á medida que adelantaban, Scrooge iba mirando á todos lados con la esperanza de contemplar su imágen, pero no la vió. Entraron en la habitacion de

Bob Cratchit, la misma que Scrooge habia visitado antes, y allí encontraron á la madre y á sus hijos sentados alrededor del fuego.

Estaban tranquilos, muy tranquilos, inclusos los enredadores pequeños. Todos escuchaban á Pedro el hermano mayor, quien leia en un libro, mientras que la madre y las hermanas se entregaban á la costura. ¡Aquella familia estaba positivamente tranquila!

«Y tomando de la mano á un niño, lo puso en medio de ellos.»

¿Dónde habia oido Scrooge aquellas palabras? De seguro que no las habia soñado. Por fuerza debió ser el lector quien las pronunciara en alta voz, cuando Scrooge y el espíritu atravesaron los umbrales. ¿Por qué se habia interrumpido la lectura?

La madre colocó su tarea sobre la mesa y se cubrió la cara con las manos.

— El color de esta tela me hace daño á la vista, dijo.

— ¿El color? Ah pobre Tiny.

— Ahora tengo mejor los ojos. Sin duda la luz artificial me los cansa, pero no quiero á ningun precio que vuestro padre lo eche de ver. No debe tardar mucho, porque, ya está próxima la hora.

— Ha pasado ya, repuso Pedro cerrando al mismo tiempo el libro. He advertido que anda más despacio hace unos dias.

La familia volvió á su anterior silencio y á su inmovilidad. Pasando un rato la madre tomó otra vez la palabra con voz firme, cuyo tono festivo no se alteró más que una vez.

— Hubo un tiempo en que iba de prisa; demasiado tal vez, llevando á Tiny en los hombros.

— Yo lo he visto, continuó Pedro; y á menudo.

— Y yo tambien, continuaron todos.

— Pero Tiny posaba poco, añadió la madre siguiendo en su tarea; y luego lo quería tanto su padre, que no era ningun trabajo para éste. Pero ahi le tenemos.

Y corrió á recibirlo. Bob entró arrebujando en su tapaboca: bien necesitaba descansar aquel pobre hombre. Tenía preparado su thé puesto al fuego, y hubo lucha sobre quién le serviría primero. Sobre sus rodillas se pusieron los dos niños, y ambos aplicaron sus mejillas á las de su padre como diciéndole: «Olvidadle padre; no esteis triste.»

Bob se manifestó muy alegre con todos. A todos les dedicó un chiste. Examinó la obra de Mrs. Cratchit y sus hijas y la elogió mucho.

— Esto lo acabareis antes del domingo.

— ¡El domingo! ¿Habeis ido hoy? le preguntó su esposa.

— Sí, querida mia. De consertirlo esos trabajos que llevais, hubiera deseado que viniérais conmigo. No puedes figurarte qué verde está el sitio. Pero lo visitareis con frecuencia. Le prometí que iria á pasear un domingo..... ¡Oh hijo mio! exclamó Bob; ¡pobre hijo mio!

Y rompió á sollozar sin poder contenerse. Para contenerse hubiera sido necesario que no acabara de experimentar la pérdida de su hijo.

Salió de la sala y subió á una del piso superior, vistosamente alumbrada y llena de guirnaldas, como en tiempo de Navidad. Allí habia una silla colocada junto á la camita del niño, en la que se veian señales indudables de que alguno acababa de ocuparla. El pobre Bob se sentó tambien, y cuando hubo reflexionado un poco, y calmándose, imprimió un beso en la frente del niño: con esto se resignó algo y bajó de nuevo casi feliz..... en la apariencia.

La familia le rodeó y entablaron conversaciones: la madre y las hijas trabajaban siempre. Bob les habló de la singular benevolencia con que le habia hablado el sobrino de Mr. Scrooge, persona á quien apenas trataba, el cual habiéndole encontrado aquel dia y viéndole un poco..... un poco..... abatido; ya sabeis: quiso averiguar, lleno del mayor interés, lo sucedido. Por este motivo, y observando que era el señor más afable del mundo, le he contado todo.— Siento mucho lo que me acabais de referir, señor Cratchit, me ha dicho; por vos y por vuestra excelente esposa. A propósito: ignoro cómo ha podido saber él eso.

— Saber ¿qué?

— Que sois una excelente mujer.

— ¡Pero si eso lo sabe todo el mundo! dijo Pedro.

— Muy bien contestado, hijo mio, exclamó Bob. «Lo siento, me ha dicho, por vuestra excelente esposa, y si puedo seros útil en algo, añadió entregándome una tarjeta, hé aquí mis señas. Os ruego que vayais á verme». Estoy entusiasmado, no sólo por lo que espero que haga en favor nuestro, sino por la amabilidad con que se ha explicado. Parecia sentir la desgracia de Tiny como si lo hubiera conocido; como nosotros mismos.

— Estoy segura de que abriga un buen corazon, dijo Mrs. Cratchit.

— Aun estaríais más segura si lo hubiérais visto y hablado. No me sorprendería, fijaos bien, que proporcionase á Pedro mejor empleo que el que tiene.

— ¿Oís Pedro? preguntó Mrs Cratchit.

— Entonces, dijo una de las jóvenes, Pedro se casaria, estableciéndose por su cuenta.

— Vete á paseo, dijo Pedro, haciendo una mueca.

— ¡Caramba! Eso puede ser ó no puede ser: tantas probabilidades hay para lo uno como para lo otro, observó Bob. Es cosa que puede suceder el dia menos pensado, aunque hay tiempo para reflexionar sobre ello, hijo mio. Pero sea lo que quiera, espero que cuando nos separemos, ninguno de vosotros olvidará al pobre Tiny ¿No es verdad que ninguno de nosotros olvidará esta primera separacion?

— Nunca, padre mio, gritaron todos á la vez.

— Y estoy convencido, continuó Bob, de que cuando nos acordemos de lo dulce y paciente que era, aunque no pasaba de ser un niño, un niño bien pequeño, no reñiremos unos contra otros, porque esto seria olvidar al pobre Tiny.

— No, nunca; dijeron todos.

— Me haceis dichoso: verdaderamente dichoso.

— Mrs. Cratchit lo abrazó; sus hijas lo abrazaron; los pequeños Cratchit lo abrazaron; Pedro lo estreñó tiernamente. Alma de Tiny: en tu esencia infantil eras como una emanacion de la divinidad.

— Espectro, dijo Scrooge, presiento que la hora de nuestra separacion se acerca. Lo presiento sin saber cómo se verificará. ¿Dime quién era el hombre á quien hemos visto tendido en su lecho de muerte.

El aparecido lo transportó como antes, (aunque en una época diferente, pensaba Scrooge, porque las últimas visiones se confundian en su memoria: lo que notaba claramente era que se referian al porvenir) á los sitios donde se congregaban los negociantes, pero sin mostrarle su otro yo. No se detuvo allí el espíritu, sino que anduvo muy de prisa, como para llegar más pronto adonde se proponia, hasta que Scrooge le suplicó que descansaran un momento.

— Este patio que tan de prisa atravesamos, dijo Scrooge, es el centro donde he establecido mis negocios. Reconozco la casa: dejadme ver lo que seré un dia.

El espíritu se detuvo, pero con la mano señalaba á otro punto.

— Allá bajo está mi casa; ¿por qué me indicais que vayamos más lejos?

El espectro seguia marcando inexorablemente otra direccion. Scrooge corrió á la ventana de su despacho y miró al interior. Era siempre su despacho, más no ya el suyo. Habia diferentes muebles y era otra persona que estaba sentada en el sillon: el fantasma seguia indicando otro punto.

Scrooge se le unió, y preguntándose acerca de lo que habia sucedido, echó tras de su conductor hasta que llegaron á una verja de hierro. Antes de entrar observó alrededor de sí.

Era un cementerio. Allí, sin duda, y bajo algunos piés de tierra, yacia el desdichado cuyo nombre queria saber. Era un hermoso sitio, á la verdad, cercado de muros, invadido por el césped y las hierbas silvestres; en donde la vejetacion moria por lo mismo que estaba excesivamente alimentada; ¡hasta el aseo con la abundancia de despojos mortales que allí había! ¡Oh qué hermoso sitio! El espíritu, de pié en medio de las tumbas, indicó una de estas, y Scrooge se acercó temblando. El espíritu era siempre el mismo, pero Scrooge creyó notar en él algo de un nuevo y pavoroso augurio.

— Antes de que dé un paso hácia la losa que me designais, satisfaced, dijo, la siguiente pregunta: ¿Esta es la imágen de lo que *ha de ser* ó de lo que *puede ser*?

El espíritu se limitó á bajar la mano en direccion á una losa próximos á la cual se hallaban.

— Cuando los hombres se comprometen á ejecutar algunas resoluciones, por ellas pueden conocer el resultado de las mismas; pero si las abandonan, el resultado puede ser otro. ¿Sucede lo mismo en los espectáculos que representais á mi vista?

El mismo silencio. Scrooge se arrastró hácia la tumba poseido de espanto, y siguiendo la direccion del dedo del fantasma leyó sobre la piedra de una sepultura abandonada:

EBENEZER SCROOGE

— ¿Soy yo, el hombre á quien he contemplado en su lecho de muerte? preguntó cayendo de rodillas.

El espíritu señaló alternativamente á él y a la tumba; á la tumba y á él.

— No, espíritu: no, no.

El espíritu continuó inflexible.

— Espíritu, gritó, agarrándose á la vestidura; escúchame. Ya no soy el hombre que era, y no seré el hombre que hubiera sido, á no tener la dicha de que me visitárais. ¿Para qué me habeis enseñado esto si no hay ninguna esperanza?

Por primera vez la mano hizo un movimiento.

— Buen espíritu, continuó Scrooge siempre arrodillado y con la cara en tierra; interceded por mí; tened piedad de mí. Aseguradme que puedo cambiar esas imágenes que me habeis mostrado, mudando de vida.

La mano se agitó haciendo un ademan de benevolencia.

— Celebraré la Navidad en el fondo de mi corazon, y me esforzaré en conservar su culto todo el año. Viviré en el pasado, en el presente y el porvenir: siempre estarán presentes en mi memoria los tres espíritus y no olvidaré sus lecciones. ¡Oh! Decidme que puedo borrar la inscripción de esta piedra.

Y en su angustia cogió la mano de aparecido, quien quiso retirarla, pero no pudo al pronto por el vigoroso apreton de Scrooge: al fin, como más fuerte, se desasió.

Alzando las manos en actitud de súplica para que cambiase la suerte que le aguardaba, Scrooge notó una alteracion en la vestidura encapuchada del espíritu, el cual disminuyendo de estatura, se desvaneció en sí mismo, trocándose en una columna de cama.

QUINTA ESTROFA

CONCLUSIÓN

Y era una columna de cama.
Sí, y de su cama. Y mas aún; estaba en su cuarto. El mañana era suyo y podia enmendarse.

— Quiero vivir en lo pasado, en el presente y en el porvenir, repitió Scrooge, echándose fuera de la cama. Las lecciones de los tres espíritus permanecerán grabadas en mi memoria. ¡Oh Jacobo Marley! ¡Benditos sean el cielo y la tierra por sus beneficios! Lo digo de rodillas, mi viejo Marley; sí, de rodillas.

Y se encontraba tan animado, tan enardecido con sus buenos propósitos, que su voz, ya cascada, apenas bastaba para ex presar el sentimiento que se los infundia. De tanto sollozar en su lucha con el espíritu, las lágrimas inundaban su rostro.

— No los han arrancado, no, decía Scrooge abrazándose á los cortinajes del lecho; no: ni los anillos. Están aquí. Las imágenes de las cosas que hubieron podido suceder, pueden tambien desvanecerse; se disiparán; ya lo sé.

Sin embargo no acertaba á vestirse. Se ponia al revés las prendas, volviéndolas en todos sentidos, sin atinar; en su turbacion rompía las calcetas y las dejaba caer, haciéndolas cómplices de toda suerte de extravagancias.

— No sé lo que me hago, exclamó riendo y llorando á la vez, y representando con su apostura y sus calcetas el grupo del Laocoonte antiguo y sus serpientes. Noto en mí la ligereza de una pluma; que soy felicísimo como los ángeles, alegre como un estudiante y aturdido como un hombre ébrio. ¡Felices Pascuas á todo el mundo! ¡Bueno, dichoso año para todos! Hola, eh, eh, hola.

Y dando saltos se dirigió desde la alcoba hasta el salon, hasta que le faltó el aliento.

— Hé ahí el perolillo con el cocimiento de avena, exclamó volviendo á los saltos delante de la chimenea. Hé ahí la ventana por donde ha entrado el espíritu de Marley. Hé ahí el rincon donde se ha sentado el espíritu de la Navidad actual. Hé ahí la ventana desde donde he visto las almas en pena. Todo está en su sitio: todo ha sucedido.... Já, já, já.

Y á la verdad que para un hombre tan desacostumbrado á ella, la risa tenía mucho de magnífica, de esplendorosa: era una risa productora de muchas y muchas generaciones de estrepitosas risas.

— No sé á qué dia del mes estamos, continuó Scrooge. No sé cuánto tiempo he permanecido con los espíritus. No sé nada; estoy como un niño. Pero no me importa. Desearia serlo, sí; un niño. Eh, hola, upa, hola.

El alegre repiqueteo de las campanas de las iglesias le sorprendió en medio de sus arrebatos.

— ¡Oh! hermoso, hermoso.

Fué á la ventana, la abrió y miró hácia la atmósfera. Nada de niebla.

Un frio vivo y penetrante; uno de esos frios que alegran y entonan; uno de esos frios que hacen circular la sangre en las venas con desusada rapidez; un sol de oro; un cielo brillante. ¡Hermoso, hermoso!

— ¿En qué dia estamos? preguntó Scrooge á un jovencillo muy bien puesto, y qe se habia parado sin duda para contemplar á Scrooge.

— ¿Eh? preguntó el jovencillo admirado.

— ¿Que en qué dia estamos?

— ¿Hoy? Pues en el primero de Navidad.

— ¡El primer dia de Navidad! ¡Luego no falto á él! Los espíritus lo han hecho todo en una noche. Pueden hacer lo que se les antoje. ¡Quién lo duda! Eh, jóven.

— ¿Qué hay?

— ¿Sabes la tienda del comerciante de volatería que está en la esquina de la segunda calle?

— Sí, por cierto.

— Hé ahí un chico muy inteligente; un jóven notable. ¿Sabes si han vendido la hermosa pava que tenian ayer de muestra? No la pequeña, la grande.

— ¿La que es casi tan grande como yo?

— Cuidado que es encantador ese jóven. Da gusto hablar con él. Sí, esa.

— Todavía está.

— Entonces vé a buscarla.

— ¡Qué chusco es el hombre!

— No; hablo formalmente. Vé á comprarla, y dí que me la traigan: yo les daré las señas de la casa adonde han de llevarla. Ven con el mozo y te daré un chelin. Mira: si vienes antes de cnco minutos, te daré más.

Y el jovencillo salió como un rayo. No habría arquero que despidiese con tanta rapidez la saeta.

— La enviaré á casa de Bob Cratehit, dijo Scrooge frotándose las manos y riendo. No sabrá quién la remite. Es dos veces más grande que Tiny. Estoy seguro que agradará la broma.

Escribió las señas con mano no muy firme, pero las escribió como le fué posible y bajó á abrir la puerta de la calle para recibir al mozo portador. Mientras se encontraba allí aguardando, fijó sus miradas en el aldabon.

— Te querré siempre, dijo acariciándole con la mano. ¡Y yo que nunca reparaba! Ya lo creo. ¡Qué expresion de honradez en la fisonomía! ¡Ah, excelente aldabon! Pero ya tenemos aquí la pava. Hola, hola. ¿Qué tal estais? Felices Pascuas.

¿Era aquello una pava? no, no es posible que hubiera podido sostenerse jamás sobre las patas semejante ave; las hubiera tronchado en menos de dos minutos como si fueran barras de lacre.

— Ahora caigo en la cuenta, dijo Scrooge. No podeis llevarla tan lejos sin tomar un simon.

La risa con que pronunció estas palabras, la risa con que acompañó el pago del ave la risa con la que dió el dinero para el coche, y la risa con que, ademas gratificó al jovencillo, no fué sobrepujada más que por la estrepitosa risa con que se sentó en su sillon sin fuerzas, sin aliento.

No pudo afeitarse con facilidad, porque su mano continuaba temblando, y esta operacion exige gran cuidado, aunque no se ponga uno precisamente á bailar al ejecutarla. Sin embargo, aunque se hubiese cortado la punta de la nariz, con ponerse un pedazo de tafetan inglés, hubiera salido del paso sin perder por eso su buen humor.

Se vistió con todo lo mejor que tenía, y una vez hecho, salió á pasear por las calles. Estaban henchidas de gentes, como cuando las vió en compañía del espíritu de la Navidad actual. Iba andando con las manos atrás, y mirando á todos con aire de satisfecho. Denotaba su aspecto tan grande simpatía, que tres ó cuatro jóvenes alegres no pudieron menos de decirle: «Muy buenos dias caballero, felices Páscuas.» Scrooge afirmaba despues que de todos los sones agradables que habia oido, éste le pareció sin género de duda el que más.

Al poco rato divisó al caballero de fisonomía distinguida, que habia estado á verle la noche anterior, á verle en su despacho, preguntándole: «¿Scrooge y Marley?» A su vista experimentó un dolor penetrante en el corazon, pensando en la mirada que iba á dirigirle aquel caballero cuando lo viera; mas pronto comprendió lo que debia hacer, y apresurando el paso para estrechar la mano de aquel caballero, le dijo:

— Señor mio ¿cómo estais? Espero que habreis obtenido un magnífico resultado ayer. Es una tarea que os honra. Felices Pascuas.

— ¿Mr. Scrooge?

— Sí señor, es mi nombre. Me temo que no suene muy agradablemente en vuestros oidos. Permitidme que me disculpe. ¿Tendríais la bondad...? (Entonces Scrooge le dijo unas palabras al oído.)

— ¡Dios mio! ¿Es posible? exclamó el caballero atónito. Sr. Scrooge ¿hablais formalmente?

— No lo dudeis, ni un octavo menos. No hago más que pagar lo atrasado: os lo aseguro. ¿Quereis hacerme ese favor?

— Señor, replicó el caballero apretándole la mano cordialmente: no sé como ensalzar tanta munifi...

— Ni una palabra más, se lo suplico, interrumpió Scrooge. Venid á verme. ¿Quereis venir a verme?

— Ciertamente, exclamó el caballero.

A no dudarlo era su intención, se conocia en su aspecto y en el tono de voz.

— Gracias, dijo Scrooge, os estoy muy reconocido y os doy miles de gracias. Adios.

Entró en la iglesia, recorrió las calles, examinó las gentes que iban y venian presurosas, dió cariñosos golpecitos á los niños en la cabeza, preguntó á los mendigos acerca de sus necesidades; miró curiosamente á las cocinas de las casas y después á los balcones: todo cuanto veia le causaba placer. Nunca hubiera creido que un sencillo paseo, una cosa de nada, le reportara tanta dicha. Despues de medio dia se dirigió á casa de su sobrino.

Pasó y repasó varias veces por delante de la puerta antes de decidirse á entrar. Por fin se resolvió y llamó.

— ¿Está el señor en casa, hermosa jóven? preguntó Scrooge á la criada. Pues señor, es una real hembra.

— Sí, señor.

— ¿Dónde se halla, prenda?

— En el comedor, con la señora. Si quereis os conduciré.

— Gracias: me conoce, repuso Scrooge acercándose á la puerta del comedor: voy á entrar.

Abrió el picaporte suavemente y asomó la cabeza por la puerta. La pareja estaba entonces inspeccionando la mesa (dispuesta para una gran comida), porque los jóvenes recien casados son muy quisquillosos acerca de la elegancia en el servicio; quieren cerciorarse de que todo va como corresponde.

— Federico, dijo Scrooge.

¡Dios del cielo! ¡Qué temblor la entró a su sobrina! Scrooge habia olvidado, en aquel momento, cómo se hallaba pocas horas su sobrina sentada en un rincon y con los piés en un taburete, si no no hubiera entrado de aquel modo: no se hubiera atrevido.

— ¿Quién anda ahí? preguntó Federico.

— Soy yo, tu tio Scrooge, vengo á comer: ¿Me permites que entre?

— ¡Que si se lo permitia! A poco más le descoyunta el brazo para hacerle entrar. A los cinco minutos ya estaba Scrooge como en su casa. El recibimiento del sobrino fué cordialísimo; la sobrina imitó el ejemplo, así como Topper cuando llegó, la regordetilla cuando entró y los restantes convidados cuando entraron. ¡Qué admirables compañía! ¡Qué admirables juegos! ¡Qué admirable unanimidad! ¡Qué ad...mi...ra...ble dicha!

Al dia siguiente Scrooge se fué temprano á su almacen; muy temprano. ¡Si pudiera llegar antes que Bob Cratchit y sorprenderle en falta de tardanza! Era lo que le tenía preocupado más agradablemente.

Y lo consiguió: sí, tuvo ese placer. El reloj dió las nueve y Bob no aparecia. Nueve y cuarto y tampoco. Bob llegó con dieciocho minutos y medio de retraso. Scrooge estaba sentado y tenía la puerta de su despacho de par en par, para ver á Bob cuando se deslizara hasta su cuchitril.

Antes de abrirlo Bob se habia quitado el sombrero, despues el tapaboca y en un abrir y cerrar de ojos se instaló en su banqueta y se puso á manejar la pluma como si quisiera reintegrarse del tiempo perdido.

— Hola, refunfuñó Scrooge imitando lo mejor que pudo su tono habitual: ¿qué significa eso de venir tan tarde?

— Lo siento mucho señor Scrooge. He venido algo tarde.

— ¿Tarde? Ya lo creo. Aproximaos si gustais.

— No sucede más que una vez al año, señor Scrooge, dijo tímidamente Bob saliendo de su cuchitril. No me sucederá otra vez. Ayer me divertí un poco.

— Muy bien, pero os declaro, amigo, que no puedo consentir que las cosas sigan así mucho tiempo. En su virtud, dijo, levantándose de la banqueta y dando un terrible empujon á Bob, que casi lo hizo caer; en su virtud os aumento el sueldo.

Bob tembló y puso mano a la regla de la bufete.

Al principio tuvo el propósito de sacudir á su principal, de cogerle por el cuello y de pedir socorro á los transeuntes para que le pusieran una camisa de fuerza.

— Felices Pascuas, Bob, dijo Scrooge con aire muy formal y dándole golpecitos en la espalda, de modo que el favorecido ya no tuvo dudas. Felices Pascuas, Bob, mi honrado compañero; tanto más felices cuanto que nunca os las he deseado. Voy á aumentaros el sueldo y á proteger á vuestra laboriosa familia. Hoy, después de medio dia discutiremos acerca de nuestros negocios delante de un vaso de ponche. Encended las dos chimeneas, y antes de que empeceis vuestro trabajo id á comprar una espuerta nueva para el carbón.

Scrooge cumplió todo lo que había prometido, pero aun hizo más, mucho más que cumplirlo.

Para Tiny, que no murió, fué como un segundro padre.

Se hizo tan buen amigo, tan buen amo, tan buen hombre, como el que más podia serlo en la vieja City ó en otro cualquiera punto. Algunas personas se rieron de esta transformacion, pero él no se cuidó de ello, porque sabia perfectamente que en este mundo no ha sucedido nada de bueno que al principio no haya causado la risa de ciertas gentes. Puesto que tal clase de personas han de ser ciegas necesariamente, vale más que su enfermedad se manifieste por las muecas que hacen á fuerza de reir, que no de otra manera menos agradable. El tambien se reía, y en esto paraba toda su venganza.

Con los espíritus no tuvo más trato, pero sí mucho con los hombres. Se cuidaba de sus amigos y de su familia, y durante el año no hacia más que disponerse para celebrar la Navidad, en lo que nadie le ganaba. Todo el mundo le hacia esta justicia.

Hagamos por que digan lo mismo de vosotros y de mí, de todos nosotros y exclamemos como Tiny.

¡Que Dios nos bendiga!

Copyright © 2024 by Alicia ÉDITIONS

Creditos: www.canva.com; Alicia Éditions

ISBN E-Book: 9782384554614

ISBN Rústica: 9782384554621

ISBN Tapa dura: 9782384554638

Todos los derechos reservados.

La ortografía y la gramática de ciertos textos han sido actualizadas de acuerdo con las normas actuales del idioma español. Estas modificaciones menores incluyen, en el aspecto ortográfico, la eliminación del acento en los monosílabos y la actualización del vocabulario técnico y/o de las palabras extranjeras que ya están integradas en la lengua. En cuanto a la gramática, el texto puede haber sido ajustado en relación con la disposición de los signos de puntuación, especialmente en lo que respecta al uso del guion.

Respecto a la licencia de esta edición, es importante mencionar que los textos reproducidos son de dominio público.

Ninguna parte de este libro puede ser reproducida en ninguna forma o por ningún medio electrónico o mecánico, incluyendo sistemas de almacenamiento y recuperación de información, sin la autorización escrita del autor, excepto en el caso de breves citas utilizadas en una reseña de libro.

www.ingramcontent.com/pod-product-compliance
Lightning Source LLC
LaVergne TN
LVHW032005070526
838202LV00058B/6301